KB059149

당신은 저를 기억하지 못할 수도 있지만,
사실 딱 한 번, 대화를 나눈 적이 있어요.
아마카와 선배.

리오는 에스코트하기 위해 오른손을 내밀었다.
리제롯테가 그 손을 살며시 잡자
둘은 무도회장을 떠났다.
리제롯테는 리오의 옆모습을 몰래 살피며—

정령환상기

하앗

사츠키가 자신을 북돋듯이
늠름하게 외치며 전력으로 지면을 박찼다.
리오를 사정거리에 들이기 위해 빠르게 찔렀다.
그러나 리오는 사츠키의 글레이브 끝을
가볍게 막고 깔끔하게 쳐냈다.

커버 및 본문 일러스트_ Riv

CONTENTS

❖

정령의 마을

사라
은늑대 수인 소녀

오피아
하이엘프 소녀

아르마
엘더드워프 소녀

아르슬란
사자 수인 소년

벨라
은늑대 수인 소녀이며 사라의 동생

드뤼어스
정령의 마을에 사는 준고위 정령

벨트람 왕국

세리아 크렐
리오의 학원시절 은사인 백작 영애.
현재는 몸을 숨기며 리오와 함께 행동한다

라티파
노예였던 여우 수인 소녀이며 이세계 전생자
리오를 오빠라 부르고 좋아한다

가르아크 왕국

**리제롯테
크레티아**
공작 영애이자 리카 상회 회장

**크리스티나
벨트람**
벨트람 왕국
제1왕녀

**플로라
벨트람**
벨트람 왕국
제2왕녀

리오
이세계 전생자. 전생의 기억을
가진 소년. 현재는 미하루 일행의
안전을 최우선으로 행동하고 있다

아마카와 하루토
리오의 전생이자 일본 대학생
이었던 청년. 미하루와 소꿉친구
이며 아키와는 이부남매

아이시아
리오 안에 잠들어 있던 계약정령.
고위 정령인 듯하나, 본인의 기억은 모호

아야세 미하루
하루토의 소꿉친구이며 첫사랑인 소녀.
은인인 리오의 전생이
하루토라는 것은 모른다

사카타 히로아키
용사로 이세계
소환된 청년

센도 아키
하루토의 이부남매이며
마사토의 의붓누나

센도 마사토
밝고 솔직한
아키의 의붓동생

【 프롤로그 】 ❈ 결의

복수가 정의라고 생각했다. 복수만을 맹세하고 살았다. 복수가 사는 의미였다. 복수만이 구원이라고 생각했으니까…….

복수할 때까지는 죽을 수 없었다. 그래서 괴로운 나날이 이어져도 견딜 수 있었다. 아무리 추하고 아무리 더러워도…….

삶에 매달릴 수 있었다.

복수할 수 있으면, 복수만 할 수 있으면. 그 뒤에 자신이 어떻게 되든 상관없었다.

그러나 일본인이었던 시절의 기억을 되찾고…….

복수는 나쁜 것일지도 모른다.

그렇게 생각하게 됐다.

그러나 가슴속에는 증오의 불꽃이 타올랐다. 전생의 자신과 현재의 자신, 상반된 인격이 가진 가치관이 모순돼 부딪쳤다.

이윽고 인격이 융합돼 만들어진 새로운 이성은.

모순되는 명제의 답을 찾아, 되돌릴 수 없는 과거에 행복을 찾아, 구원 없는 죽음에 구원의 의미를 찾아…….

소리 없는 비명을 지르기 시작했다.

앞이 보이지 않아 무서워서, 자신이 옳은지 알 수 없어서, 누구에게도 추한 자신의 내면을 드러낼 수 없어서…….

그랬던 자신도 행복을 느끼기 시작했다. 일찍이 잃어버

렸던 행복과 같은 형태의 구원은 의외로 가까이에 있었다.

만지면 따뜻하고 기분 좋고 옆에 있으면 편안한……. 완전히 똑같지는 않지만, 그만큼 빛나는 것처럼 보였다.

그래서 행복에 닿을 때마다, 행복을 볼 때마다 가슴속에 타오르는 증오의 불꽃이 조금 일렁인 것 같았다. 계속 따뜻한 행복에 닿고 싶었다.

그러나 괴로운 과거를 잊을 수 없었다. 지독한 현실에서 눈을 돌릴 수 없었다. 잊으면, 눈을 돌리면…….

잃어버린 행복까지 잊어버릴 것 같아서.

소중한 과거도 포함해 덮어버리는 것 같아서.

자기 마음을 속이는 것 같아서.

잊기 무서웠다.

겁쟁이라서. 눈을 돌릴 수 없었다.

그래서 그날, 그곳, 부모님의 고향에서 맹세했다.

모순되는 명제를 안고 가도 좋다.

소리 없는 비명을 질러도 좋다.

과거를 구원받기 위해 현재와 미래를 바치는 나날. 복수를 마치는 그날까지 그런 삶에 몸을 던지겠다고.

지금도 그것은 달라지지 않았다. 행복의 빛이 날이 갈수록 강해지는 지금도 사는 방식을 바꿀 생각은 없었다.

가슴속에 불타오르는 증오의 불꽃이 세차게 흔들려도 바꿀 수 없었다.

설령 복수 끝에 미래가 기다리지 않더라도…….

자신이 행복해지지 못해도, 소중한 누군가가 행복해진다면 그것으로 족했다. 그것이 자신이 지으려는 죄에 대한 벌이자 면죄부였다.

  그렇게 생각하면 조금은 마음이 편해지는 것 같았다.

  그러나 그것은 모순을 안은 명제였다.

  그렇기에 소리 없는 비명은 더 커져갔다.

  자신의 행복도 소중한 누군가의 행복도 멀어졌다.

  하지만.

  그래도……

정령환상기

【 제 1 장 】 ❋ 알현 후

가르아크 왕국 알현실.

"하루토 아마카와. 앞으로 이렇게 불러주십시오."

명예기사로 서임된 리오는 국왕 프랑수아에게 결연히 자신의 가문 명을 입에 담았다. 알현실에는 연회에 초대된 각국의 주요 왕후 귀족들도 참여했다.

"아마카와…….", "어느 나라 말일까요?", "저는 모르겠군요.", "저도 그렇습니다.", "대체 무슨 뜻일지 궁금하네요."

낯선 가문 명이 바로 와 닿지 않는지 소곤소곤 속삭였다. 한편, 큰 반응을 보인 이들도 있었다.

사츠키를 포함한 일본에서 소환된 네 용사들이었다.

"하루토 아마카와……. 아마카와, 하루토?"

벨트람 왕국 본국에 소환된 활 신장의 용사 시게쿠라 루이가 그 이름을 중얼거렸다. 일부러 이름과 성 위치를 바꿔서 일본 이름처럼 들리도록…….

"잠깐만, 일본인 이름이잖아. 저 녀석, 이 세계에서 태어나고 자랐다며? 어떻게 된 일이야?"

칼 신장의 레스토라시온 용사 사카타 히로아키가 의아해하며 미간을 찌푸렸다.

"저 사람은 대체……."

센트스텔라 왕국에 소환된 용사 센도 타카히사가 당황

한 눈빛으로 리오를 바라보다가 여태까지 리오와 함께 지냈던 미하루에게로 시선을 옮겼다.

"……."

미하루는 숨을 멈추고 오직 리오만 바라보고 있었다. 그 옆에는 가르아크 왕국의 용사인 스메라기 사츠키가 있었다.

"아마카와, 하루토. 이게, 그가 일본인이었을 때의 이름? 왠지 귀에 익은데……."

아마카와 하루토라는 이름이 뭔가 걸리는지 아무에게도 들리지 않게 중얼거리고 석연치 않은 표정으로 고개를 갸웃거렸다.

낯설지 않을 만도 했다. 고등학교 입학식 때, 딱 한 번 하루토와 사츠키가 만난 적이 있었으니까.

체감 시간으로 13년의 시간이 지난 아마카와 하루토, 아니, 리오는 사츠키의 이름을 잊어버렸지만, 사츠키에게는 몇 달 전의 일이었다.

입학식 날, 사츠키는 학생회 임원으로서 신입생을 지켜봤고 실제로 말을 걸고 이름까지 물어본 학생 수는 적었다. 그래서 아직 기억 한구석에 남아있었다.

"아마카와, 발음이 낯선데 왜 그 가문 명을 쓰려는 것인지, 무슨 뜻이라도 있는지 말해주겠나?"

그때, 가르아크 국왕 프랑수아가 리오에게 물었다.

"사별한 부모님이 일찍이 사셨던 고향에서 쓰던 말이라고 어릴 적에 어머니께 배웠습니다. 뜻은 모르지만, 제게는 유품 같은 것이라 이것을 가문 명으로 쓰고 싶습니다."

리오는 대외적인 이유를 망설임 없이 대답했다.

지금 이 알현실에 있는 사람 중에 리오의 전생을 아는 사람은 미하루와 사츠키, 그리고 연회에 참가하기 위해 미리 사정을 설명한 리제롯테 세 사람뿐이었다.

리제롯테는 갑작스럽게 리오가 하루토 아마카와라고 가문 명을 말하자 살짝 눈을 크게 뜨고 리오를 주목하며 상황을 지켜봤다.

다른 용사들은 리오의 이야기를 듣고 생각에 잠겼으나 수상하게 여기지는 않는 것 같았다. 참여한 왕후 귀족들도 특별히 의문을 품은 것 같지 않았다.

"그렇군. 양친의 유품이라⋯⋯. 좋다. 이 프랑수아가 승인한다. 결정 후에는 번복할 수 없는데 이견은 없는가?"

"물론입니다. 감사하기 그지없습니다."

프랑수아가 마지막으로 확인하자 리오가 공손히 고개를 숙였다.

"그러면 지금 이때부터 그대는 검은 기사, 하루토 아마카와다. 어젯밤, 괘씸한 놈들이 방해했으나 하루토와 시게쿠라 공의 활약으로 다행히 출석자 중에 사상자가 한 명도 나오지 않았다. 경비를 강화해 셋째 날 연회를 거행하며 오늘 밤 연회에서 정식으로 새로운 명예기사의 탄생을 공표하도록 하지. 기대하도록."

프랑수아가 웃으며 말했다.

"네……."

리오가 고개를 끄덕이자 새로운 명예기사 탄생을 축하하듯이 박수가 터져 나왔다. 용사를 포함한 일부 사람이 제각각의 표정을 지었다.

"이것으로 알현을 마치겠다. 모두 물러가라."

프랑수아가 빠르게 알현을 파하고 자리에서 일어났다. 다음 예정이 임박했는지 바로 걸어 나갔다. 한편, 알현에 참여한 왕후 귀족들은 웅성대며 리오에게 다가가 말을 걸지 망설였다.

"하루토 군."

그때, 사츠키가 미하루의 손을 잡아 끌고 재빠르게 리오에게 다가갔다.

"마침 잘됐네요. 이렇게 셋이서만 이야기를 하고 싶었거든요."

리오가 부드럽지만 그늘진 표정으로 두 사람에게 말했다.

"응, 그건 상관없는데……."

사츠키가 고개를 끄덕이며 곁눈질로 옆에 서 있는 미하루를 시야에 담았다. 미하루는 리오의 얼굴을 빤히 바라보고 있었다.

"다 이야기할게요. 제가 이때까지 미하루 씨에게 말하지 않은 것도 포함해서."

리오는 아마카와 하루토의 이름을 꺼낸 지금도 아마카와 하루토가 아닌 리오로서 미하루를 대했다. 주위 시선을 배려한 것일 수도 있었다.

"……네."

미하루가 천천히 고개를 끄덕였다. 그러자 미하루와 사츠키의 친구인 타카히사가 곧장 달려왔다. 그 뒤에 센트스텔라 왕국의 제1 왕녀인 리리아나도 있었다.

"미하루, 사츠키 씨."

"타카히사, 미안해. 지금부터 하루토 군과 할 이야기가 있어."

사츠키가 미안해하며 타카히사에게 말했다.

"그러면 저도!"

타카히사가 황급히 자기도 대화에 끼고 싶다고 했다.

"미안해, 타카히사. 중요한 이야기야."

미하루가 타카히사가 물러나도록 분명하게 말했다.

"……으, 응."

타카히사는 미하루의 거절이 의외였는지 기세를 잃고 고개를 끄덕였다. 마치 '지금은 타카히사를 상대할 시간이 없어'라는 말을 들은 듯한 착각이 들었다.

"정말 미안해. 되도록 빨리 끝내고 타카히사와 대화할 시간도 만들게. 가자. 하루토 군, 미하루."

사츠키가 다른 사람들이 말을 걸어 발이 묶이기 전에 리오와 미하루의 어깨를 밀어 이동하게 했다. 세 사람은 그대로 자리를 떠났다.

"……."

타카히사는 꾹 주먹을 쥐었다. 주위에서 쏟아지는 시선을 받으며 미하루와 사츠키 사이에 끼어 자리를 떠나는 리오의 뒷모습을 빤히 쳐다봤다. 일본에 있을 때는 리오가 있는 곳에 자기가 있었는데…….

　멀어지는 리오를 쳐다보는 용사는 또 있었다. 벨트람 왕국 본국에 소속된 시게쿠라 루이다. 그 옆에는 제1 왕녀인 크리스티나 벨트람이 서 있었다.

　"괜찮으십니까? 용사님. 저이에게 할 말이 있는 것처럼 보였습니다만."

　크리스티나가 루이에게 물었다.

　"하나 물어보고 싶은 것뿐이에요. 다음 기회에 하도록 하죠. 지금은 복잡한 모양이니까."

　루이가 어깨를 으쓱하며 대답했다.

　"흥, 누가 주인공인 연회인지 모르겠네."

　한편, 레스토라시온의 용사인 사카타 히로아키는 사츠키와 미하루 사이에 끼인 리오의 뒷모습을 보며 따분하게 콧방귀를 뀌었다. 히로아키의 양옆에는 벨트람 왕국의 제2 왕녀인 플로라와 폰테인 공작가의 로아나가 서 있었다.

　플로라는 안타깝게 리오의 뒷모습을 바라보았고 그런 그녀를 언니인 크리스티나가 몰래 보고 있었다.

리오 일행은 알현실을 나와 사츠키의 방으로 향했다.

"……저기, 아마카와라는 가문 명은 전생의 하루토 군이 쓰던 성이야?"

도중에 사츠키가 리오의 안색을 살피며 물었다.

"네, 아마카와 하루토라는 대학생이 제 전생이에요. 미하루 씨는 아마카와 하루토라는 인물을 아세요?"

리오가 사츠키에게 대답하고 미하루에게 물었다.

"……응."

미하루는 '네'가 아닌 '응'이라고 대답했다. 리오는 살짝 눈을 크게 떴고 사츠키는 위화감을 느꼈는지 이상하게 여기며 머릿속에 물음표를 그렸다.

"……무슨 뜻이야? 하루토 군과 미하루가 아는 사이였다고?"

사츠키가 당황하며 고개를 기울였다.

"……도착하면 말씀드리겠습니다. 누가 들으면 곤란하고 여러모로 충격적이니 걷는 동안 마음의 준비를 해두세요."

리오는 생각에 잠겼지만, 지금은 이동을 우선했다.

"마음의 준비라니……."

사츠키가 얼굴을 마주하려고 미하루를 보았으나 미하루는 긴장한 표정으로 앞서 걷는 리오의 등만 바라봤다. 사츠키는 리오와 미하루 사이에 감도는 묘한 분위기를 느끼고 자기 방에 도착할 때까지 입을 다물기로 했다.

방에 도착하자 거실 의자에 리오가 미하루와 사츠키를

마주 보고 앉았다.

"자, 앉았어. 대체 무슨 일인지 마음의 준비는 했으니까 말해줘 봐. 어떻게 미하루가 하루토 군의 전생을 알지? 난 처음 듣는데?"

사츠키가 제일 먼저 입을 열어 리오를 재촉했다.

"처음 듣는 게 당연해요. 저도 이때까지 미하루 씨에게 제가 전생에 아마카와 하루토였다고 말하지 않았거든요."

리오가 미하루를 보며 대답했다.

"그래? 그런 것치고는 미하루가 당황하긴 해도 놀란 것 같지는 않은데…… 굳이 말하자면 긴장한 느낌?"

사츠키도 미하루를 보았다.

"아, 저기…… 놀랐어요."

미하루가 몸을 움츠리며 말했다.

"그런데 뭐라고 해야 하나, 아는 사이였지? 지인이 자기도 모르는 사이에 죽고 환생해서 나와 함께 지냈는데 더 놀라는 게 당연하지 않아? 미리 알았든가, 예상한 반응 같은데……."

사츠키가 날카로운 고찰 뒤, 미하루를 물끄러미 바라보았다.

"노, 놀랐다니까요. 놀랐는데, 하루와 이름이 같아서, 연상한 적은 있어요."

미하루가 리오를 보며 더듬더듬 대답했다.

"하루?"

사츠키가 물었다. 제법 친근한 호칭이었다.

"아, 옛날에, 그렇게 불렀어요."

미하루가 리오를 몹시 의식하며 사츠키에게 설명했다. 사츠키는 "흐음……" 목을 울리고 리오를 보았다. 리오는 조금 불편한지 미하루와 눈을 마주치려고 하지 않았다.

"……근본적인 의문인데 아마카와 하루토라는 전생의 하루토 군은 미하루와 어떤 관계였어? 제법 친한 사이였던 것 같은데."

사츠키가 두 사람의 안색을 살피며 물었다.

"저와 미하루 씨는 소꿉친구였습니다. 그리고 아키와는 남매지간이었고 **전생의 저와 미하루 씨가 일곱 살 때** 제 부모님의 이혼으로 헤어질 때까지 함께 자랐어요."

리오가 작게 심호흡하고 사츠키에게 가르쳐줬다.

"미하루의 소꿉친구이고…… 잠깐, 아키와 남매라고?! 뭐? 잠깐, 뭐? 아, 아니, 어떻게? 그리고 전생의 하루토 군과 미하루가 일곱 살이 될 때까지라니, 하루토 군이 연상이잖아?"

사츠키가 몹시 혼란스러워했다.

"말했잖아요. 여러모로 충격적이니까 방으로 가는 동안 마음의 준비를 하라고요. 전생의 저와 미하루 씨는 동갑이었습니다."

리오가 예상한 반응에 쓴웃음 지으며 말했다.

"정말이야? 미하루."

사츠키가 숨을 멈추고 미하루에게 물었다.

"네. 하루는 저와 동갑인 소꿉친구고 아키의 오빠였어요."

미하루는 천천히 고개를 끄덕이고 리오를 보았다.

"많이 혼란스러운데…… 시간이 뭔가 이상하지 않아?"

사츠키는 무심결에 머리를 싸매고 싶었다.

"이상해요. 하지만 전생의 저는 대학생일 때 죽었고 이 세계에서 일곱 살에 아마카와 하루토의 기억을 되찾았어요. 즉, 아마카와 하루토는 미하루 씨와 사츠키 씨가 이 세계에 오고 4년 뒤의 일본에서 죽었지만, 지금의 제가 아마카와 하루토의 기억을 되찾은 건 이 세계에서 9년 전의 일이에요."

"……즉, 하루토 군은 우리보다 13년의 세월을 더 살았다는 거야? 우리는 이 세계에 온지 몇 달밖에 안 됐는데."

사츠키가 리오의 이야기를 곱씹으며 이해했다.

"따지자면 13년의 시간을 보냈다고 말하기는 어려워요. 지금의 저는 아마카와 하루토의 기억과 인격을 공유할 뿐이니까요. 두 사람 사이에 의식의 연속성이나 동일성은 없습니다."

"무슨 뜻이야?"

"지금의 저라는 인간의 베이스는 아마카와 하루토가 아니라 어디까지나 리오입니다. 현재 저는 일곱 살이 될 때까지 리오로 태어나 자랐어요."

리오가 그렇게 주장했다.

"리오······?"

"이 세계의 제 이름입니다. 사정이 있어서 지금은 하루토라는 이름으로 지내고 있지만, 진짜 이름은 리오예요."

리오는 본명을 사츠키에게 가르쳐줬다.

"그렇구나······."

"네. 보통 본명은 가르쳐주지 않으니까 하루토라고 불러주세요."

"알았어. 그런데 동일성이 없다는 건······ 무슨 뜻이야?"

사츠키가 묻고 리오의 안색을 살폈다.

"지금 설명한 그대로예요. 이 몸은 어디까지나 리오라는 인간의 것이지 아마카와 하루토의 것이 아닙니다. 아마카와 하루토의 의식이 리오라는 인간의 인격에 덧씌워진 것도 아니에요. 원래 다른 사람인 아마카와 하루토의 기억과 인격의 잔재가 리오라는 인간에게 녹아든 것뿐이죠. 아마카와 하루토와 동일인물이라고 할 수는 없겠죠?"

"그럴지도, 모르지만······. 그래도 괜찮아? 너는."

"저는 이제 아마카와 하루토가 될 수 없으니까요. 그리고 애초에 제 안에 있는 아마카와 하루토라는 인간의 기억과 인격이 정말 본인의 것이라는 객관적인 증거도 없습니다."

리오가 말하고 쓸쓸하게 자조했다. 미하루는 그런 리오의 표정을 보고 슬픈 얼굴로 입술을 깨물었다.

"확실히 주관적으로만 이어져있고 모호하긴 하지만······."

사츠키는 조금 이해가 안 되는지 입을 내밀고 말했다.

"관념적인 이야기가 될 테니 이 이야기는 이쯤 하죠. 제가 하고 싶은 말은 왜 이때까지 전생을 말하지 않았느냐는 점입니다. 대략 전하자면, 이 세계에 온 미하루 씨와 아이들을 괜히 혼란스럽게 하고 싶지 않았어요."

리오는 이야기가 어긋나기 전에 본론을 꺼냈다.

"……영문도 모르고 소환돼서 안 그래도 혼란스러운데 갑자기 그런 말까지 들으면 괜히 혼란만 가중된다는 건 동의해."

사츠키가 실감했는지 탄식하며 동의했다.

"그리고 아직 밝히지 않은 정보가 있습니다."

"……뭔데?"

리오가 매우 진지한 표정으로 말하자 사츠키가 자세를 고치고 물었다.

"여러분이 이 세계로 전이하고 약 4년 후의 지구, 아마카와 하루토가 죽은 스무 살의 여름에 여러분은 일본으로 돌아오지 않았습니다."

"어……?"

사츠키는 당황해서 눈을 껌뻑껌뻑하고 말았다. 한편, 미하루는 이미 아이시아에게 들은 정보라 안타까운 듯 얼굴에 그늘을 드리웠다.

"전생의 저, 아마카와 하루토는 고등학교 진학을 기회 삼아 일곱 살까지 살았던 마을에서 자취를 시작했어요. 미하루 씨, 사츠키 씨와 같은 고등학교로 진학하기 위해서요. 그래서 입학식 당일에 여러분의 실종사건으로 소란이 벌어진 걸 직접 봤습니다."

리오는 냉정한 목소리로 설명을 덧붙였다.

"그, 그런데 어떻게 알아? 우리가 일본으로 돌아가지 못했다는 걸."

사츠키가 초조한 기색이 드러난 얼굴로 물었다. 실제로 확인이라도 했다는 말인가.

"고등학교를 졸업하기까지 3년 동안, 미하루 씨는 복학하지 않았어요. 고등학교를 졸업하고 성인이 된 뒤에 부모님의 이혼으로 헤어진 어머니와 만난 적이 있습니다. 그때, 미하루 씨가 아직 실종 상태라고 들었어요."

"아……."

사츠키가 무언가 묻고 싶은 듯 말을 꺼내려다가 입을 다물었다. 그러나 곧 어느 정도 마음이 진정됐는지 입을 열었다.

"즉, 어쩌면 우리는 4년 동안, 아니면 그 이상의 시간 동안 지구로 돌아가지 못할 수도 있다는 거야?"

"그렇습니다. 다만, 어머니에게 아키에 대해 물었더니 잘 지낸다는 말을 들은 기억도 나서……. 어머니가 저를 염려해서 거짓말을 했는지, 아키만 어떤 사정으로 돌아왔는지 둘 중 하나라고 생각합니다만, 지금은 확인할 수 없어요."

리오는 어머니와 나눈 마지막 대화를 흐릿하게 떠올렸다.

다만, 아키가 정말로 돌아갔다면 아마카와 하루토의 어머니는 아키가 이세계에 간 것을 알 터였다. 그렇다면 당연히 미하루도 함께 이세계로 간 것을 알 테니, 환생 전의 하루토에게 가르쳐줄 만도 했다.

그러나 황당무계한 이야기라서 애초에 돌아온 아키의 이야기를 어머니가 믿지 않았을 가능성도 있으니 뭐라 할 수 없었다.

"……."

사츠키와 미하루가 생각에 잠겼는지 침묵했다.

"어쨌든 저는 제 전생을 여러분에게 밝힐 수 없었어요. 다른 이유도 있지만, 사츠키 씨, 타카히사 씨와 떨어진 상태에 더 희망을 잃을 만한 말을 하고 싶지 않았어요. 어느 정도 시간이 지나거나 모두 모일 때까지는……."

그것은 표면적인 이유에 지나지 않았다. 그래서인지 리오의 표정이 조금 껄끄러워졌다.

"하루토 군이 미하루에게 전생을 가르쳐주면 반드시 우리가 지구로 돌아가지 못할 수도 있다는 이야기도 해야 했다는 거구나. 고등학교를 졸업할 때까지 돌아가지 못할 거라 어렴풋이 예감은 했지만, 직접 들으니 버틸 수 있을지……."

사츠키가 가냘프게 쓴웃음을 흘렸다.

"그럴 만도 해요. 미하루 씨는 비교적 동요하지 않는 것 같지만, 아키와 마사토도 그럴 거라 단언할 수 없고요."

리오가 지금까지 마른침을 삼키며 이야기를 듣고 있던

미하루를 보았다.

"아, 아뇨, 그게, 특히 아키는, 만약 말하면, 더 불안정해
질 수도 있어요."

미하루가 상기된 목소리로 아키의 멘탈에 주어질 영향
을 언급했다.

"……숨겨서 죄송했습니다. 제가 숨기고 있던 건 이게
다입니다. 이제 이 이야기를 아키와 마사토에게, 타카히사
씨에게 어디까지 말할지, 상황을 가장 잘 아는 두 분이 잘
생각해서 결정해줬으면 해요."

리오는 미하루에게서 시선을 돌리고 사츠키의 얼굴을
눈에 담으며 말했다.

"그래도…… 말하지 않을 수는 없어. 아키와 마사토에게
는 타카히사를 찾았다고 가르쳐줘야 하고 타카히사에게도
둘이 무사하다고 가르쳐줘야 해. 문제는 타이밍이라고 해
야 하나, 자리를 만들 수 있느냐 인데."

사츠키가 고민스럽게 목을 울렸다.

"어제 연회에서 들은 이야기인데 타카히사 곁에는 항상
리리아나 왕녀가 있고 방도 같이 쓴대요. 리리아나 왕녀
모르게 타카히사를 바위 집으로 데려가기는 어려울 거예
요."

미하루의 얼굴이 어두워졌다.

"어제 연회에서 습격사건이 벌어진 뒤라 성 경비도 강화
됐습니다."

리오가 성 경비가 엄중해진 것도 언급했다. 애초에 같은 방을 쓰는 리리아나의 눈을 피해 타카히사만 데리고 나가는 것 자체가 어려웠다. 성안에는 방범 때문에 창문이 없는 객실도 있었다. 그렇게 되면 출입구는 문밖에 없는데다가 밑조사를 하려고 해도 경비가 엄중한 지금은 너무 위험했다.

"……그러면 타카히사가 센트스텔라 왕국으로 돌아가기 전에 아키와 마사토를 성으로 부르는 게 무난한가? 최종적으로는 폐하와 리리아나 왕녀에게도 사정을 설명하더라도 우선은 타카히사의 의사를 확인하는 것부터 시작해야 해."

사츠키가 깊이 생각하고 현실적인 선택지를 꺼냈다.

"네. 그러려면 리리아나 왕녀가 자리를 비우고 사츠키 씨나 미하루 씨가 타카히사 씨하고만 대화할 자리를 만들어야 해요."

"그게 가능한 사람은 입장상 용사인 나뿐이지."

타국의 왕녀에게 자리를 비켜달라고 부탁하는 것은 국왕과 동등하거나 그 이상의 입장인 용사뿐이리라. 아무리 명예기사가 되었다고는 하나 리오는 불가능했다.

"네. 사츠키 씨가 부탁해주세요. 연회가 끝난 후에 타카히사 씨가 얼마나 이 나라에 있을지 모르니 되도록 빨리요."

"알았어. 내게 맡겨."

사츠키가 흔쾌히 고개를 끄덕였다.

"타카히사 씨에게 필요한 이야기를 하기에 앞서서 리리

아나 왕녀가 어떤 사람이며 타카히사 씨와 어떤 관계를 쌓았는지 대강이라도 알아야겠네요."

리오가 말했다. 리리아나가 어떤 사람인지 알면 센트스텔라 왕국의 나라 사정도 어느 정도 알 수 있을 것으로 생각했다.

"우리 중에는 어제 연회 때 미하루가 가장 오래 같이 있었는데 어떤 사람이었어?"

사츠키가 미하루에게 말을 돌렸다.

"음, 타카히사가 말한 대로 좋은 사람이구나 싶었어요. 친절하고 부드러운 분이었어요. 타카히사도 상당히 신뢰하는 것 같았고요."

"그렇구나. 뭐, 용사를 붙잡아두려는 연기일 가능성도 있지만, 내 의심이 지나친 거겠지."

미하루가 설명하자 사츠키가 목을 울리며 생각에 잠겼다.

"신중해서 나쁠 것 없죠."

리오가 훗 웃으며 사츠키에게 말했다.

"응. 좀 더 생각할 시간이 필요해. 갑작스러운 이야기라 아직 상황을 받아들이지도 못했고⋯⋯. 그건 그렇고 설마 전생의 하루토 군이 내 후배였을 줄이야."

사츠키가 기분을 전환하려는지 갑자기 화제를 바꿔 리오에게 말을 돌렸다.

"입학식 때 스쳐지나갔을 수도 있겠네요."

리오가 입가에 미소를 그리며 대답했다.

"응, 그럴지도. 내가 당일에 신입생 반 명부가 붙은 게시판 앞에서 난처해 보이는 학생을 유도했으니까…… . 어라, 어쩌면 정말 만났을……지도? 하루토, 아마카와 하루토……."

사츠키는 리오와 대화하는 사이, 실종된 입학식 때의 일이 떠올랐는지 퍼뜩 표정이 바뀌었다. 기억을 파헤치려는 듯이 머리를 쥐어짰다.

"그래요?"

리오의 눈이 휘둥그레졌다. 이때까지 말수가 적었던 미하루도 놀라서 눈을 크게 떴다.

"응. 너 게시판 앞에 계속 서 있지 않았어? 그래서 신경 쓰여서 내가 말을 건 남자애가 있는데 그 애 이름이 전생의 네 이름이었던 것…… 같은데, 기억 안 나?"

사츠키가 조금 자신 없이 말하며 리오의 얼굴을 들여다봤다.

"……확실히, 반 명부를 보는데 상급생이 말을 건 것도 같고? 그런데 용케 기억하시네요?"

리오는 기억이 몹시 모호했다.

"지구에 있던 마지막 날 일인걸. 싫어도 인상에 남아. 너는 완전히 잊어버린 모양이지만."

사츠키가 시큰둥한 눈으로 리오를 쳐다봤다.

"너무하시네요. 죽기 전의, 기억 속에만 있는 일이라고요."

한편, 사츠키에게는 몇 달 전의 일이었다.

"뭐, 그래. 그런데 지구에 있을 때는 후배였다지만, 지금은 정신적으로 하루토 군이 연상이네. 어른으로 대해야, 하나? 하루토 씨?"

철썩 같이 또래 소년인 줄 알았던 사츠키가 조심스럽게 리오에게 물었다.

"평소처럼 해주세요. 아까도 말했지만, 특별히 의식하지 않으면 저는 리오라는 의식이 강합니다. 그래서 나이는 몸을 따라가는 느낌이 강해요. 감각적인 이야기지만, 몸에 끌려간다고 할까요?"

리오는 사츠키가 하루토 씨, 라고 부르자 낯간지러워하며 고개를 저었다.

"……알았어. 그러면 앞으로 잘 부탁해, 하루토 군."

"네."

"어, 지금까지 나만 하루토 군과 많은 이야기를 나눴는데……."

사츠키가 옆에 앉은 미하루를 힐끗 보았다. 미하루는 아까부터 물끄러미 리오의 얼굴을 보고 있었다.

"미하루는 하루토 군과 하고 싶은 이야기 없어?"

사츠키가 미하루에게 물었다. 눈앞에 소꿉친구의 기억이 있는 소년이 있는데 미하루가 말이 없어서 신경 쓰였다.

"아, 저기…… 없지는 않은데, 무슨 말을 해야 할지……."

미하루가 조금 긴장했는지 말을 잃었다.

"미하루 씨와는 잠깐, 따로 하고 싶은 이야기가 있어요. 나중에 사츠키 씨에게도 이야기할 생각이지만, 우선은 둘이서요. 사츠키 씨는 일단 지금 나눈 이야기가 있으니 생각을 정리해주시겠어요?"

그러자 리오가 이야기를 꺼냈다.

"······응. 알았어. 침실로 가있을게."

사츠키가 리오와 미하루의 안색을 살피며 조용히 일어섰다. 무슨 이야기를 할지 신경 쓰였지만, 쌓인 이야기가 있으리라 생각해 눈치 있게 자기 침실로 갔다. 사츠키의 침실 문이 닫히자 리오가 입을 열었다.

"미하루 씨."

"네, 네."

미하루가 상기된 목소리로 대답했다.

"전부터 저를 아마카와 하루토라고 생각했나요?"

리오가 미하루를 똑바로 보며 물었다.

"생각했다고 해야 하나, 그렇지 않을까 했던 적이 있고, 저기, 이름이 똑같고, 분위기가 비슷해서, 같이 살다 보니까, 왠지 모르게 하루가 생각나서······."

"그것 뿐······인가요?"

미하루가 더듬더듬 말하자 리오는 당황했다.

"사실 정령의 주민의 마을에서 지낼 때, 사라에게 **하루** 와······ 라티파가 마을에 처음 왔을 때의 이야기를 들었어요. 감옥에서 기절한 동안, 미이라고 중얼거렸다고······."

미하루가 결심한 듯이 리오의 얼굴을 보고 '하루'라고 불렀다.

"······제가요?"

기절한 것은 맞지만, 전혀 몰랐다. 리오는 무슨 생각을 했는지 얼굴이 어두워졌다.

"그래서 하루토 씨는 역시 하루가 아닐까 생각하게 됐어요."

미하루가 가슴에 오른손을 대고 꾹 주먹을 쥐었다.

"하지만 현실적으로 불가능하다고 생각하지 않았나요? 전생의 저는 대학생이었을 때 죽었다고 가르쳐줬잖아요? 물론 제가 거짓말을 한다고 의심했다면 다른 이야기이지만······."

"거짓말한다고 의심한 적 없어! 아귀가 안 맞는다고 생각은 했지만······ 하지만, 그런데 마을로 돌아온 하루를 보니까 하루토 씨가 하루가 아닐까 하던 생각이 더 강해져서······."

"······그래서 마을로 돌아온 제 얼굴을 봤을 때, 태도가 조금 이상했군요. 아망드에 있는 리제롯테 씨의 저택에 처음 데려갔을 때도."

리오는 찜찜한 표정을 지으면서도 일단은 이해했다. 다만, 묘한 위화감도 들었다. 계기가 있다는 것은 인정하지만, 그래도 미하루가 진실에 너무 쉽게 다가간 것 같았다. 마치 누가 힌트를 준 것처럼.

그리고 리오가 전생을 밝혔을 때부터 지금까지 미하루는 거의 놀라지 않았다. 즉, 거의 확신에 가까운 수준으로 리오가 아마카와 하루토임을 알고 있었다.

'이미 확신에 가까운 예상을 했다면 왜 내가 밝히기 전에 묻지 않은 거지? 내가 말하지 않았듯이, 무슨 이유라도 있었나?'

리오는 의문을 품으며 이번 연회에 이르기까지 미하루와 자기 사이에 있었던 일을 떠올려봤다.

'지금 생각해 보니 연회에 참가하려고 미하루 씨를 리제롯테 씨의 저택으로 데려간 다음 날, 그쯤부터 분위기가 달라진 것 같은데…….'

리오는 분석하며 가만히 미하루를 응시했다.

"왜, 왜 그래? 하루."

미하루는 리오가 꿰뚫어보는 것 같아서 조심스럽게 물었다.

"……**미하루 씨.**"

리오가 탄식하고 미하루에게 경칭을 붙여 불렀다.

"……왜?"

미하루가 불안하게 리오의 안색을 살폈다.

"하루라고 그만 부르면 안 될까요?"

리오가 난처한 얼굴로 미하루에게 말했다.

"……왜?"

미하루의 표정이 몹시 슬퍼졌다.

"이미 설명했듯이 아마카와 하루토는 죽은 인간이기 때문이에요. 지금의 저는 미하루 씨의 소꿉친구였던 아마카와

와 하루토가 아닙니다. 기억만 있는 다른 사람이에요. 그러니까 억지로 아마카와 하루토로 대하지 않으셔도 돼요."

리오가 몹시 어렵게, 그러나 태연한 척 말했다.

"다른 사람으로 생각할 리 없잖아요!"

미하루가 곧바로 좀처럼 듣기 힘든 큰 소리로 외쳤다.

"……."

리오는 아무 말도 하지 않고 입을 다물었다.

"지금, 내 눈앞에 있는 사람이 하루가 아니라면 내가 아는 하루는 어디에 있죠?"

"없습니다. 적어도 지구에는 없습니다. 잔재라고 할만한 기억과 인격이 지금 미하루 씨 눈앞에 있는 남자에게 녹아 있을 뿐이에요. 하지만 제 몸은 리오의 것이지 아마카와 하루토의 것은 아닙니다."

기억과 인격은 모호하고 주관적으로만 이어져있고 객관적인 연결요소는 아무것도 없다.

"……그렇다면 하루는 있어요. 지금 당신 안에."

미하루가 리오의 얼굴을 빤히 보며 결연히 말했다.

"묻겠습니다. 미하루 씨는 지금 저를 소꿉친구인 아마카와 하루토로 인식하고 있죠? 지금의 저, 하루토라 라는 이름으로 지낸 리오라는 인간은 있습니까?"

"그건……."

바로 대답하지 못했다. 분명 지금의 미하루는 리오를 소꿉친구인 아마카와 하루토로 보려 했다. 아마카와 하루토

이기를 바랐다.

"하루토 씨를 무시하려는 건 아니에요. 하지만 지금의 당신과 함께 살며 하루와 지내던 시절이 여러 번 떠올랐으니까. 지금의 당신 안에 하루가 없다고 생각하기 어려워요. 그뿐이에요."

미하루가 이어서 주장했다.

"그건 리오인 저를 미하루 씨가 모르기 때문이라고 생각해요."

알면 분명히 무서워할 것이다. 리오와 아마카와 하루토는 정말 다른 사람이라고 생각하게 될지도 모른다. 그래서 숨겼다. 결심이 서지 않았다. 리오는 마음속으로 자신을 돌아보고 소극적인 미소를 지었다.

"그러면…… 그러면 가르쳐주세요. 하루토 씨, 아니, 리오 씨를. 함부로 결정하지 말아요. 나는 앞으로도 당신과 함께 있고 싶어요. 내가 그렇게 말했잖아요. 지금도 그 생각은 변함없어요."

"……왜, 저와 함께하고 싶은 거죠?"

"하루와는 일곱 살 때까지 함께 자랐고 이 세계에서 리오 씨에게 하루를 겹쳐보면서 나는 지금도 하루가 소중하다는 것을 실감했으니까요. 그 마음이 점점 커졌으니까요. 그렇게 소중한 사람이 죽고 지금 이렇게 다른 사람이 되어 내 앞에 있잖아요? 함께 살고 있었잖아요? 겨우 만났어요. 함께하고 싶어요."

"……그렇게 말해주니 정말 기뻐요. 하지만 만약 저에게서 아마카와 하루토를 느끼지 못하게 되어도, 미하루 씨는 그래도 저와 함께해줄까요?"

"그 질문은 비겁해요. 분명히 내가 함께하고 싶다고 생각한 데는 리오 씨를 소꿉친구인 하루라고 느낀 게 큰 영향을 줬을 수도 있지만……."

미하루의 표정이 어두워졌다.

"죄송해요. 아마카와 하루토에게도, 미하루 씨…… 미이는 소중한 사람이었어요. 성장한 뒤에도 달라지지 않았어요. 바보 같을 수도 있지만, 다시 만나고 싶어서 그 마을의 그 고등학교로 진학한 겁니다. 뭐, 미하루 씨도 같은 고등학교로 진학했을 줄은 몰랐지만요."

리오는 자기 안에 있는 아마카와 하루토의 마음을 솔직하게 이야기했다.

"……."

미하루는 미이라고 불리자 그리움을 견디지 못하고 울뻔 했다. 그러나 이어진 리오의 말에 이번에는 슬픔으로 얼굴을 일그러뜨렸다.

"하지만 아마카와 하루토는 죽은 인간이에요. 아마카와 하루토와 함께하려고 제 곁에 있을 생각이라면 함께하지 않는 편이 낫습니다."

"……왜요?"

"저는 아마카와 하루토로서 미하루 씨와 지낼 수 없어

요. 아마카와 하루토의 측면이 남아있어도 다른 사람입니다. 일곱 살 때까지 함께 자라며 매일 같이 놀고 헤어질 때 서로 약속한 아마카와 하루토는 이제 없어요. 함께하면 그 것을 깨닫고 미하루 씨가 후회할지도 모릅니다."

이 비정한 세계에서 살면서, 복수의 연쇄에 사로잡혀서, 리오 안에 있는 아마카와 하루토의 가치관이 제법 닮았다.

그러려던 것은 아니었다. 아마카와 하루토는 변해버렸다. 아니, 아마카와 하루토는 정말로 죽어버렸다고, 미하루는 언젠가 환멸하게 될지도 몰랐다.

그렇다면 처음부터 함께하지 않는 편이 나았다. 리오는 그렇게 생각했다.

"……내 생각은, 그래도 변함없어요."

미하루는 입술을 깨물며 강하게 말했다.

"미하루 씨가 가진 제 이미지와 실제 제가 크게 다를지도 몰라요."

리오가 자조하며 말했다.

"나는 지금 내 눈앞에 있는 리오 씨에게서 하루의 모습을 봤어요."

미하루는 꿋꿋했다.

"저는 기억을 되찾기 전에 뭐든지 하는 범죄자 집단 밑에서 그 날 끼니를 때우기 위해 뭐든지 했어요. 그런 남자입니다. 그래도요? 그게 당신이 아는 아마카와 하루토라는 사람입니까?"

말하는 리오의 눈빛이 몹시 차가웠다.

"그, 그건, 기억을 되찾기 전의 일이니까……."

"기억을 되찾기 전도 기억을 되찾은 후도 제가 한 일입니다. 형편에 맞춰 다른 사람이 되어 죄가 사라지지는 않아요."

"……."

미하루는 입을 다물었다.

"그런 거예요. 기억을 되찾은 후에도 남에게 떳떳한 삶을 살지 않았어요. 분노로 상대가 의식을 잃을 때까지 사람을 때렸어요. 습격한 적을 물리치기 위해 사람을 죽였습니다. 어머니를 잃은 원한으로 한 남자를 죽일 생각입니다."

리오는 담담하게 상식적인 일본인의 가치관에 어울리지 않는 행위를 열거했다.

"아……."

미하루는 무슨 말을 하려고 했으나 아무 말도 하지 못했다.

"물론 정하는 것은 미하루 씨니까 앞으로도 바위 집에서 살겠다면 억지로 말리지는 않을게요. 하지만 좀 더 생각하는 게 나을 거예요. 제가 죽이려는 사람은 제가 누군지 압니다. 그러니 제 곁에 있으면 미하루 씨도 휘말릴 수 있어요. 그건 싫네요. 아키와 마사토…… 특히 아키가 미하루 씨를 많이 따르는 거, 보면 알아요. 타카히사 씨도 있죠. 제 곁에 있는 것보다는 지구에서 함께하던 사람들과 함께하는 편이 행복하지 않을까요?"

리오가 아키 일행의 존재를 들고 나오며 미하루를 타일렀다.

"내 행복이…… 분명 그 아이들과 관계가 없지는 않지만."

미하루는 답답한지 얼굴이 어두워졌다.

"미하루 씨가 누구와 함께 할지는 일단 두고 보죠. 지금 당장 답을 내릴 문제가 아니고 아키 일도 이야기하고 싶으니까요. 단도직입적으로 묻겠는데…… 아키는 아마카와 하루토라는 인간을 싫어하죠? 만나서 제 이름을 말했을 때나 그 외에 가끔 아키의 반응을 봐서 하는 말이에요."

리오는 아키로 화제를 바꿨다.

"……네, 싫어해요."

미하루는 잠시 침묵하다가 마음을 바꿨는지 천천히 고개를 끄덕였다.

"제 전생이 아마카와 하루토라는 것은 제 입으로 아키에게 말할 일이라고 생각해요. 다만, 아키가 어떻게 반응할지, 왜 까닭 없이 싫어하는지 미하루 씨의 의견을 듣고 싶어요."

리오가 상의하고 싶은 내용을 말했다.

"하루…… 리오 씨."

미하루가 하루 또는 하루토 씨라고 부르려다가 리오라도 바꿔 불렀다.

"평소처럼 하루토라고 불러도 괜찮아요. 누가 리오라는 이름을 듣기라도 하면 곤란하거든요."

리오는 조금 불편한지 시선을 피하며 하루토로 불러달라고 호칭을 지정했다.

"하루토 씨는 부모님 이혼 후의 아키를 얼마나 알아요?"

"거의 아무것도 몰라요. 스무 살이 될 때까지 어머니와 관련된 정보는 아버지가 완전히 차단했고 스무 살이 돼서 어머니와 한 번 만났을 때, 아키에 대해 물으니 잘 지낸다는 말밖에 못 들어서 설마 이 세계로 미하루 씨와 함께 전이했을 줄은 생각도 하지 못했어요."

"그랬군요. 아키는 아버지와 하루 이야기가 나오면 몹시 감정적으로 나와요. 그래서 딱 한 번 아키를 크게 혼내서 울린 적이 있는데…… 그 후로는 아키 앞에서 하루 이야기는 하지 않았죠. 그래서 이건 내 추측인데요……."

"들을 수 있을까요?"

리오가 묻고 미하루를 빤히 쳐다봤다.

"아키는 하루와 아버지를 정말 좋아하는데 아무것도 모르는 상태로 갑자기 두 사람과 떨어져 살게 되니 슬프고 외로웠을 거예요. 그 무렵의 아키는 겨우 네 살이었고 왜 두 사람이 사라졌는지도 몰라서 계속 두 사람이 돌아오지 않아 괴로워했어요."

미하루는 당시 아키의 심정을 헤아리며 어두운 얼굴로 말했다.

"그렇군요……."

리오는 떨떠름한 얼굴로 받아들였다. 그냥 슬프다는 것

만으로는 아키가 아마카와 하루토에게 불합리한 원인불명의 분노를 느끼는 이유는 설명되지 않았다.

"그리고 당시에는 유키 씨…… 어머니도 이혼으로 힘들어했고 일도 힘들어서 몸이 망가지고 말았어요. 그래서 아버지와 하루가 돌아오지 않는 불만이 점점 분노로 바뀌지 않았을까 싶어요."

미하루는 아키가 분노하게 된 이유를 보충했다. 유키는 아키와 아마카와 하루토의 어머니다.

"……아키는 부모님이 이혼한 이유를 아나요?"

"미안해요. 몰라요. 이혼과 관련된 이야기는 금기시돼서."

리오가 약간 망설이며 묻자 미하루가 미안해하며 부정했다.

"그렇군요……. 알려주지 않은 걸 수도 있겠어요."

리오가 말했다.

"그걸 어떻게 알아요?"

미하루가 눈을 동그랗게 뜨며 물었다.

"……크고 나서 아버지께 들은 이야기인데, 어머니의 바람 때문에 이혼했고 아키는 아버지의 친자식이 아닌 모양이에요."

리오가 조금 민망해하며 말했다. 말해야 할지 조금 망설였지만, 상황이 이렇게 됐으니 미하루가 아는 편이 낫다고 판단하고 가르쳐주기로 했다.

"네……?"

미하루는 놀라서 말을 잃었다.

"아마카와 하루토와 아키는 이부남매였어요. 그래서 아버지가 몹시 화가 나서 이혼하셨습니다. 어머니가 아키에게 직접 말하기는 좀, 그렇죠."

잘못한 사람은 바람피운 당사자지만, 그 결과로 아키가 태어났다. 자기 탓으로 부모님이 이혼했다고 자책할지도 모르고, 적어도 사춘기인 본인에게 말할 이야기는 아니었다.

"……저, 저기, 아키는 하루토와 아버지를 싫어하는 게 불합리한 분노라는 것을 잘 알고 있을 거예요. 그저 감정을 잘 제어하지 못하는 거지……. 미안해요."

미하루가 책임을 느꼈는지 고개를 떨구듯이 머리를 숙였다.

"왜 미하루 씨가 사과하죠? 아키가 사과할 일도 아니에요."

리오가 씁쓸하게 웃으며 미하루에게 말했다.

"나는 아키의 언니처럼 굴면서 정작 상황을 지켜보는 것밖에 못해서……."

아키와 관계가 틀어질까 걱정돼서, 괜히 아키의 화를 돋울까 무서워서 하루토와 관련된 화제에서 멀어졌다. 미하루는 부끄러워졌다.

"제대로 오빠 노릇을 하지 못한 아마카와 하루토의 기억을 가진 제가 할 말은 아니지만, 제가 미하루 씨여도 상황을 지켜보는 게 최선이었을 거예요. 고마워요. 사라진 아마카와 하루토 대신 아키 곁에 있어줘서."

리오는 아마카와 하루토의 모습을 짙게 풍기며 미하루에게 감사를 표했다.

"……."

미하루는 리오의 얼굴을 보며 애달프게 얼굴을 찌푸렸다. 한순간, 리오의 외모와 꿈에서 본 성장한 아마카와 하루토의 외모가 겹쳤다.

이런 점이었다. 이런 점에서 아마카와 하루토의 얼굴이 보여서 미하루는 리오와 아마카와 하루토를 무심코 겹쳐 보고 말았다.

본인은 다른 사람이라고 하지만, 미하루는 아직 받아들이지 못했다. 그러나 리오가 하는 말도 꼭 틀렸다고만은 할 수 없어서 질이 나빴다.

"왜 그러세요?"

리오가 미하루의 얼굴을 들여다보며 이상하다는 듯이 고개를 기울였다.

"아뇨……. 아무것도 아니에요."

미하루는 아직 정리할 수 없는 감정을 억누르고 억지로 웃으며 고개를 가로저었다.

"아키에게 제 전생을 말할 때는 미하루 씨도 함께 있어 줬으면 좋겠어요. 그리고 아키가 눈에 띄게 거부하면 타이밍을 봐서 도와줬으면 합니다."

"네. 당연히 함께해야죠. 그런데 어떻게 말하는 게 최선일지 좀 더 생각해볼게요."

"물론이죠. 여기서 한 이야기를 누구에게 어느 선까지 말하느냐 하는 것도 사츠키 씨와 상의해도 괜찮으니까 정리해보세요."

리오가 말하고 조금 쓸쓸한 표정을 지었다. 미하루는 사츠키가 있는 침실로 가서 잠시 둘만의 대화를 나누었다.

◇ ◇ ◇

한편, 가르아크 국왕 프랑수아의 집무실에는 제1 왕자인 미셸이 동생인 제2 왕녀 샤를로트를 데리고 밀어닥쳐 ─그렇다기보다는 샤를로트가 당연하다는 듯이 스스로 따라왔다─ 반쯤 억지로 아버지를 면회했다.

"외람되오나 아버님, 대체 무슨 생각이십니까?"

미셸이 허락을 받고 집무실에 들어가 이해가 안 된다는 표정으로 집무의자에 앉은 프랑수아에게 따지고 들었다.

"국익을 우선해야 한다."

프랑수아가 서류를 보며 담담하게 말하자 미셸은 자기도 모르게 위축됐다.

"무슨…… 말씀이십니까?"

"너야말로 무슨 말이냐?"

프랑수아가 그제야 얼굴을 들어 아들의 얼굴을 보았다.

"저, 저는 그런 정체 모를 남자에게 명예기사의 칭호를 하사한 아버님의 생각을 모르겠다고 말씀드린 겁니다."

미셸이 살짝 상기된 목소리로 간언했다.

"말할 것도 없다. 국익 때문 아니겠느냐."

프랑수아가 담박하게 말했다.

"……저는 도통 모르겠습니다. 아무리 당대 한정인 칭호라고는 하나, 명예기사는 백작에 준하는 지위가 아닙니까? 분명 관습상으로는 외국인에게도 지위를 하사할 수는 있으나 그것은 타국으로 출가한 자국 귀족에게 주는 것을 상정하고 있습니다. 그런데 귀족도 아닌 떠돌이에게 하사하다니 전대미문입니다. 대충 돈이나 패물을 줬으면 될 일입니다. 더군다나 사츠키의 방에 연일 머물게 하다니……."

미셸이 얼굴을 찌푸리고 감정을 드러냈다.

"흥."

프랑수아가 재미있다는 듯이 비웃었다.

"무, 무엇이 재미있으십니까?"

"미셸. 짐은 몇 개월을 기다렸다. 사츠키 공이 네게 반할지 말이다. 그러나 결과는 안 됐지. 우울해하던 사츠키 공의 의식은 날로 밖으로 향하기만 했다. 그래서 짐은 이번 연회를 개최했다."

"……친구를 찾으려는 사츠키의 기분을 풀어주기 위해서요?"

미셸이 얼굴을 찡그리고 물었다.

"그것도 그렇지. 그러나 그것은 눈앞의 목적이다. 더 장기적인 시점으로 생각하면 사츠키 공을 우리나라에 묶어

두기 위해서라고 말하는 편이 정확하겠지. 사랑으로 묶어 둘 수 없다면 다른 수를 모색해야겠다고 생각했을 따름이 다. 연회자리가 안성맞춤이지."

"용사인 사츠키를 나라에 묶어두는 것은 왕족인 우리 역 할입니다."

"그래서 기다린 것 아니냐, 몇 개월을. 사츠키 공은 예리 한 소녀다. 이제 와서 너 외의 다른 왕족을 붙이면 어떤 반 응을 보이겠느냐?"

"하, 하오나 섣불리 외부로 시선을 돌리면 곤란합니다. 아무리 사츠키 친구의 은인이라고는 하나, 정체 모를 평민 남자를 가까이 두시는 의도를 모르겠습니다. 그런 것이라 면 아직 제가……."

"흥, 사츠키 공이 다른 남자와 친해지는 것이 싫으냐? 미셸."

프랑수아가 다시 비웃으며 아들의 얼굴을 응시했다.

"무슨……."

미셸은 얼굴이 빨개져서 말문이 막히고 말았다.

"네게 사츠키 공의 마음을 끌어 신용을 얻으라고 명령했 다만……. 도리어 네가 반해버리다니 제법 귀여운 점도 있 구나."

프랑수아가 큭큭 웃음을 흘렸다.

"그, 그렇지 않……!"

"짐이 모를 줄 알았느냐? 네가 무슨 생각을 하는지 손에 잡힐 듯 뻔하다. 사츠키 공이 네게 끌리지 않는다는 것도 말이다. 스스로도 잘 알 텐데?"

"……."

미셸은 아무 말도 할 수 없었다.

"용사는 신앙의 상징이자 극히 정치적 이용가치가 높은 극약이기도 하다. 따라서 국정에 맞게 잘 복용하면 만능특효약이 되기도 하지만, 잘못 복용하면 나라를 어지럽히는 맹독이 되기도 한다. 잘 알고 있겠지?"

"……네."

미셸이 떨떠름한 얼굴로 고개를 끄덕였다.

"혼인은 성공하면 보상도 큰 효과적인 공격 수단이지만, 상대는 용사다. 흔한 왕후 귀족의 딸에게 하듯이 원치 않는 정략결혼을 강요할 수는 없다. 무엇보다 사츠키 공이 자기 뜻을 무시한 정략결혼은 받아들이지 않을 테지. 사츠키 공이 자기 의지로 우리나라에 소속되길 바란다."

프랑수아가 말했다.

'사츠키 공이 남자였다면 다르게 공략했겠지만.'

그런 생각을 하며 이어지는 말을 해서 미셸의 자존심을 자극했다.

"가망이 없다면 미움받기 전에 물러나라. 포기할 줄 모르는 남자는 기피된다. 사츠키 공이 어떤 사람인지 몇 달 동안 알았을 텐데?"

"……아, 알겠습니다."

미셸은 그 말에 조금 냉정해졌는지 자기 감정을 삼키듯이 고개를 끄덕였다.

　"그럼 됐다. 이쯤 하면 짐의 행동이 전부 사츠키 공이 자기 의지로 우리나라에 머무르도록 하기 위해서라는 것은 알았겠지?"

　"물론 목적에는 이견이 없습니다."

　"하지만 수단이 마음에 들지 않다는 말인가. 너는 격식에 너무 얽매이는 경향이 있어. 용사는 육현신의 신위를 체현한 사도. 신위로 권위를 유지하는 우리에게는 부담스러운 존재다. 마음대로 할 수 없는데 억지로 다루려고 하는 것은 졸책 중의 졸책. 사츠키 공을 가두는데 효과적인 한수가 있다면 기존 가치관과 고집을 버리고 적극적으로 이용하는 기량이 필요하다."

　"연회와 연회로 오게 된 미하루 공과 타카히사 공……그리고 하루토도 다 그것을 위해서입니까? 아버님."

　미셸이 하루토의 이름을 말할 때만 살짝 찜찜한 표정을 지었다.

　"그렇다."

　"하지만 사츠키를 나라에 가두는 것과 하루토를 사츠키의 방에 묵게 하는 것, 명예기사로까지 키워주는 것이 무슨 관계가 있는지 저는 이해가 되지 않습니다. 미하루 공을 함께 가둬두면 되는 문제 아닙니까?"

　프랑수아가 바로 대답하자 미셸이 물었다.

"미하루 공은 용사인 사츠키 공과 같은 세계에서 온 이이다. 용사는 아니나 사츠키 공과 오랜 친밀한 관계다. 그러면 육현신과 전혀 무관하다고 판단하고 가벼이 여길 수는 없지 않으냐? 사츠키 공의 기분이 상해도 귀찮으니까."

"그래서 하루토에게 주목했다는 말씀이십니까……?"

"애초에 하루토는 그만한 걸물이다. 사츠키 공과의 관계성을 제외하고도 버려둘 수는 아니다. 사츠키 공도 하루토가 제법 마음에 든 모양이니 말이다. 그렇지 않느냐, 샤를로트."

프랑수아가 그제야 조용히 듣고 있던 샤를로트에게 말을 걸었다.

"네, 사츠키 님은 요 며칠 달라 보일 정도로 밝아지셨어요. 미하루 님과의 재회는 물론이고 하루토 님의 영향도 큰 것이 틀림없어요. 본인도 오랜 친구 같다고 말씀하셨고 도둑의 침입으로 중단됐으나 춤도 주저하지 않으셨고요."

샤를로트가 연회 중에도 사츠키를 꼼꼼히 관찰했는지 방긋 웃으며 보고했다.

"그렇다는군."

프랑수아가 기분 좋게 미소 지었다.

"……알겠습니다."

미셸이 드디어 받아들였는지 어깨를 떨구고 고개를 끄덕였다.

"그러면 됐다만, 관대해져라, 미셸. 여유를 가지고 하루토를 도와주면 사츠키 공이 너를 보는 시각이 달라질 수도 있지 않느냐?"

"무, 무슨 말씀이십니까?"

프랑수아가 씩 웃자 미셸의 얼굴이 빨개졌다.

"훗. 지금은 상황이 복잡해 추이를 살피는 중이지만, 네 처지와 위치를 알고서 한 행동은 짐도 참견하지 않겠다. 사츠키 공에 관해 무언가 알아내는 게 있으면 앞으로도 보고하러 오도록."

"네, 네, 알겠습니다. 그러면 저는 이만 실례하겠습니다. 가자, 샤를로트."

미셸이 상기된 목소리로 고개를 끄덕이고 발을 돌려 샤를로트와 나가려고 했다.

"아니, 샤를로트는 남거라. 잠시 할 이야기가 있다. 너는 나가도 좋다."

프랑수아가 샤를로트만 남으라고 말했다.

"……알겠습니다. 그러면 나중에 보자, 샤를로트."

미셸은 고개를 끄덕이고 물러났다. 프랑수아가 샤를로트에게 무슨 이야기를 할지 조금 신경 쓰였지만, 나중에 샤를로트에게 듣기로 했다.

곧 아버지 프랑수아와 딸 샤를로트가 둘만 남았다.

"역시 대단하세요, 아버님. 오라버니가 어떻게 행동하는지 다 꿰고 계시네요. 아버님이 그렇게 말씀하시면 오라버니도 하루토 님을 인정하지 않을 수가 없죠."

샤를로트가 후훗 웃으며 말했다.

"그 녀석에게 부족한 것은 경험부족에서 오는 유연한 사고다. 가닥만 짚어주면 합리적으로 생각할 수 있어."

"본받겠습니다."

"훗, 그만해라."

프랑수아가 싫지만은 않은 듯이 웃었다.

"저를 남기신 건 역시 사츠키 님과 관련된 이야기인가요? 사츠키 님을 둘러싼 인간관계는 어젯밤에 보고 드렸습니다만."

사츠키를 둘러싼 인간관계에는 미하루와 하루토는 물론, 어제 연회에 새로 출석한 타카히사도 테두리 안에 들어갔다.

"그 보고를 받고 하룻밤 생각한 뒤의 이야기다. 경계심이 강한 사츠키 공이 하루토에게는 빠르게 마음을 열었는데 이 관계를 이용하지 않을 수가 없지. 고착상태에 빠진 정치 정세가 드디어 움직이기 시작했다. 돌머리 귀족들이 난색을 표하는데……."

"그래서 새로운 명예기사를 탄생시킨 것을요."

샤를로트가 잘 아는 얼굴로 말했다.

"눈에 띄는 공이 있으면 돌머리들도 트집을 잡기가 어렵지. 원래 쌓은 공이 있기는 하나, 하루토가 연회에서도 그만한 무공을 세운 것이 참으로 기쁘기 그지없구나."

프랑수아가 기분 좋게 싱글벙글 웃었다. 요컨대 하루토

를 사츠키와 가르아크 왕국의 가교 또는 완충재로 쓰려는 계획이었다.

"네. 그러면 저는 앞으로 사츠키 님이 하루토 님을 마음에 들어 하시도록, 나아가서는 우리나라와 신뢰관계를 이루시도록 간접적으로 움직이면 될까요?"

샤를로트도 기쁘게 웃었다.

"그렇다. 다만, 다름 아닌 사츠키 공이니까 성급하게 움직이면 경계할 거다. 어디까지나 자연스럽게 사츠키 공이 결정하도록 움직여라. 방식은 네게 맡기마."

프랑수아가 샤를로트에게 현장에서의 재량을 일임했다.

"어머, 정말요?"

샤를로트가 한층 기뻐하며 눈을 반짝였다.

"미셸처럼 전통과 격식을 짊어진 자에게는 맡기지 못하지. 너는 너무 유연하지만…… 우수한 것은 인정한다. 사츠키 공에게 어느 정도 신뢰도 받고 있으니."

"영광입니다. 그러면 역할을 다하기 위해 하나만 여쭙겠습니다. 아버님은 사츠키 님과 하루토 님이 얼마나 은밀한 관계가 되길 바라세요? 미래를 약속할 정도까지?"

여기서 미래를 약속한다는 것은 물론 혼인을 뜻했다. 샤를로트는 대답을 알면서 일부러 묻듯이 즐거워했다.

'미셸에게 완전히 가망이 없다면 아예 나라의 영향 하에 있는 하루토와 사츠키 공이 사랑에 빠지게 하고 그 아이를 우리나라 왕족과 혼인을 맺게 하는 것도…… 방법이긴 한

데……..'

프랑수아가 순식간에 생각했다.

"상황을 보자꾸나. 반드시 사츠키 공에게 그런 마음이
있다고 할 수도 없으니. 두 사람의 관계를 관찰하며 변화
가 생기면 즉시 보고해라. 정세를 보고 가장 적절한 지시
를 내리겠다."

샤를로트에게 명령했다.

"알겠습니다. 미하루 님과 타카히사 님, 리리아나 님의
관계는 잘 이용할 수 있을 것 같으니 그 선에서 공략해보
는 것도 재미있을 것 같네요. 그러면…… 어머나, 어떡하
죠? 고민되네요."

샤를로트가 무척 기뻐하며 웃었다. 프랑수아가 딸을 조
금 기막히게 쳐다보면서도 앞으로의 동향을 생각하며 표
정을 풀었다.

약 한 시간 정도 뒤. 센트스텔라 왕국에서 온 손님인 타
카히사와 리리아나가 머무는 가르아크 왕성 객실 거실.

"미하루와 사츠키 씨는 아직 그 자와 이야기하는 중인가?"

타카히사가 실내를 안절부절못하고 돌아다니며 소파에
앉은 리리아나에게 물었다. 리리아나가 알 턱이 없는 질문
이었으나 모른다는 걸 알고 한 질문이었다.

"타카히사 님께 오시지 않는 것을 보면 그렇지 않을까요?"

리리아나가 차분한 목소리로 대답했다.

"그래, 그렇겠지……."

타카히사가 소파에 앉아 초조하게 다리를 떨기 시작했다. 리리아나는 타카히사를 보며 제안했다.

"타카히사 님, 자면 시간이 빠르게 흘러갑니다. 며칠 동안 여행과 연회로 피곤하실 테니 침실에서 잠깐 주무세요. 미하루 님과 사츠키 님이 오시면 깨워드릴게요."

"그럴까?"

"피로는 모르는 사이에 쌓이는 법이에요. 침대에 누우면 수마가 몰려올 테니 오늘 밤 연회를 준비하기 위해서라도 시험 삼아 누워보세요."

리리아나가 타카히사의 몸을 걱정하며 타일렀다.

"그래……. 그러면 부탁할게."

타카히사가 살짝 미소 짓더니 가벼운 한숨을 내쉬고 일어섰다. 스스로도 안절부절못한다는 자각은 있는 모양이었다. 기분을 전환하기 위해서라도 침대에 눕는 것이 좋다고 생각했다.

"푹 쉬세요."

"응, 쉬고 올게."

타카히사가 걸어갔다. 타카히사의 침실 문이 닫히고 거실에는 소파에 앉은 리리아나와 측근 시녀인 10대 중반의 프릴, 그리고 호위 기사이자 책임자인 힐다, 세 사람만 남았다.

"힐다, 방문 앞에 키아라만 남기고 엘리스를 불러줄래?"

리리아나가 갑자기 힐다에게 지시를 내렸다.

"알겠습니다."

힐다가 공손히 고개를 끄덕이고 방 밖으로 나갔다. 문을 열고 키아라라는 여기사와 함께 경비를 서던 엘리스라는 소녀 기사에게 말을 걸어 안으로 불렀다.

"부르셨습니까? 리리아나 님."

엘리스가 고개를 갸웃거리며 아직 어린 티가 남은 목소리로 물었다. 엘리스의 나이는 열네 살, 열일곱 살인 키아라와 비교해도 왕족 호위 기사치고는 조금 어린데, 젊은 여기사는 경사로 퇴직하는 일이 많고 엘리스의 특수한 재능 때문이었다. 그 재능 때문에 그녀는 공작 영애이면서 기사라는 직무를 맡았다.

"엘리스, 어제 연회 중에 아마카와 경의 몸에서 자연스럽게 흘러나온 마력의 양이 엄청나다고 했지? 그게 어느 정도였어?"

리리아나가 물었다. 그렇다. 엘리스는 슈트랄 지방에 사는 인간족이면서 마력을 볼 수 있었다. 그녀가 이 능력에 눈을 뜬 것은 열두 살 때로 제1 왕녀인 리리아나의 호위로 스카우트되었다.

"음, 용사님과 비슷한 정도일까요? 솔직히 자신 없습니다. 몸에서 나오는 마력은 제어할 수 있고 그 사람은 제어

기술도 대단해보였거든요. 그렇게 깔끔하게 마력을 두른 사람은 처음 봤어요. 전체 마력의 양은 어쩌면 용사님 이하일 수도 있고 이상일 수도 있어요."

엘리스가 입가에 손가락을 대고 곰곰이 생각하며 대답했다.

마법을 쓸 수 있는 사람이라면 정도의 차이는 있어도 마력을 감지하고 조작할 수 있지만, 거기서 나아가 마력을 볼 수 있는 사람은 거의 없었다. 정령술을 쓰려면 필수 기술이지만, 인간족은 선천적으로 정령술을 습득하기에 적합하지 않은 종족이었다.

물론 일정 기간 동안 훈련만 제대로 하면 마력을 볼 수 있지만, 공교롭게도 습득난도가 낮은 마법기술이 너무 많이 보급된 슈트랄 지방에는 정령술 수업 노하우를 아는 사람이 없었다.

그러나 인간족 중에도 드물게 정령술에 높은 소양을 가진 예외적인 천재가 있었고 그게 바로 엘리스라는 소녀였다. 정령술은 쓰지 못하지만, 마력을 볼 수 있는 재능을 살려 수상한 마력 흐름을 찾는 등, 호위 임무에 적합했다. 그리고 사람의 몸에서 자연스럽게 나오는 마력의 양을 봐서 그 사람이 보유한 전체 마력의 양을 대강 알 수 있었다.

참고로 마법 사용에 필수적인 마력 감지와 조작에 한해서는 천재 마도사라 불리는 세리아의 재능이 압도적으로 높지만, 마력 가시화에 한해서는 엘리스의 재능이 세리아를 웃돌았다. 다만, 최근에는 세리아도 바위 집에서 마력 가시화 훈련 중이라 그 재능 차이도 노력으로 좁혀지고 있었다.

"······용사님 이상의 마력이라니, 그게 가능해? 우리나라 모든 궁정마도사를 합친 양보다 많은 마력을 보유했는데?"

힐다가 약간 믿기 어려운지 의아한 얼굴로 물었다.

"그래서 솔직히 자신이 없다고 말했잖아요. 끝이 보이지 않는다고 하는 게 정확하겠네요. 몸에서 나오는 마력의 양이 그 사람이 내포한 마력의 양에 좌우되긴 하지만, 보유한 마력의 양은 엄청 대략적으로밖에 추측 못해요. 훈련에 따라 몸에서 나오는 마력의 양을 일상적으로 조절할 수 있게 되기도 하고요. 한 컵과 한 양동이 물의 차이도 모르는 정도라고 생각해주세요."

엘리스가 어깨를 으쓱하며 말했다.

"힐다가 보기에는 아마카와 경의 실력이 어느 정도야?"

리리아나가 힐다에게 물었다.

"······연회에 도적이 밀어닥쳤을 때의 전투에 한해서는 초일류의 실력이었습니다. 수많은 미노타우로스를 검술로 압도하고 마검으로 아룡의 브레스를 밀어냈다는 등의 소문을 뒷받침할만한 실력을 갖췄습니다."

힐다가 추측했다.

"즉, 아마카와 경은 나무랄 데가 없는 분이라는 거네. 어젯밤 연회에서 미하루 님과 대화를 나누고 조금 전 알현실에서의 행동거지를 보면 조용한 인격자인 것도 같고."

리리아나가 정리하고 조금 우울하게 한숨을 내쉬었다.

"……그자에게 무슨 문제라도?"

힐다가 눈을 가늘게 뜨며 물었다. 만약 무슨 걱정이 있어서 호위에 지장이 생길 우려가 있으면 호위 책임자로서 파악해두어야 했다.

"그런 거 아니야."

리리아나가 말했다. 그러나 얼굴에는 우울한 기색이 엿보였다.

'아마카와 경은 문제가 없어. 이렇게 화제를 모으고 있는걸. 아마카와 경의 소문은 여기저기서 들었어. 전부 그를 칭송하는 것뿐이야. 문제가 있다면…….'

타카히사가 하루토 아마카와라는 명예기사에게 적지 않은 질투심을 불태우고 있다는 점이었다. 하루토와 관련된 좋은 소문을 들을 때마다 얼굴이 어두워졌다. 그 원인은 미하루라는 소녀였고 리리아나는 타카히사가 어떤 감정을 품었는지 알고 있었다.

'타카히사 님은 아마카와 경을 질투하고 계셔. 본인이 얼마나 아는지는 모르지만…….'

리리아나는 지인인 사츠키와 다시 만나 불안정했던 타카히사의 정신이 안정되길 바라며 이번 가르아크 왕국 방문을 실현시켰다.

그러나 오히려 가르아크 왕국에 와서 타카히사의 정신

이 더 불안정해지지는 않을까. 지금까지 타카히사의 상태를 보니 리리아나는 그런 걱정이 들었다. 지금은 아직 작은 불안의 씨앗일 뿐이지만…….

'은인이자 그 같은 초인을 질투하면 위험해.'

사람이 모든 면에서 누군가를 이기기란 불가능하다. 사람마다 각기 장단점이 있으니까.

그러나 질투는 사람의 눈을 가린다. 그럴 필요가 없는데도 모든 면에서 상대를 이겨야 한다고 착각할 우려가 있다. 이기지 못하면 참을 수 없는 불만을 가지게 된다.

만약 타카히사의 질투가 뿌리 깊다면? 하루토라는 소년에게 이길 수 없는 부분에서 결정적인 패배를 깨달아버린다면?

그렇게 되기 전에 질투의 씨앗에서 타카히사를 멀어지게 하는 것이 대증 요법으로는 최선이리라. 구체적으로는 타카히사에게 빠른 시기에 귀국을 권유할 것.

'……그걸 알아도 지금의 타카히사 님에게는 귀국을 권유할 수 없어.'

그러나 서둘러 돌아가자고 제안해도 타카히사는 받아들이지 않으리라.

리리아나도 억지로 타카히사를 구속해서 귀국시킬 수는 없었다. 그런 짓을 하면 타카히사의 마음이 상해 나라를 배반할 수 있었다.

'타카히사 님의 마음 가시는 대로. 그것이 왕녀인 내 임

무. 하지만······.'

타카히사를 올바르게 이끄는 것도 보좌인 자신의 임무였다. 리리아나는 조용히 눈을 감고 새로 결심했다.

그때, 타카히사가 자러 간 침실 문이 열렸다. 그곳에서 나타난 사람은 당연히 타카히사다.

"저기, 리리. 어쩌면 이야기가 끝났을 지도 모르니까 사츠키 씨와 미하루의 방에 확인하러 가보면 안 될, 까?"

타카히사가 몹시 불안한 얼굴로 리리아나에게 물었다.'지금 이 순간, 리리아나는 그의 편이 되어줄 수 있는 사람은 자기뿐이라는 착각에 빠졌다.'타카히사라는 소년이 얼마나 약한지, 용사라고 해도 그저 소년에 지나지 않다는 것을 리리아나는 알고 있었다.

사츠키의 이름을 꺼내기는 했지만, 타카히사가 만나고 싶은 사람은 미하루다. 그런 것도 쉽게 간파당할 정도라······.

"······추천은 못하겠군요."

리리아나가 망설이다가 대답했다.

"······."

타카히사는 풀이 죽어 고개를 숙였다. 그러나 이어진 리리아나의 말에 얼굴이 밝아졌다.

"확인하고 안 될 것 같으면 바로 물러나겠다고 약속하신다면 동행하겠습니다. 어떠세요?"

"가자!"

즉답이었다. 그 알기 쉬운 표정 변화는 왕후 귀족이라면 그 자리에서 실격. 타카히사는 리리아나가 왕녀로서 접한 적이 없는 타입이었다. 그래서 어떻게 대하면 좋을지 모를 때가 있었다.

"갈까요? 너희도 따라와."

리리아나는 키득 웃고 다른 이들에게 움직이라 재촉했다. 따끔, 가슴에 가시가 박히는 통증을 느꼈다.

한편, 리오가 사츠키와 미하루에게 자기 전생을 말하고 미하루에게 앞으로의 일과 아키와 관련된 이야기를 한지 약 한 시간이 지났을 무렵의 일이다.

미하루는 사츠키와 이야기를 마치고 다시 리오가 있는 곳으로 돌아왔다. 거기서 다시 앞으로의 논점을 정리했다.

즉, 센트스텔라 왕국의 왕녀인 리리아나를 경계하며 타카히사에게 어디까지 사실을 밝혀야 하는가, 생전의 아키와의 관계를 짚고 아마카와 하루토의 일을 어디까지 센도 집안사람들, 아키에게 가르쳐주어야 하는가.

"미하루에게 이것저것 들었는데 센도 집안의 세 사람에게 이야기할 때 가장 중요한 점은 아키지? 하루토 군의 전생인 아마카와 하루토 군은 아키가 몹시 싫어했고 아키는 하루토 군의 전생이 그 하루토 군이라는 걸 모르고……. 여러모로 상황이 복잡해."

사츠키가 사정을 소리 내어 말한 후 문제의 복잡함을 실감하고 쓴웃음 지었다.

"죄송합니다."

리오가 사과했다.

"저도 아키와 사이가 바뀌는 게 무서워서 아무것도 하지 않아서……."

미하루도 미안해하며 고개를 숙였다.

"아니, 두 사람이 사과할 일은 아닌데, 으음……."

사츠키가 어떻게 해야 하나 고개를 갸웃거렸다. 그리고 이렇게 말문을 열었다.

"아키의 분노는 불합리하다고 생각하지만, 말로 설명해서 받아들인다면 지금까지 감정을 질질 끌지도 않았겠지? 그래서 미하루도 아키를 타이르기 힘들었을 거야. 하루토 군이 아키에게 전생을 밝히면 반발해서 이야기가 꼬일 우려도 있어."

"……네."

미하루가 괴로운 얼굴로 고개를 끄덕였다.

"하다못해 몇 년 동안 지구로 돌아가지 못할 수도 있다는 말을 하려면 필연적으로 하루토 군의 전생도 이야기해야 해. 타카히사에게는 아키와 마사토가 무사하다고 전하는 게 요점이고 그 반대도 그래. 지구로 돌아가기 곤란하다는 것도 계속 숨기는 건 너무하지. 으음……."

사츠키가 얻은 정보를 객관적으로 정리하고 생각에 잠

겨 목을 울리다가 제안했다.

"이렇게 하는 건 어때? 이야기가 꼬여도 안 되고 리리아 나 왕녀 일도 있으니까 타카히사에게는 일단 최소한의 정 보만 가르쳐주자. 아키와 마사토가 무사하다는 것만. 그리 고 아키와 마사토…… 아니, 아키에게는 타카히사가 무사 하다는 것과 하루토 군의 전생도 알려줘. 하루토 군이 아 마카와라는 성을 꺼냈으니 아키도 눈치챌 테고 성으로 데 려온 후에 말하면 늦을 거야."

"……이견 없습니다."

리오가 입가에 손을 대고 생각하고 사츠키의 의견에 찬 성했다. 이야기가 복잡해지는 것을 조금이라도 막기 위한 가장 합리적인 절차로 보였다.

"정말? 반대의견이 있으면 꼭 말해."

"아뇨, 저도 그게 최선이라고 생각해요. 대단하신데요, 사츠키 씨."

"아하하, 진행자라고 할까? 학생회 임원이었으니까. 이 야기하며 생각한 걸 바로바로 말하는 것뿐이야. 아키가 엮 인 문제는 그나마 내가 제삼자니까 객관적으로 볼 수 있다 고 할까? 그러면 미하루는 어때?"

사츠키가 조금 부끄러워하더니 아직 의견을 말하지 않 은 미하루에게로 말을 돌렸다.

"저도 그게 좋다고 생각해요."

미하루가 고개를 끄덕이고 리오와 사츠키의 의견에 동

의했다.

"남은 문제는 세 사람이 서로 만나고 싶어 할 때 아키와 마사토를 성으로 데려와도 되느냐는 거네요. 답은 나왔나요?"

리오가 타카히사와 아키, 마사토가 서로의 무사함을 알았을 때, 일어날 전개를 언급했다.

"미하루와 이야기해봤는데 당사자 세 사람이 문제점을 받아들이고도 만나고 싶다면 성으로 데려와서 만나게 하는 수밖에 없다고 생각해."

사츠키가 미하루와 눈빛을 주고받고 고개를 끄덕이더니 그들의 의견을 밝혔다.

"알겠습니다. 그러면 타카히사 씨에게 설명하는 건 사츠키 씨와 미하루 씨에게 맡기고 아키와 마사토에게 설명하는 건 오늘 밤이라도 제가 성을 나가서 하고 올게요."

"저기, 그러면 나도……."

미하루가 곧바로 따라가겠다고 했다.

"……알겠습니다. 그러면 사츠키 씨는 기다려주실래요? 지금 성 경계태세 하에 만약 무슨 일이 일어나 이 방에 누가 왔는데 사라진 사람이 있으면 곤란하니까요."

"알았어. 만약 누가 와도 내가 알아서 할 테니까 둘이서 다녀와."

사츠키가 흔쾌히 승낙했다.

"부탁드립니다."

리오가 사츠키에게 가볍게 머리를 숙였다.

「아이시아, 심부름 부탁해도 될까?」

그리고 염화로 몰래 아이시아에게 말했다.

「응, 괜찮아. 아키와 마사토에게 가면 돼?」

아이시아가 듣고 있었는지 바로 대답했다.

「응. 지금 바위 집으로 가서 두 사람에게 타카히사 씨를 찾았다고 알려줘. 오늘 밤에 나와 미하루 씨가 갈 때까지 성에 가서라도 타카히사 씨와 만나고 싶은지 곰곰이 생각해 보라고 말이야.」

「알았어. 갈게.」

아이시아가 곧바로 영체화한 채로 리오의 몸에서 나와 바위 집으로 향했다. 거의 동시에 방문을 두드리는 소리가 거실에 울렸다.

"⋯⋯누구지?"

사츠키가 일어나 방문으로 향했다. "네, 누구세요?"라고 말하며 문을 열었다.

그곳에는 사츠키의 방 앞에 경비를 선 두 여병사와 타카히사, 리리아나가 있었다. 거기에 시녀인 프릴과 측근 여기사들도 보였다.

"안녕하세요, 사츠키 씨."

타카히사가 조금 민망한 미소를 지으며 사츠키에게 인사했다.

"⋯⋯타카히사."

사츠키가 눈을 깜빡였다. 하루토와 중요한 이야기가 있

으니 나중에 보자고 말했다. 그런데 이렇게 찾아왔다는 것
은……

"죄송해요. 도저히 못 기다리겠어서……."

이런 뜻이었다.

"아하하. 마침 이야기가 일단락 지어졌어."

사츠키가 말하며 거실을 돌아보았다. 그곳에는 리오와
미하루가 나란히 앉아 방문자인 타카히사 일행을 보고 있
었다.

당연히 타카히사의 눈에도 함께 앉은 리오와 미하루가
보였다.

"……."

순간, 타카히사의 얼굴이 어두워지고 이를 빠득 깨물었
다. 중요한 이야기를 하는 동안, 자신이 제외된 것을 생각
하면 기분이 좋지는 않으리라.

"……마침 잘 됐다. 타카히사에게 할 말이 있어. 괜찮으
면 들어올래? 왕녀님에게는 미안하지만, 타카히사만."

사츠키가 작게 한숨을 내쉬고 리리아나에게 사과하며
타카히사만 안으로 초대했다.

"그래도 될까? 리리."

타카히사가 뒤에 있는 리리아나를 봤다.

"……오랜만에 재회한 친구끼리 할 말이 쌓였겠죠. 억지
로 동석하는 못난 짓은 하지 않겠습니다만……."

리리아나가 잠깐 뜸을 들이고 타카히사와 친구가 아닌

리오를 힐끗 보면서 생긋 웃으며 긍정적으로 대답했다.

"그러면 저도 자리를 피하죠."

리오가 분위기를 파악하고 곧바로 방을 나가겠다고 했다.

"앗, 하지만……."

사츠키가 반사적으로 주저하며 리오를 말리려고 했다.

"오랜만에 만난 친구들의 대화에 리리아나 왕녀 전하의 동석이 허락되지 않는데 저만 특별 취급받으면 이치에 맞지 않잖아요? 원래는 가능한 한 타카히사 님의 곁을 떠나고 싶지 않으실 테니까요."

리오가 리리아나를 배려했다.

센트스텔라 왕국에게도 용사인 타카히사는 놓치고 싶지 않은 존재였다. 그들의 눈이 닿지 않는 영역에는 잠시라도 보내고 싶지 않으리라.

하물며 아무런 설명도 없이 정체 모를 벼락출세한 귀족이 함께하다니 리리아나로서는 탐탁지 않았다. 그보다 경계하는 게 당연했다. 센트스텔라라는 왕국은 폐쇄적인 곳이니까.

"신경 써주셔서 감사합니다. 아마카와 경."

리리아나가 알현실에서 새 가문 명을 댄 리오를 머릿속에 단단히 새겼는지 그 가문 명을 말했다.

"아뇨. 기억해주셔서 영광입니다."

리오가 공손히 감사해했다. 리오 대신 타카히사가 사츠키, 미하루와 대화를 나누고 리오는 방을 나왔다.

　　　　　　　　◇ ◇ ◇

　방을 나온 후, 리오는 리리아나와 함께 첨탑 계단을 내려갔다. 뒤에는 리리아나를 모시는 시녀 프릴과 기사 힐다, 키아라, 엘리스가 있었다.

　'보고 있군. 경계하는 건가? 아니…….'

　리오는 뒤에서 느껴지는 시선에 자연스럽게 비스듬히 뒤쪽을 보았다. 엘리스가 물끄러미 리오를 보고 있었다. 경계하는 눈빛치고는 조금 노골적이었다. 그것은 호기심이었다.

　그때, 리리아나가 입을 열었다.

　"아마카와 경, 괜찮다면 제 말동무가 되어주시겠습니까? 사츠키 님, 미하루 님과 친하신 듯 하고, 꼭 이야기를 나눠 보고 싶네요."

　"……물론, 거절할 이유가 없습니다. 제가 리리아나 왕녀 전하의 말동무가 될 수 있다면 기꺼이요."

　이유 없이 왕족의 권유를 거절할 수는 없었다. 리오는 갑작스러운 권유에 조금 당황하면서도 흔쾌히 승낙했다.

　"감사해요. 이 탑 아래가 마침 우리가 머무는 구역이니 그리로 갈까요? 우선은 계단부터 내려가도록 하죠."

　일동은 1분이 안 되게 천천히 계단을 내려가 리리아나 일행이 머무는 객실로 향했다.

도중에 통로에 서서 대화를 나누던 샤를로트와 크리스티나를 만났다. 두 사람 곁에는 그들의 측근 시녀와 여기사가 서 있었다.

　"어머, 리리아나 님 아니세요? 게다가 하루토 님까지. 두 분이 어쩐 일이세요?"

　샤를로트가 리오와 리리아나(와 종자들)라는 보기 드문 조합에 호기심을 숨기지 않고 물었다.

　"타카히사 님이 사츠키 님의 방에서 미하루 님과 함께 친구들만의 대화를 나누는 중이셔서 물러난 참입니다. 하루토 님과 대화를 나누려고요."

　리리아나가 리오와 함께 있는 이유를 설명했다.

　"그러셨군요. 그러면 저도 끼워주세요."

　"네, 물론이죠."

　샤를로트가 참가하기를 바라자 리리아나가 그 자리에서 흔쾌히 승낙했다.

　"감사합니다. 크리스티나 님도 함께 하시겠어요? 방으로 돌아가던 중이셨죠?"

　샤를로트가 생긋 웃으며 크리스티나의 의중을 물었다.

　"저는……. 아뇨, 그러네요. 모처럼의 기회이니 함께 하겠습니다."

　크리스티나는 한순간 거절하려는 듯했으나 리오의 얼굴을 보고 무슨 생각을 했는지 마음을 바꿔 참가 의사를 밝혔다.

"결정됐네요. 어머…… 플로라 님!"

샤를로트가 기뻐하며 활짝 웃었다. 게다가 우연히 통로 안쪽을 지나가는 플로라를 발견하고 들뜬 목소리로 이름을 불렀다.

측근 여기사를 데리고 걷던 플로라가 이름을 부르는 소리를 듣고 걸음을 멈췄다. 언니인 크리스티나와 리오를 보고 눈이 휘둥그레져서 서둘러 다가왔다.

"……모두 모여서 뭐하고 계세요?"

플로라가 리오와 크리스티나를 의식하며 말을 건 샤를로트에게 물었다. 리오가 고개 숙여 인사하는 한편, 크리스티나는 플로라를 거들떠도 보지 않고 서 있었다.

"제가 통로에서 크리스티나 님을 보고 말을 거는데 리리아나 님과 하루토 님도 오셔서 이제부터 차를 마시기로 했어요."

샤를로트가 벨트람 왕국의 왕녀 자매의 얼굴을 자연스럽게 번갈아 보고 활짝 웃으며 대답했다.

참고로 왕후 귀족 여성의 사교장은 즉 차 모임이며 차를 마시자는 말은 대화를 나누자는 뜻이었다.

예외도 있지만, 이야기가 길어지면 윗사람이 아랫사람에게 차를 권하고, 신분이 대등하면 누구나 차를 권하는 것이 암묵적인 매너였다.

반대로 윗사람이 차를 권유하지 않으면 당신과 오래 대화할 생각이 없다는 암묵적인 의사표시이니 민감하게 분위기를 파악하는 스킬이 필요했다.

"다 같이 차를……."

플로라는 자기도 참가하고 싶은지 조금 부럽게 강아지 같은 눈으로 네 사람의 얼굴을 둘러보았다. 그러자 샤를로트가 고개를 갸웃거리며 물었다.

"플로라 님은 뭐하던 중이셨나요?"

"저는 잠깐 산책하고 방으로 돌아가던 중이었어요."

플로라가 솔직하게 대답했다. 크리스티나와 리리아나처럼 플로라가 머무는 객실도 이 층에 있었다.

"그러시군요."

샤를로트가 고개를 끄덕이고 방긋 웃었다. 그뿐이었다. 눈치 있게 플로라에게 차를 권하지 않았다.

"……저기. 그러면 저는 이만."

플로라는 눈 둘 곳을 모르다가 불편했는지 천천히 발을 돌렸다.

"어머, 기다려주세요. 괜찮으시면 플로라 님도 함께 어떠세요?"

샤를로트가 그제야 플로라에게 차를 권했다.

"네? 하지만…… 괜찮나요?"

플로라가 조심스럽게 묻고 주로 리오와 크리스티나의 안색을 살폈다.

"물론, 저는 괜찮아요."

샤를로트가 밝은 얼굴로 고개를 끄덕였다.

"저도 기꺼이. 타국 왕녀분과 차 모임을 가질 기회는 흔하지 않으니까요."

리리아나도 웃으며 흔쾌히 승낙했다.

"저도 거절할 이유가 없습니다."

리오도 이렇다 할 난색을 표하지 않고 받아들였다. 그보다 리오는 신분상 거절한다는 선택지가 없었다.

남은 사람은 언니인 크리스티나뿐인데, 그녀는 벨트람 왕국 본국의 대사로서 이곳에 있었다. 본국을 배반하고 레스토라시온의 대표가 된 플로라와는 자매이면서 대립하는 위치였다.

그러나 이미 차 모임에 참가하겠다고 했는데 노골적으로 번복해서 출석을 거절하면 샤를로트와 리리아나의 얼굴에 먹칠을 하는 짓이나 다름없었다.

"……저도 괜찮습니다."

크리스티나는 큰 한숨을 내쉬고 싶은 마음을 억누르듯이 표정을 죽이며 고개를 끄덕였다. 그러자 플로라가 "고맙습니다" 하고 기뻐하며 감사를 표했다.

"그러면 어디에서 대화를 나눌까요? 처음에는 제가 머무는 객실을 생각했습니다만……."

리리아나가 말했다.

"왕족용 옥상정원이 있어요. 제가 안내할게요."

그러자 샤를로트가 얼른 장소를 골라 움직이기 시작했다. 그리하여 리오는 가르아크 왕국, 벨트람 왕국, 센트스텔라 왕국이라는 슈트랄 지방의 남부에서 동부에 이르는 삼대국의 왕녀 4인과 이야기를 나누게 되었다.

주위에는 각각 그들을 모시는 이들이 있어서 꽤 규모가 컸다. 당연히 그만한 인원이 줄줄이 성안을 걸으니 주목을 받게 됐다.

통로에서 마주친 이들의 시선은 처음에는 아름다운 네 명의 왕녀를 향했다. 대부분은 우선 눈을 번쩍 뜨고 굳어서 얼른 제정신을 차리고 황급히 통로 옆으로 비켜섰다.

다음으로 주목받은 것은 청일점이자 오늘 명예기사로 취임한 리오였다. 대국의 왕녀 네 명과 함께 걸어서……라기보다는 이 네 사람이 모여 차 모임을 가질 일은 앞으로 살아생전 두 번 다시 없을 지도 모를 정도로 진귀한 조합이었다. 눈에 띄지 않을 리가 없었다.

'셋째 날 연회를 앞두고 벌써 지쳤어.'

대체 어쩌다 이렇게 된 거지? 또래 왕후 귀족이라면 누구나 부러워할 상황에도 리오는 몰래 얼굴을 굳혔다.

그보다 조금 전, 사츠키의 방에서는 타카히사에게 한창 설명하는 중이었다. 사츠키가 이제부터 할 이야기는 우리만 알아야 한다고 강조하고 아키와 마사토가 무사하다는 것을 타카히사에게 말했다.

"아키와 마사토가…… 무사, 해요?"

타카히사가 몹시 놀랐는지 넋이 나간 얼굴로 입을 움직였다.

"응, 미하루와 함께 하루토 군이 보호해서 지금은 안전한 곳에서 지내고 있어. 이걸 아는 건 하루토 군과 미하루와 나. 그리고 타카히사뿐이야. 그 점을 명심해줘."

사츠키가 타카히사에게 가르쳐줬다.

"하루토…… 씨가?"

타카히사가 조금 복잡한 표정을 지었다.

"그 두 사람은 미하루와 함께 이 세계에 떨어졌어. 그러니까 사실은 미하루와 함께 구조된 거야."

"자, 잠깐만요. 그러면 왜 걔네는 성으로 데려오지 않은 거예요?"

"성에 오면 어떤 대우를 받을지 알 수 없었어. 그래서 미하루가 둘을 대표해서 하루토 군과 함께 온 거야."

"안전한 곳은…… 정말 안전한가요?"

"안전하니까 오늘까지 무사한 거겠지."

사츠키가 이성을 잃은 타카히사를 타이르며 말했다.

"……두 사람이 무사하다면 제가 보호할게요! 미하루도!"

타카히사가 안절부절못하겠는지 답답해하며 호소했다. 그러자 미하루가 반사적으로 무슨 말을 하려고 했으나 사츠키가 손으로 막고 입을 열었다.

"그건 타카히사가 아니라 센트스텔라 왕국이 보호하는

거나 마찬가지잖아? 성에 오면 정치적으로 이용당할 수도, 행동의 자유를 억압당할 수도 있어. 그리고 아키와 마사토는 형제인 네가 돌보는 게 맞을지도 모르지만, 미하루는 아니잖아."

사츠키가 한숨과 함께 문제점을 제시했다.

"하, 하지만 성이 더 안전해요! 리리는 믿을 수 있고요!"

"타카히사가 그렇게까지 말하면 근성이 나쁜 사람이 아니라는 뜻으로는 받아들일게. 하지만 신뢰할 수는 없어. 나는 리리아나 왕녀가 어떤 사람인지 모르고 센트스텔라 왕국도 어떤 나라인지 모르니까. 만약 왕녀님이 좋은 사람이어도 개인과 국가는 별개야. 리리아나 왕녀는 국익에 반해서라도 아키와 마사토를 위해 움직여준대? 그럴 권한이 있어?"

"그건……!"

타카히사는 반박하려고 했으나 말문이 막히고 말았다.

"단언할 수 없지? 나도 가르아크 왕국을 완전히 믿을 수 없는걸. 동생과 함께 있고 싶은 네 마음을 이해하고 개인적으로도 곁에 있게 해주고 싶지만, **불안한 건 사실이야.**"

사츠키가 덧붙이고 얼굴에 그늘을 드리웠다.

"불안이라니, 저는 동생들이 제 곁에 없는 게 불안해요. 무슨 일이 일어나면 어떡하나 어쩔 줄을 모르겠어요. 몇 개월 동안 뼈저리게 느꼈어요. 소중한 사람이 곁에 없는 괴로움을. 무슨 일이 일어났을 때, 지켜주지도 못하다니."

"하루토 군의 보호를 받으며 지내는 동안에는 안전하다고 봐, 나는……."

자신은 리리아나가 그러하듯이 타카히사는 하루토를 신뢰하지 못하는 것이라고, 사츠키는 그렇게 생각했다.

"……사츠키 씨는 하루토 씨를 제법 신뢰하는 모양이네요."

타카히사가 가시 돋친 표정을 지었다.

"이 세계에 와서 하루토 군이 미하루와 아이들을 지켜준 사실이 있으니까. 우리 앞에 미하루를 데려왔잖아. 아무런 보상도 없는데 알지도 못하는…… 알지도 못하는 이 아이들을 지켜줬다고. 그리고 직접 만나보고 무척 성실한 사람이라고 느꼈어."

사츠키가 미하루를 보며 리오의 실적과 성품을 언급했다. 결과적으로 완전히 알지도 못하는 타인은 아니라서 '알지도 못하는' 부분에서 말을 더듬었지만, 타카히사는 특별히 수상하게 여기지 않았다.

"그러면 저도 믿어주세요! 저를 지탱해준 리리도 믿어주세요! 사츠키 씨는 저를 못 믿으세요?"

타카히사는 수상하게 여기기는커녕 리오에게 맞서듯이 열렬히 호소했다.

"물론 아키와 마사토, 미하루를 소중하게 여기는 네 마음이 거짓이 아니라는 건 믿어. 오빠이고 형인 네게는 아키와 마사토에 대한 책임이 있고 타카히사가 두 사람을 보호하는 게 원래는 맞다고 생각해. 네가 만나고 싶어 하는 마음을 부정하고 못 만나게 하려는 거 아니야."

사츠키는 타카히사와 대조적으로 냉정하게 말했다.

"그러면!"

타카히사는 사츠키가 자신을 밀어줄 줄 알았는지 안도한 듯이 표정을 폈다. 그러나 사츠키가 이어서 한 말에 타카히사는 얼굴을 찌푸렸다.

"그런데 아이들과 만나고 싶다면 걔네의 의사를 무시하지 않겠다고 맹세해. 이 세계에 온 뒤로 계속 혼자라 불안했을 테니 초조한 거 아는데 그렇다고 자기 의견을 밀어붙이면 안 되지 않아? 타카히사의 생각과 모두의 생각이 반드시 일치한다고 볼 수는 없으니까. 하물며 타카히사는 미하루의 행동을 결정할 권한이 없어."

"……."

"잘난 척 말해서 미안. 하지만 지금의 타카히사는 내가 봐도 초조해 보여. 타카히사의 생각과 아키와 마사토의 생각이 반드시 일치한다고 볼 수 없고 만약 그렇게 됐을 때는 자기 생각을 밀어붙이지 마. 이건 잔소리가 아니라 선배의 부탁이라고 생각해줬으면 좋겠어."

입을 다문 타카히사에게 사츠키가 조금 겸연쩍게 말했다.

"네……."

타카히사가 입을 내밀고 고개를 끄덕였다.

"그러면…… 다시 물어볼 것도 없지만, 타카히사는 아키와 마사토를 만나고 싶지?"

"네."

"둘은 지금 성 밖에 있어. 용사인 우리가 폐하께 아무 설명도 없이 성 밖으로 나갈 수는 없고, 설명했다가 데려오라고 하면 끝이니까 만나려면 이 성으로 아키와 마사토를 불러야 해. 그런데 빙빙 돌긴 하지만, 두 사람에 이곳에 올지 말지 마지막으로 확인해봐야 해. 타카히사는 이곳에 얼마나 머물 수 있어?"

사츠키가 대강 상황을 설명하고 타카히사에게 가르아크 왕국에서 머무는 기간을 물었다.

"쌓인 이야기가 있다고 했으니 며칠 정도 머물 수 있을 거예요."

"그러면 문제는 없겠어. 내일이라도 하루토 군이 두 사람에게 사정을 설명하러 갈 거야. 그리고 두 사람이 성으로 오겠다고 승낙하면 곧바로 데려올 테니까 그때까지 기다릴 수 있지?"

"……기다릴게요."

타카히사는 지금 당장 만나고 싶은 마음을 억누르고 마지못해 고개를 끄덕였다.

"잘 됐지? 미하루."

사츠키가 후우, 한숨을 내쉬고 미하루에게 말을 돌렸다.

"네. 모든 설명을 맡겨서 죄송해요."

미하루가 가만히 고개를 끄덕이고 사과했다.

"뭘, 이런 건 선배인 내 역할이잖아."

사츠키가 어깨를 으쓱하며 살짝 선배 티를 냈다.

"감사해요. 이제 하루…… 하루토 씨가 돌아오길 기다리기만 하면 되나요? 따로 말해둬야 하는 건……."

미하루는 부드럽게 미소 짓고 긴장이 풀렸는지 리오를 하루라고 불러버렸다. 얼른 하루토 씨라고 수정했지만, 사츠키와 타카히사는 그 호칭을 들었다. 친근한 호칭에 특히 타카히사가 무언가 묻고 싶은 표정을 지었다.

"……하루토 씨와 무슨 약속했어?"

타카히사가 결심하고 입을 뗐으나 하루라는 호칭에 관해 질문하지는 못했다.

"하루토 군도 이 방에 머물고 있거든."

사츠키가 대답했다.

"네?!"

놀란 타카히사의 안색이 바뀌었다. 무슨 생각이냐는 듯이 미하루와 사츠키에게 눈으로 따졌다.

"말이 머무는 거지 당연히 침실은 따로 써."

그러니까 특별히 문제되는 건 없다고 사츠키가 넌지시 말했다.

"그래도 또래 남자와 같은 방에 머물다니……."

타카히사는 이해할 수 없는 모양이었다.

"같은 방에 머물러야 정보를 공유하기 쉽잖아. 그리고 타카히사도 리리아나 왕녀와 같은 방에 머물잖아?"

"저는 괜찮아요! 이성을 억지로 방에 들이는 짓은 하지 않겠다고 맹세했고 호위 기사와 시녀도 있으니까요. 하지만 미하루와 사츠키 씨는 그 사람과 셋뿐이잖아요? 너무 무방비해요."

"저는 괜찮아요, 는 무슨……. 그렇게 따지면 하루토 군도 이성을 억지로 방에 들이는 사람이 아니야. 그렇지? 미하루."

사츠키가 조금 어이없다는 듯이 웃고 갑자기 미하루에게 말을 돌렸다.

"네? 아, 네, 네!"

미하루는 동의를 구할 줄 몰랐는지 당황해서 고개를 연신 끄덕였다. 타카히사는 리오를 굳게 믿는 두 사람을 보고 불만스럽게 얼굴을 찌푸렸다.

'……사츠키 씨는 아키와 마사토를 성으로 데려오는 게 불안한 모양이지만, 역시 나는 곁에 없는 게 불안해. 미하루도…….'

다른 누군가에게 맡길 수 없었다. 만약 그랬다가 무슨 일이 일어나면 반드시 후회할 테니까.

'아키와 마사토는 반드시 만나러 올 거야. 그러면 남매 셋이 함께 모여 드디어 안정을 되찾을 거야. 아니, 미하루도 곁에 있어줘야 해. 후회하지 않기 위해서라도 내가 지킬 거야. 그러니까 말하자. 아키와 마사토가 오면…….'

타카히사는 몰래 결심했다.

그 뒤로도 잠시 대화가 이어졌지만, 곧 현시점에서 타카히사에게 설명할 것은 전부 했다. 그러자 사츠키는 타카히사가 리오를 더 알게 해야겠다고 생각했는지 리오를 찾아보자고 제안했다.

◇ ◇ ◇

한편, 사츠키 일행이 대화를 시작하고 잠시 지났을 무렵. 왕족과 한정된 일부 사람, 그 종자만 출입할 수 있는 가르아크 왕성 옥상정원.

리오는 그곳에서 샤를로트, 플로라, 크리스티나, 리리아나, 네 공주와 같은 자리에 앉았다.

과자와 차가 준비되자 곧 차 모임이 시작되었다.

리오 주위에는 각국의 왕녀를 모시는 여기사와 시녀들이 서 있고 리오 외에는 모두 여자라는 사태가 벌어졌는데 모두 침묵하고 서 있어서 왕녀들의 목소리만 화려하게 울려 퍼졌다.

중요한 대화 내용은 지금 가장 성에서 화제를 모으는 리오에 관해서였다. 우선 공주들에게 명예기사로 취임한 축하를 받았다.

"연회에서 본 전투는 훌륭했어요. 정말 깨끗한 손놀림으로 침입자를 무찌르고 마지막에 단검으로 광탄마법까지 베시다니."

샤를로트가 대놓고 리오를 칭찬했다.

"정말 멋졌습니다. 그런데 그렇게 빠르게 날아드는 수많은 공격마법을 용케 전부 베셨군요. 눈으로 빛 탄환의 궤도를 전부 포착하신 겁니까?"

크리스티나가 감탄하며 리오에게 물었다.

"네, 간신히요."

리오가 이 자리에 있는 모두를 보며 조금 불편한 마음으로 고개를 끄덕였다.

"훈련을 받아도 아무나 할 수 있는 일은 아니지 않습니까? 당신은 할 수 있어? 바네사."

크리스티나가 조금 떨어져서 서 있던 20대 중반의 자신을 호위하는 기사에게 물었다.

"……불가능하다고 봅니다. 시도할 엄두도 못 낼 것 같군요. 그 자리에서는 아마카와 경의 뒤와 계단 위에 계셨던 분께 공격이 맞으면 안 됐기에 그럴 수밖에 없는 상황이긴 했습니다만."

이름을 불린 여기사 바네사가 잠시 생각하고 대답했다.

'바네사……?'

리오는 그 이름을 듣고 살짝 뭔가가 걸렸다. 들은 적이 있기 때문이다. 그래서 조금 신경이 쓰여서 바네사의 얼굴을 슬쩍 보았다.

목소리만이 아니라 얼굴도 낯이 익었다.

'아, 옛날에 슬럼가에서 만난 그 기사인가? 선생님과 크리스티나 왕녀와 있었던…….'

리오는 기억 한쪽에 있던 바네사의 모습을 떠올렸다. 조사 때문에 성까지 리오를 강제연행한 사람이었다. 인상에 남았다.

"너는 할 수 있어? 힐다."

리리아나도 뒤를 돌아보며 자신을 호위하는 연상의 여기사에게 물었다. 힐다라 불린 여자도 나이는 바네사와 비슷해 보였다.

"……마검으로 신체강화를 해도 된다면 보충은 할 수 있겠지만, 실제로 궤도를 확인하고 쳐낸다면 전부 막을 자신은 없습니다. 마술과 마법에 의한 일반적인 신체능력 강화로는 절대로 하고 싶지 않습니다."

힐다가 자기 기량을 짚고 말했다.

"그만큼 하루토 님의 기량이 탁월하다는 걸까요?"

샤를로트가 생글생글 웃으며 기분 좋게 말했다.

"동체시력에 조금 자신 있을 뿐입니다."

리오는 부끄러워하며 자기 신고했다.

'뭐, 나도 정령술로 신체강화를 했으니…….'

연회 둘째 날의 전투를 떠올렸다. 남이 보고 이상하게 신체능력이 높다고 생각하지 않게 힘을 억눌렀으나 그래도 그때의 리오는 일반적인 신체능력 강화마술, 마법을 쓴 것보다 약간 육체의 한계를 초월해서 움직일 수 있었다.

아무리 리오라고 해도 타고난 신체 스펙은 일반인과 다르지 않기 때문에 육체의 한계를 초월해서 움직일 수는 없었다.

"겸손하시긴. 다른 기사들이 침입자를 하나씩 묶어두느라 바쁠 때 하루토 님은 여섯이나 되는 침입자를 가볍게 물리치셨잖아요."

"네, 정말 훌륭했습니다."

샤를로트가 리오를 치켜세우자 리리아나도 망설이지 않고 동의했다.

"아참, 플로라 님은 아망드에서 하루토 님의 전투를 가까이에서 보셨죠?"

샤를로트가 갑자기 플로라에게 말을 돌렸다.

"네? 아, 네…… . 마물들이 도시를 습격했을 때와 루시우스라는 용병에게 유괴됐을 때요."

플로라가 갑자기 이야기 흐름이 자신을 향하자 리오의 안색을 살피며 어색하게 고개를 끄덕였다.

"미노타우로스라는 강한 마물도 나타났다고 들었고, 루시우스라는 용병은 상당한 실력자였다면서요? 하루토 님이 어떻게 싸우셨는지 꼭 듣고 싶어요."

샤를로트가 순진한 얼굴로 호기심을 내비치며 이야기를 졸랐다.

"대단했어요. 거대한 바위 검을 든 몇 미터나 되는 미노타우로스와 정면으로 싸우고 용병을…… 일방적으로 압도하고, 갑자기 쏟아진 아룡의 브레스를 마검의 힘으로 밀어내고…… ."

플로라가 리오의 안색을 살피며 당시의 전투를 요약해서 말했다. 루시우스전은 리오가 마법이 아닌 무언가를 써서 엄청난 파상공격을 했는데, 일부러 그러는 건지 언급하지 않았다.

"……정말 엄청난 활약이네요."

리리아나가 몹시 당황해서 리오를 쳐다봤다. 리오는 면구스럽게 웃어보였다.

"……."

한편, 이 차 모임이 시작된 뒤로 한 번도 플로라와 말을 섞지 않고 없는 사람처럼 눈길조차 주지 않던 크리스티나가 플로라를 힐끗 보고 얼굴에 살짝 그늘을 드리웠다. 그리고 리오를 보더니 무언가 말하고 싶은 듯 한순간 망설이다가 결국 입을 다물었다.

"후후, 하루토 님이 플로라 님을 여러 번 구해주셨네요."

샤를로트가 싱글벙글 웃으며 크리스티나를 보고 플로라에게 말했다.

"네. 어떻게 은혜를 갚아야 할지……."

플로라가 리오의 안색을 살피며 어두운 표정을 지었다. 루시우스와 싸울 때 들은 리오의 과거가 생각났나보다.

"그건 아망드에서 이미 말씀드렸습니다."

리오가 조용히 말하고 천천히 고개를 저었다. 크리스티나는 눈을 움직여 리오와 플로라의 얼굴을 번갈아보고 생각에 잠겼다.

"샤를로트 님, 환담 중에 실례하겠습니다."

그들이 차 모임을 연 가제보(정원 휴식 공간으로 만든 간소한 건축물)에 가르아크 왕국의 급사복을 입은 소녀가 나타났다. 이곳 출입이 허락된 것을 보니 샤를로트와 가까운 인물인 모양이었다.

"센트스텔라 왕국의 용사님과 함께 사츠키 님과 미하루 님이 오셨습니다. 아마카와 경을 찾고 계시다는데 이쪽으로 모셔도 괜찮을까요?"

소녀가 다른 왕녀들에게도 들릴 정도로 샤를로트에게 보고했다.

"당연히 괜찮지. 어서 모셔와."

샤를로트가 그렇게 말하자 소녀가 얼른 발을 돌렸다. 그로부터 1분도 되지 않아 사츠키 일행이 조금 전의 소녀의 안내를 받으며 나타났다.

"안녕하세요, 모여서 쉬시는데 실례하겠습니다."

사츠키가 대국의 왕녀들이 모인 광경을 보고 눈을 깜빡였다. 거기서 리오를 발견하고 살짝 어이없다는 눈빛을 보냈다.

"……무슨 일이십니까? 사츠키 님."

리오가 사츠키의 안색을 살피며 물었다. 주위에 왕녀들이 있으니 사츠키의 경칭으로 '님'을 붙였다.

"그냥……. 우리와 잠깐 떨어진 사이, 왕녀님들에게 둘러싸여 즐겁게 차 모임을 가지다니. 역시 검은 기사님이구나 싶어서."

사츠키가 어이없다는 듯이 말했지만, 끝까지 말하고는 흐흥, 하고 놀리는 미소를 지었다.

'우리는 진지한 이야기를 했는데 이렇게 귀여운 아이들에게 둘러싸여서는.'

아주 조금 투정을 부렸다.

"아하하……. 폐하께 받은 영광스러운 별명이지만, 검은 기사라는 이름은 제게 너무 무겁다고 해야 하나, 낯간지러우니 가능하면 그 호칭은…….."

리오가 멋쩍은 웃음을 달고 사츠키에게 에둘러 부탁했다.

"어머, 멋있는데."

"부탁드립니다. **용사님.**"

"으……."

사츠키가 낯간지러워하며 얼굴을 굳혔다.

"왜 그러세요? 사츠키 님."

샤를로트가 이상하게 여기며 고개를 갸웃거렸다.

"아니, 다른 사람이 부를 때는 별 생각이 안 드는데 하루토 군이 용사님이라고 하니까 엄청 창피해서."

"그러면 저도 평소대로 불러주세요."

부끄러워하는 사츠키에게 리오가 부탁했다.

"알았어, 정말."

사츠키가 입을 내밀었다.

"후후, 언제 이렇게 친해지셨을까. 자, 세 분도 앉으세요.

환영합니다. 사츠키 님은 하루토 님 옆에, 타카히사 님은 리리아나 님 옆에, 미하루 님은 두 분 사이에 앉으세요."

샤를로트가 기뻐하며 웃고 사츠키 뒤에 서 있는 미하루와 타카히사도 포함해 자리를 정해주고 앉으라고 권했다.

"네, 실례하겠습니다. 앉자, 미하루."

타카히사가 먼저 가서 미하루의 의자를 빼줬다.

"……응. 고마워."

미하루가 조금 난처하게 고개를 끄덕이고 의자로 걸어갔다.

"여기요, 사츠키 님."

리오도 일어나 의자를 빼고 사츠키에게 앉으라고 권했다.

"고마워, 하루토 군."

사츠키가 키득 웃으며 앉았다.

"리리도 같이 있었구나. 그런데 대체 어쩌다 이곳에 다 모인 거야? 크리스티나 왕녀와 플로라 왕녀까지……."

타카히사가 자리에 앉아 옆에 앉은 리리아나에게 물었다.

"아, 그건 나도 조금 신경 쓰였어. 리리아나 왕녀와 하루토 군이 방을 나간 지 아직 30분도 안 됐는데……."

사츠키도 얼른 거들었다.

"사츠키 님의 방을 나와 하루토 님과 첨탑 계단을 내려가니 크리스티나 님과 샤를로트 님이 대화 중이셨습니다. 그러다 차 모임을 가지기로 했어요."

리리아나가 평온하게 웃으며 대답했다.

"지금은 마침 하루토 님의 이야기를 하던 중이에요."

샤를로트도 사츠키 일행에게 설명했다.

"아, 하루토 군 이야기를……."

사츠키가 흥미롭게 옆에 앉은 리오를 보았다.

"후후, 신경 쓰이세요?"

샤를로트가 짓궂게 웃으며 물었다.

"그야, 뭐. 그렇지? 미하루."

사츠키가 싫지만은 않은 듯이 고개를 끄덕이고 옆에 앉은 미하루를 보았다.

"……네, 신경 쓰여요."

미하루가 고개를 끄덕이고 사츠키와 자기 사이에 앉은 리오를 빤히 쳐다보았다. 리오는 조금 불편한지 미하루의 시선을 피했다.

사츠키와 미하루의 관심이 리오에게 쏠리자 타카히사는 기분이 별로인지 살짝 얼굴을 찌푸렸다. 그것을 알아차린 리리아나의 고운 눈가에 살짝 우울함이 배어났다.

한편, 플로라는 리오와 언니인 크리스티나가 신경 쓰이는지 아까부터 두 사람의 안색을 교대로 살폈다. 크리스티나는 동생의 시선을 알아차렸는지 일부러 엉뚱한 곳을 보았다. 그리고 샤를로트는 이 상황을 똑똑히 관찰했다.

'타카히사 님이 미하루 님을 연모하는 것은 어제 연회로 알았지만, 역시 미하루 님은 그럴 마음이 없어. 미하루 님은 하루토 님을 연모하고 어떻게 된 일인지 하루토 님은 그 마음을 알면서도 거리를 두려는 경향이 있어. 아니, 고민하는 건가? 그리고 플로라 님도 하루토 님에게 어떤 감정을 품고 있지만, 하루토 님은 안중에도 없어. 아아, 오늘 밤 연회가 기대돼.'

키득키득. 샤를로트의 입가가 살짝 휘었다.

정령환상기

Ⅱ 제 2 장 Ⅱ ✤ 연회 셋째 날

그날 밤. 리오는 오늘도 정장을 입고 셋째 날 연회에 출석했다.

이틀 동안 소개를 마쳐서 셋째 날에는 각국의 왕후 귀족이 오래 소개되지 않고 빠르게 개막식이 시작됐다.

프랑수아는 계단 위 공간에서 회장에 모인 참가자들을 내려다보았다.

"모두 잘 왔다. 어젯밤의 소동은 매우 유감이다. 체포한 침입자가 모두 자살해서 흑막을 알아내지 못한 것은 부아가 치밀지만, 희생자 없이 무사히 마지막 날을 맞이한 것을 무척 기쁘게 생각한다."

엄숙하게 개막사를 읊었다.

"오늘 밤에는 어젯밤 범인을 체포하는데 눈부신 활약을 보여준 두 영웅을 이 자리에 소개하겠다. 한 사람은 활의 신장을 능숙하게 다뤄 침입자 둘을 순식간에 물리친 루이 시게쿠라 공. 또 한 사람은 침입자 여섯을 순식간에 압도한 하루토다. 두 사람은 이곳으로."

프랑수아가 리오와 루이를 불렀다. 두 사람이 나란히 서자 회장에 모인 사람들이 프랑수아의 다음 말을 기다렸다.

"루이 공과 하루토는 참으로 겸손해. 루이 공은 어젯밤 사건의 수훈자는 하루토여야 한다며 작은 훈장만 받았다.

하루토는 하루토대로 마지막 보루로 침입자 여섯을 무찌르고 상을 거절했다. 너무 담박하게 거절해서 짐도 허를 찔렸지."

프랑수아가 웃자 사람들도 따라서 실소했다.

"그래도 결국 적당한 선에서 결론이 났다. 우리나라의 요충지인 아망드 방어에 크게 기여했고 그 과정에 레스토라시온의 플로라 왕녀와 우리나라의 리제롯테 크레티아를 구한 것도 고려해 하루토에게 명예기사 칭호를 내리기로 했다."

순간, 회장이 술렁였다. 그 중에는 리오가 명예기사로 임명됐을 때 알현실에 있었던 사람과 소문을 들은 사람도 있었지만, 그렇지 않은 사람에게는 새로운 명예기사의 탄생은 충격적이고 이미 알았어도 충격적이었다.

무심코 떠들 만도 했다.

"정숙! 정숙하십시오!"

그러나 곧 사회 진행을 맡은 남자 기사의 목소리가 울려 퍼지자 술렁임이 빠르게 가라앉았다.

"다시 소개하지. 오늘부로 우리나라의 명예기사가 된 검은 기사, 하루토 아마카와다."

프랑수아가 한층 큰 목소리로 옆에 서 있는 리오를 회장에 모인 왕후 귀족에게 소개했다.

리오는 정장을 입은 가슴에 손을 대고 공손하게 인사했다. 회장에 큰 박수가 울려 퍼졌다.

"거참, 전례 없는 대우입니다만, 이런 국면에 저런 무공을 세웠으니 이해가 되는군요."

"네, 어젯밤의 전투는 정말 멋졌습니다."

"그런데 저 나이에 명예기사로 취임하다니…… 아마 역사상 최연소가 아닐까요?"

참석자들이 1층 홀에서 리오를 올려다보며 말을 나눴다.

한편, 계단 위 공간 뒤에서는 각국 용사들과 미하루, 대국 왕족이 서서 리오의 등을 응시하고 있었다.

'아, 검은 기사라니 몇 번을 들어도 중2병 같은 호칭이야. 내가 받았으면 몸서리칠 정도로 창피할 텐데……. 젠장, 왜 부럽지?'

히로아키는 복잡한 마음에 입이 비뚤름해졌다. 자기 입으로 검은 기사라고 하기는 창피하지만, 사람들의 주목받는 모습에는 질투가 났다.

그러는 사이, 회장의 박수가 멎었다.

"그래, 루이 공을 포함한 각국 용사들과 하루토의 오늘 밤 파트너도 소개해야지. 모두 이리로 오겠는가?"

프랑수아가 부르자 다른 용사와 파트너들이 다가가 사람들이 볼 수 있게 섰다.

"둘째 날 연회가 어정쩡하게 끝나서 지난 번 파트너와 참석했으니 파트너 제안을 해보는 것도 좋겠지."

즉, 리오의 파트너는 사츠키와 샤를로트, 타카히사의 파트너는 리리아나와 미하루, 히로아키의 파트너는 플로라와 로아나, 루이의 파트너는 크리스티나다.

"후후, 오늘도 정장이 잘 어울려, 하루토 군."

사츠키가 옆에 나란히 서서 키득키득 웃으며 리오를 칭찬했다.

"정말 어딘지 깜빡 잊고 진심으로 반할 것 같아요."

샤를로트가 사츠키의 반대쪽에서 리오에게 속삭였다.

"하하하…… 감사합니다."

리오는 조금 어색한 미소를 지으며 감사를 표했다.

"……"

미하루는 친근하게 대화를 나누는 리오를 보고 답답한 듯 얼굴이 어두워졌다. 타카히사도 그런 미하루를 보고 세게 주먹을 쥐었다.

"자, 어젯밤 소동으로 이야기를 다 못 나눈 이들이 많겠지. 회장 안팎에 한층 엄중한 경비를 세워놨으니 발칙한 놈들은 절대로 난입할 수 없다. 모두 안심하고 즐기길 바란다. 짧지만, 이상으로 인사를 마치겠다. 이것으로 개막식을 마친다."

프랑수아가 드디어 마지막 날인 셋째 날 연회 개막을 선언했다. 회장에 다시 박수가 터져 나왔고 참가자들이 각국 용사들도 모인 이 귀중한 사교장을 활용하기 위해 눈을 반짝반짝 빛냈다.

'아무리 경계해봤자 이제는 아무것도 안 일어나겠지만요.'

그런 와중에 회장 참가자 사이에 섞인 한 남자가 냉소를 지었다. 루비아 왕국의 제1 왕녀인 실비의 측근으로 참가한 프로키시아 제국의 외교관, 레이스다.

레이스 주위에는 실비와 그녀의 부하들이 그가 수상한 짓을 하지 않는지 신경을 곤두세우고 있었다. 그러나 레이스는 전혀 신경 쓰지 않고 계단 위 공간에 서 있는 리오를 대담하게 쳐다봤다.

'하루토 아마카와라고요? 루시우스의 말에 의하면 그의 이름은 리오일 텐데요……. 그래, 예전에 벨트람 왕국에서 샤를에게 고문당한 고아와 같은 이름이군요.'

레이스가 기분 나쁜 미소를 그렸다.

"쳇…… 기분 나빠."

실비가 레이스를 보고 벌레 씹은 표정을 지었다.

"이런, 모처럼 연회가 시작됐는데 기분이 안 좋으시네요, 실비 왕녀 전하."

레이스가 실비의 얼굴을 곁눈질하며 뻔뻔하게 말했다.

"흥……."

실비가 새침하게 고개를 돌렸다.

"아니, 어젯밤 소동으로 아직도 저를 의심하시나요?"

레이스가 과장되게 어깨를 으쓱했다.

'이래 보여도 당신에게 감사하고 있답니다, 실비 왕녀 전하. 도움이 된 당신을 봐서 오늘은 정말 아무것도 하지 않겠어요.'

씩 웃고 연기하는 투로 말했다.

"당신의 화를 돋우는 것은 저도 원하는 바가 아니거든요. 혐의를 벗기 위해서라도 오늘 밤은 얌전히 있겠습니다. 감시자를 두겠다면 편하게 하세요."

레이스가 두세 걸음 걸어가더니 뒤를 돌아보고 어떻게 하겠냐고 눈으로 물었다.

"따라가라."

실비는 이를 악 물더니 곁에 있던 호위를 레이스에게 붙였다.

◇ ◇ ◇

연회가 시작되고 몇 십 분이 지나지 않았을 무렵이었다. 아직 계단 위 공간에 있는 리오에게 유그노 공작이 여러 귀족과 영애를 데리고 다가왔다.

"명예기사 취임을 축하하네, 하루토 군. 아니, 아마카와 경이라고 불러야 하나. 다시 축하하네, 아마카와 경."

유그노 공작이 밝게 리오의 명예기사 취임을 축하했다.

"감사합니다."

리오가 인사하며 대답했다.

"아마카와 경의 활약을 진심으로 기대하겠네. 앞으로 우리와도 꼭 좀 친근하게 지내줬으면 좋겠군."

유그노 공작이 리오에게 악수를 청했다.

"알겠습니다."

리오는 되도록 벨트람 왕국과 엮이고 싶지 않았지만, 사교적으로 웃으며 흔쾌히 악수했다.

"음. 잘 부탁하네. 그건 그렇고…… 아마카와 경은 물론이고 사츠키 님과 샤를로트 왕녀 전하, 이틀 동안 여러 번 배알할 영광을 내려주셨습니다만, 괜찮으시다면 우리 레스토라시온의 주요 귀족들에게도 다시 인사드릴 영예를 주시겠습니까?"

유그노 공작이 뒤를 보며 리오 옆에 서 있는 사츠키와 샤를로트를 빼놓지 않고 자기 진영 사람들과 만나달라고 부탁했다.

참고로 윗사람에게 여러 차례 인사하는 것은 실례지만, 이렇게 참가자가 많은 자리에서는 신분에 따라 여러 번 말을 걸 수 있었다. 인사를 받는 쪽도 한 번만 봐서는 얼굴을 기억할 수 없으니 유력한 인물이라면 여러 번 인사하러 와주는 편이 고맙기 때문이었다.

"네, 괜찮고말고요. 그렇죠? 사츠키 님."

샤를로트가 웃으며 흔쾌히 승낙했다.

"네."

사츠키도 사흘 동안 연회에 익숙해졌는지, 아니면 지구에서도 아가씨라서 이런 자리에 원래 익숙한지 질린 표정을 보이지 않고 고개를 끄덕였다.

"감사합니다. 모두 이리로……."

유그노 공작이 공손히 고개를 숙이고 뒤에서 기다리던

귀족들을 불렀다. 제일 먼저 다가온 각 집안의 당주로 보이는 남성 귀족들이 자기소개를 시작했다. 그 옆에는 각 집안의 영애로 보이는 소녀들이 부친 곁에 얌전히 서 있었다.

귀족들은 유그노 공작이 엄선해서 데려온 만큼 대화 스킬이 좋았고 서로 말을 돌리며 대화를 잘 이어갔다. 대화는 점점 사츠키, 샤를로트, 리오로 나뉘어 개별적으로 이루어졌고 세 사람은 각자 대응에 쫓기게 되었다.

잠시 뒤, 리오에게 말을 건 두 귀족이 사츠키와 샤를로트에게 가자 리오에게 말을 거는 사람이 아무도 없는 상황이 벌어졌다.

"모처럼의 기회이니 너희도 하루토 군에게 인사하거라."

그러자 유그노 공작이 바로 다가와 리오 곁으로 레스토라시온의 영애들을 불렀다. 영애들의 나이는 모두 10대 초반에서 중반 정도였다. 기분 탓인지 들뜬 발걸음으로 리오에게 다가왔다.

"……처음 뵙겠습니다. 하루토 아마카와라고 합니다. 여러분을 뵙게 되어 영광입니다. 괜찮으시다면 한 분씩 이름을 말씀해주시겠어요?"

리오는 일제히 쏟아지는 소녀들의 시선에 조금 불편해하면서도 겉으로는 사근사근하게 인사했다.

"처음 뵙겠습니다. 브란트 백작가의 엘리제라고 합니다."

"저는 알베르트 백작가의 도로테아예요."

집안이 좋은 두 소녀가 먼저 인사했다.

'어라, 이 둘은……?'

리오는 두 사람의 얼굴과 이름에 묘한 기시감을 느꼈다. 그도 그럴 것이 왕립학원의 클래스메이트였기 때문이었다. 엘리제는 6학년 야외연습 때 같은 조였다. 4년 가까이 못 본 사이 제법 장난기가 빠지고 성숙해졌다. 둘 다 하루토 아마카와가 리오인지 모르는 눈치였다.

"잘 부탁드립니다."

리오는 기시감의 정체를 깨닫고 한순간 표정이 굳을 뻔했지만, 간신히 사근사근한 미소를 지으며 두 사람에게 대답했다. 그 뒤에도 영애들이 한 명씩 리오에게 간단하게 자기소개를 했고 리오도 사교적으로 그녀들을 상대했다.

엘리제와 도로테아를 포함한 소녀들의 눈빛에는 강한 호기심이 담겨있었다. 모두 아름답고 말투와 몸짓도 다소 곳하면서 우아했지만, 학원시절의 못된 성격을 알아서 그런지 방심하면 그 간극에 정색할 것 같았다.

'……어?'

문득 리오는 같은 계단 위이지만, 떨어진 곳에서 히로아키, 로아나와 다니는 플로라와 눈이 마주쳤다. 학원시절 클래스메이트였던 소녀들과 대화하는 리오를 복잡한 얼굴로 보고 있었는데 눈이 마주치자 불편한지 고개를 돌렸다.

리오는 탄식하며 눈을 돌렸다. 그러자 이번에는 다른 곳에서 타카히사, 리리아나와 함께 있는 미하루와 눈이 마주쳤다. 그러나 그때 마침 마지막 소녀가 리오에게 인사를 마쳐서 리오는 앞에 있는 영애들에게로 다시 눈을 돌렸다.

"감사합니다. 여러분의 얼굴과 이름을 기억할게요."

리오가 소녀들을 향해 기쁘게 웃어보였다. 그때, 샤를로트가 귀족들과 대화를 마무리하고 사츠키와 함께 리오에게 다가왔다.

"하루토 님, 인사가 끝났다면 이제 사츠키 님이나 저와 춤을 추시겠어요? 어제는 멋모르는 침입자 때문에 못 췄잖아요."

샤를로트가 팔짱을 끼고 리오의 얼굴을 올려다보며 졸랐다.

"네, 물론이죠."

리오는 씁쓸하게 웃으며 고개를 끄덕였다. 옛 클래스메이트와 영애들을 상대하기는 조금 벅찼기 때문에 이 자리를 벗어날 수만 있다면 고마울 따름이었다. 영애들은 아직 리오와 이야기하고 싶은 눈치였다.

"그러면 여러분, 이만."

샤를로트가 타국 왕녀 자리를 이용해 유그노 공작파에게 인사하고 리오를 떼어냈다.

어느 정도 멀어지자 사츠키가 진지하게 말했다.

"하루토 군, 인기 많네……."

"당연하죠. 지금 용사님을 제외하면 하루토 님이 회장에서 제일 주목받고 계신 걸요? 용모는 보시는 바와 같고 능력도 어제 증명 완료. 유그노 공작도 빈틈없다니까요. 하루토 님의 눈에 차는 아이라도 있으면 혹시 모른다고 생각했겠죠."

샤를로트가 귀여운 볼멘 얼굴로 중얼거렸다.

"흐음. 어땠어? 하루토 군."

사츠키가 곁눈질하며 리오에게 물었다.

"뭐가요?"

"그거 밖에 더 있어? 네 눈에 차는 애가 있었냐고."

"제게는 아까운 분들이죠. 애초에 그 분들이 누군지 잘 알지도 못하고요."

리오는 말을 골라 평범한 대답을 했다. 있다고 대답하면 거짓말이지만, 그렇다고 너무 솔직하게 없다고 대답하면 얼굴만 밝히는 사람처럼 보일 수도 있기 때문이었다.

"후후, 하루토 군다운 대답이네."

사츠키가 뭐가 재미있는지 키득키득 웃었다. 리오는 뭐가 자기답다는 건지 몰라서 당황해 고개를 갸웃거렸다.

"하루토 님이 원하신다면 아버님이 직접 어울리는 여자를 짝지어 주실 테니 연담으로 곤란하실 때는 언제든지 말씀하세요. 마음에 둔 분이 계시다면 그럴 일은 없겠지만요."

샤를로트가 자연스럽게 리오와 사츠키의 반응을 살폈다.

"저번에도 말했지만, 마음에 둔 사람은 없어요."

리오가 매끄럽게 대답했다.

"흐음……."

사츠키는 생각하듯이 목을 울리며 힐끗 리오의 옆모습

을 보았다.

"결혼 이야기는 제쳐놓고 그 말을 들으니 안심이네요. 마음에 둔 여자가 있는 남자에게 춤을 조르면 창피한 걸요. 사츠키 님이나 저와 춤추는데 아무 지장이 없네요. 춤을 구실로 빠져나왔으니 먼저 두 분이서 한 곡 추는 게 어떠세요? 사츠키 님 다음에는 제가 출게요."

샤를로트가 싱긋 웃으며 리오와 사츠키에게 춤을 추라고 제안했다. 리오는 자연스럽게 사츠키와 눈을 마주쳤다. 사츠키도 리오를 보았다.

"그러면 한 곡 부탁드릴 수 있을까요? 사츠키 님."

리오가 부드럽게 웃으며 우아한 동작으로 사츠키에게 춤을 권했다.

"……응, 뭐, 좋아."

사츠키는 조금 부끄러워하며 고개를 위아래로 끄덕였다. 샤를로트도 함께 홀 1층 무도장으로 이동했다.

"오오, 사츠키 님이 아마카와 경과 춤추시려는 모양이야."

"뭐라고요? 놓칠 수 없지요."

화제의 두 인물이 춤춘다는 소리에 주위에 순식간에 사람이 모이기 시작했다. 리오와 사츠키는 연주가 끝난 타이밍에 단 둘이 무도장에 들어섰다. 샤를로트는 다음에 춤출 사람이 기다리는 곳에서 대기했다.

둘만 남자 리오와 사츠키는 누구 먼저 할 거 없이 홀드 자세를 잡고 서로의 몸을 밀착했다.

"아, 지구에서 사교댄스를 춰본 적이 있긴 한데 이쪽 세계의 사교댄스는 은근히 느리더라고. 포옹도 많고, 커플처럼 바라보기도 하고. 그래서 익숙하지 않으니까 리드해줄래?"

사츠키가 리오의 얼굴을 올려다보며 물었다.

"네, 그럴게요. 썩 잘하는 편은 아니지만요."

"그래? 잘 출 것 같은 사람은 안정적이라고 해야 하나? 홀드해보면 얼추 알 수 있는데…… 하루토 군은 잘 출 것 같은데?"

"옛날에 잠깐 배우고 이번 연회 전에 복습한 정도예요."

리오가 사츠키를 내려다보며 말했다.

"흐음, 하루토 군은 무술을 연마하고 몸이 아주 좋아 보이니까, 춤에도 반영됐나 봐."

"그러면 사츠키 씨도 잘 추는 거 아닌가요? 뭔가 배웠죠? 걸음걸이를 보면 알아요."

"응. 치도랑 검도, 호신술로 공수도와 합기도를 배웠어. 하루토 군은? 어젯밤 연회에서 본 전투로는 모르겠던데…… 유술?"

"제 안에 있는 아마카와 하루토가 오래된 무술을 배웠어요. 대체로 에도시대에 대륙 권법의 영향을 받은 유술인데 그 후에도 국내외를 가리지 않고 폭넓게 기술을 받아들여서 독자적인 유파를 이루었어요. 수련자가 거의 없는 무명 유파였지만요."

"와…… 흥미로운데. 나중에 붙어보고 싶어."

사츠키는 리오가 쓰는 무술에 관심이 생겼는지 다부지게 웃었다.

"기회가 있으면요."

리오가 키득 웃으며 고개를 끄덕였다.

"기회라는 말이 나와서 말인데, 좋은 기회라서 물어볼게. 너 미하루에게 자신과 함께하지 않는 게 낫다고 했다며?"

사츠키가 갑자기 그런 화제를 끌고 나왔다. 둘만 있을 시간이 거의 없어서 마침 잘됐다 싶었나보다.

"네. 어디까지 들으셨어요?"

리오가 긍정하고 차분하게 되물었다.

"자세히는 몰라. 그 말을 하는 미하루의 표정이 복잡해서 하루토 군에게 직접 물어보는 게 낫겠다고 생각했는데 물어보면 안 되나?"

사츠키가 리오의 안색을 살폈다.

"괜찮아요. 사츠키 씨는 미하루 씨의……. 마침 연주가 시작될 것 같으니 춤추면서 이야기하죠."

리오가 조금 어두워진 표정을 풀며 제안했다. 곧 연주가 시작됐고 리오와 사츠키는 춤을 추기 시작했다.

"왜 너와 **함께하지** 않는 게 낫다고 생각해? 미하루가 하루토 군과 함께하고 싶어 하는 거 알잖아?"

사츠키는 춤추기 시작하자 리오가 말하기를 기다리지 못하고 자기가 먼저 입을 열었다.

"……제가 변변찮은 인간이기 때문일까요?"

리오가 생각하듯이 아주 잠깐 고개를 숙이고 살짝 자조하며 대답했다.

"……변변찮은 인간? 네가? 아니야, 안 그래."

무슨 소리를 하느냐며 사츠키가 리오를 어이없게 쳐다봤다.

"겉만 그럴싸하게 꾸며놨을 뿐이에요. 이 세계에 태어나고 자란 저와 일본에서 태어나고 자란 미하루 씨는 결정적으로 충돌하는 부분이 있을 테니까요."

"충돌하는 부분이 보이지 않게 숨기고 있다는 뜻이야?"

"네."

리오는 우아한 스텝으로 사츠키를 리드하며 짧게 긍정했다.

"충돌하는 부분이라……"

사츠키가 회의적인 목소리로 중얼거렸다. 그래도 미하루는 너와 함께 있고 싶어 하니까 함께 있으면 되지 않느냐고 눈으로 호소했다.

"만약에 가까운 친구가 사람을 죽인 적이 있다면, 사적인 원한으로 사람을 죽이려고 한다면, 과거에 많은 죄를 저지른 인간이라는 것을 알게 된다면 어떨까요?"

리오가 조금 불편해하며 낮은 목소리로 사츠키에게 물었다.

"네…… 일이야?"

사츠키는 놀라 숨을 삼켰다. 몸이 굳을 뻔 했으나 리오의 리드에 따라 손발이 멋대로 움직였다.

"다른 사람이라고 생각하세요. 아마카와 하루토는 죽은 사람이니까요. 미하루 씨가 제 안에 있는 아마카와 하루토를 원해도 저는 거기에 부응할 수 없어요. 의식하지 않아도 분명히 비교하게 될 거예요."

서로 얼마나 괴로울까요? 리오가 넌지시 물었다. 미하루 옆에 설 수 있는 사람은 지금의 자신이 아닌 아마카와 하루토라는 인식이 무거운 주박이 되었다.

"그래서 **함께하지** 않는 편이 낫다는 말이야?"

사츠키가 한숨을 내쉬고 살짝 떨리는 목소리로 물었다.

"네."

리오는 조용히, 그러나 또렷하게 긍정했다.

"……한마디 해주고 싶은데 좋은 말을 못 찾겠다. 네 말도 틀린 것만은 아니라서. 말도 안 되게 논리적이네."

사츠키가 못 먹을 것을 먹은 표정으로 어이없는 기색을 띤 목소리로 조금 화를 냈다.

"엄하네요."

대답하는 리오의 어조가 어딘지 모호했다.

"당연하지. 이런 데서 할 말은 아니니까 지금은 따져 묻지 않을게. 하지만 나는 네가 변변찮다고 생각하지 않아. 그렇게 쉽게 결정짓지 마."

사츠키가 춤 주도권을 빼앗듯이 리오에게 얼굴을 들이밀고 위협했다. 두 사람은 그대로 포즈를 취하듯이 한동안

제2장 연회 셋째 날　111

서로를 바라보았다.

"하하……."

리오는 아주 조금 그늘을 보이고 재미있다는 듯이 웃었다.

"……순순히 '네'라고 대답하지 않는 너도 참 대단하다."

사츠키가 살짝 얼굴을 찌푸리고 리오를 못마땅하게 쳐다봤다.

"그럴지도 모르겠네요. 그런데……."

리오가 일단 인정하고 주위를 둘러봤다.

"왜?"

사츠키가 입술을 비틀며 의아한 표정을 지었다.

"좀 주목을 끈 것 같아요. 그만 자세를 푸는 게 어떨까요?"

리오가 쓴웃음 섞인 목소리로 사츠키에게 말했다.

"어……?"

사츠키가 놀라서 눈을 좌우로 굴리고 주위를 둘러봤다.

"이거 참, 정열적이군……."

"사츠키 님도 참 대담하십니다."

"재미있는 광경을 봤네요."

무도장 주위에 진을 친 왕후 귀족들이 리오와 사츠키에게 호기심 어린 시선을 던졌다. 그 이유는 사츠키가 스스로 리오에게 얼굴을 들이밀어 마치 키스라도 할 것처럼 보였기 때문이었다. 실로 선정적인 표현으로 비쳤으리라.

"뭐야……?!"

사츠키는 말문이 막혀 얼굴이 새빨개졌다. 당황해서 얼

른 리오에게서 얼굴을 뗐다.

"아직 곡이 끝나지 않았으니 계속 출까요?"

리오는 여기서 춤을 멈추면 오히려 주목을 받을 거로 생각했는지 다시 사츠키를 리드하며 가볍게 스텝을 밟았다.

"잠깐, 하, 하루토 군!"

사츠키는 작게 상기된 목소리로 열심히 항의했다. 몸이 리오의 손발을 따라 움직였다.

"여기서 춤을 멈추면 괜히 주목만 더 받아요."

"난 몰라!"

사츠키는 아직 부끄러운지 얼굴을 살짝 숙이고 리오의 리드에 몸을 맡겼다.

"사츠키 씨는 의외로 앞뒤 생각하지 않고 행동할 때가 있군요?"

리오가 키득키득 웃으며 말했다.

"그러는 너는 앞뒤를 너무 생각해서 행동하지 않는 타입이잖아."

사츠키가 아직도 볼이 빨간 얼굴을 새침하게 돌렸다.

"그럴지도 모르겠네요."

리오는 조금 여유로운 목소리로 가볍게 웃으며 긍정했다. 사츠키는 마음에 들지 않는지 입을 내밀고 못마땅한 눈으로 리오를 올려다보았다.

그 후, 창피해서 그런지 사츠키의 말수가 갑자기 줄어버렸다. 그러나 춤추는 게 재미있어지기 시작했는지 표정이 풀렸다. 그리고 곧 연주가 끝나자 리오와 사츠키는 멈춰서 포즈를 취했다.

"하아, 즐거웠다. 수고했어, 하루토 군."

사츠키가 진심으로 웃으며 감사를 표했다.

"저야말로. 샤를로트 님에게 돌아갈까요?"

리오는 사츠키의 손을 잡고 샤를로트에게로 에스코트했다. 샤를로트는 방긋방긋 웃으며 리오와 사츠키를 맞았다.

"멋진 춤이었어요. 특히 사츠키 님은 제대로 즐기신 모양이에요. 그렇게 선정적인 구애표현을 하시다니요. 아참, 다른 분들도 사츠키 님과 하루토 님의 춤에 관심 있으신 것 같아서 보기 쉽게 이리로 모셨어요."

샤를로트가 주위를 둘러봤다. 근처에 미하루와 타카히사, 리리아나가 있었고 히로아키와 플로라, 로아나, 루이와 크리스티나도 있었다. 연회에 참가한 용사가 모두 모였다.

"그, 그건 딱히 키스하려던 것도 아니고 구애표현도 아니야! 차, 착각하지 마! 하루토 군."

사츠키가 당황해서 리오에게 오해하지 말라고 호소했다.

"네, 알아요."

리오가 사츠키의 기세에 눌려 조금 뒤로 빼며 고개를 끄덕였다. 한편, 곁에서 그 모습을 보던 히로아키는 큰 충격을 받았는지 눈을 부릅떴다.

"현실 츤데레……? 윽, 저런 건방진 여자한테……."

한순간이라고는 하나, 사츠키의 언행에 매력을 느끼고

시선을 빼앗겨서 그런지 히로아키가 씩씩대며 얼굴을 찌푸렸다. 양 옆에 있던 플로라와 로아나가 중얼거리는 소리를 들었는지 현실 츤데레라는 말에 머릿속으로 물음표를 그렸다.

"후후, 싫지만은 않으신 모양이네요. 저는 잘 어울리시는 것 같은데요? 그렇죠? 타카히사 님."

샤를로트가 활짝 웃으며 갑자기 타카히사에게 말을 돌렸다.

"어, 저기, 그게……. 네, 잘 어울리네요. 사츠키 씨는 무척 활발하니까요."

타카히사가 뭐라고 대답해야 하나 당황해서 눈을 굴리다가 자기 곁에서 조금 복잡하게 리오와 사츠키를 바라보는 미하루를 보고 비굴하게 보일 법한 미소를 지으며 긍정했다.

"……사츠키 씨, 하루토 씨를 좋아하나?"

껄끄러운 마음을 억누르고 태연한 척, 미하루에게만 들릴 정도로 작게 의문을 던졌다.

"……."

미하루는 리오와 사츠키에게서 눈을 뗐다. 타카히사의 질문에는 대답하지 않았다.

"이거 보세요. 사츠키 님을 잘 아는 타카히사 님도 이렇게 말씀하시잖아요."

샤를로트가 잘 어울린다는 타카히사의 동의를 얻고 기

뻐하며 까르르 웃었다.

"그만해. 자, 이번에는 샤를이 하루토 군과 춤출 차례야. 얼른 다녀와. 하루토 군도 쉬지 말고 에스코트하고!"

사츠키가 손으로 리오를 재촉했다.

"외람되오나, 전하의 파트너가 될 영예를 주시겠습니까?"

리오가 알겠다고 고개를 끄덕이더니 그 자리에서 정중히 샤를로트에게 춤을 신청했다.

"물론, 기꺼이요."

샤를로트가 귀엽게 승낙했다.

"……저기, 미하루, 괜찮으면 우리도……."

"미하루."

타카히사가 결심하고 미하루에게 춤을 신청하려고 했으나 사츠키의 듣기 좋은 목소리의 난입으로 지워졌다.

"네, 왜 그러세요?"

미하루가 고개를 갸웃거리며 사츠키에게 대답했다.

"잠깐 둘이서만 이야기하고 싶은데 하루토 군과 샤를이 춤추는 사이에 어때? 되도록 방해받지 않을 곳에서."

사츠키가 미하루와 1대 1 대화를 요청했다.

"전 괜찮아요."

미하루가 사츠키의 안색을 살피며 고개를 위아래로 끄덕였다.

"정말? 그러면 미하루 좀 빌릴게? 타카히사."

사츠키가 일단 타카히사에게도 동의를 구했다.

"……네."

타카히사는 입술을 살짝 뒤틀면서도 간신히 웃으며 고개를 끄덕였다. 사츠키는 곧바로 미하루를 데리고 자리를 떠났다. 리오는 사츠키와 떠나는 미하루의 뒷모습을 조금 복잡한 눈으로 힐끗 보았다.

"그러시면 안 되죠, 하루토 님. 지금부터 저와 춤추실 거니까 지금은 저만 보세요."

샤를로트가 순간적인 시선을 놓치지 않고 리오의 왼팔을 자기 양팔로 안고 올려다보며 사랑스럽게 타박했다.

"실례했습니다. 에스코트하겠습니다."

리오는 자유로운 오른팔로 샤를로트에게 손을 내밀었다.

"기뻐요."

샤를로트의 손이 팔을 타고 내려와 리오의 손을 잡았다.

"아, 그 뭐냐. 나도 어제, 그제 춤을 못 췄잖아. 이것도 용사의 임무니까 나도 춤 좀 출까."

히로아키가 연극 톤으로 자기도 춤을 추겠다고 했다.

"그러면 플로라 님과 추세요."

로아나가 얼른 플로라와 추는 게 어떠하냐고 히로아키에게 진언했다.

"좋지. 다음은 로아나랑 추고."

히로아키가 싫지만도 않은 듯이 웃었다.

"타카히사 님은 저와 추실까요?"

리리아나가 미련스러운 눈으로 미하루의 뒷모습을 좇던

타카히사에게 권유했다.

"아, 응. 그래. 부탁해, 리리."

타카히사가 얼른 제정신을 차리고 억지로 웃으며 권유에 응했다.

"다른 용사들이 왕녀님들과 추는데 여기서 저만 빠지면 실례겠죠. 괜찮으시다면 한 곡 추시겠습니까? 크리스티나 님."

벨트람 왕국 본국에 속한 용사 시게쿠라 루이가 분위기를 타고 옆에 있던 크리스티나에게 춤을 신청했다.

"네. 잘 부탁드립니다."

크리스티나가 사근사근 웃으며 신청을 받아들였다.

리오와 샤를로트를 포함해 각국의 용사와 왕녀가 무도장으로 이동하자 구경꾼이 더 많아졌다.

춤추려고 대기 장소에 기다리던 사람들이 사양했는지 춤추는 사람은 리오와 샤를로트, 타카히사와 리리아나, 히로아키와 플로라, 루이와 크리스티나, 네 팀뿐이었다.

"이거 참, 구경거리가 아니라고."

히로아키가 무도장을 에워싼 왕후 귀족을 둘러보고 허탈하게 웃었다. 플로라는 그 말을 들었는지 안 들었는지 히로아키와 홀드 자세를 잡고도 곁눈질로 리오를 보았다.

리오는 마침 샤를로트와 홀드를 잡고 있었다.

"후후, 지금쯤 사츠키 님과 미하루 님은 무슨 이야기를 나누고 계실까요?"

샤를로트가 몸을 밀착해 리오의 얼굴을 올려다보고 씩 웃으며 물었다.

"글쎄요."

리오는 아무렇지 않게 천천히 고개를 기울이며 모른 척했다.

"어머, 하루토 님도 모르세요?"

샤를로트가 장난스럽게 당황한 척했다.

"네. 사츠키 님께서 아무 말씀 않으셔서."

리오가 대답했다.

"춤추는 동안 하루토 님과 대화를 나누고서 사츠키 님이 미하루 님께 말을 거신 것 아닌가요? 비밀 이야기를 나누셨잖아요?"

"비밀 이야기요?"

샤를로트의 통찰력은 날카로웠으나 리오는 포커페이스로 받아넘겼다.

"네, 비밀 이야기요."

샤를로트가 만면에 미소를 지었다. 건전한 청소년이라면 심장이 두근거릴 그 나이대의 사랑스러움 뒤에는 나이에 어울리지 않는 고혹적인 면모가 숨겨져 있었다.

"그것만으로는 뭐라 드릴 말씀이 없습니다만……."

리오가 말하자 연주가 시작됐다. 리오는 일단 대화를 중단하고 샤를로트를 리드했다.

"하루토 님의 리드는 안정감이 있네요."

잠시 뒤, 샤를로트가 갑자기 맥락 없는 말을 했다.

"칭찬해주셔서 감사합니다."

리오는 거의 반사적으로 감사를 표하고 샤를로트가 어떻게 나올지 살폈다.

"사츠키 님이 하루토 님을 믿고 의지하시는 것도 하루토 님은 괜찮다는 안도감 때문일지도 모르겠네요."

"그건 글쎄요. 미하루 씨 때문에 믿으시는 게 크다고 생각합니다만……."

리오는 미끄러지듯이 스텝을 밟으며 회의적인 표정을 지었다.

"무슨 말씀이세요? 미하루 님의 신뢰를 먼저 얻은 것이 크긴 하지만, 실제로 사츠키 님의 신뢰를 얻느냐 마느냐는 하루토 님의 인품에 달렸어요. 미셸 오라버니는 몇 달이 걸려도 쌓지 못한 친밀한 관계를 하루토 님은 고작 삼일 만에 쌓으신 걸요."

샤를로트가 자신을 가지라는 듯이 분명하게 말했다.

"영광입니다."

리오는 간단하게 대답했다.

"그래서 부럽기도 해요. 사츠키 님이 우리에게는 말씀해주시지 않는 무언가를 하루토 님에게는 말씀하셨을 테니까요. 사츠키 님과 미하루 님이 지금 무슨 이야기를 나누시는지도 하루토 님이 부탁하면 가르쳐주시겠죠?"

샤를로트가 리오의 얼굴을 들여다보며 의미심장하게 물었다. 리오는 대화 흐름상, 나라의 눈이 닿지 않는 곳에서 사츠키가 미하루, 리오와 무슨 이야기를 하는지 슬쩍 떠보려는 것이라고 의심했다.

"……그럴지도 모르겠군요."

"후후. 제가 경계하게 했나요? 우리 눈에 닿지 않는 곳에서 무슨 이야기를 하는지 하루토 님이 가르쳐주시길 바라고 말씀드린 게 아니에요. 신경 쓰이지 않는다면 거짓말이지만, 제가 하루토 님에게 부탁하면 반쯤 명령이 되어버리니까요. 억지 부리면 하루토 님이 곤란하실 테고 사츠키 님께 혼날 거예요."

샤를로트가 자기 의도를 밝혔다.

"……솔직하시네요."

왜 갑자기 이런 이야기를 꺼냈는지는 제쳐놓고, 숨김없는 이야기였다.

"네. 몇 달 동안 사츠키 님의 인품을 나름 이해했어요. 마음이 아직 고향에 계시다는 것도요. 그래서 우리를 완전히는 믿지 못하시는 것도 아주 잘 알고 있고 **미하루 님이 나타난 지금, 무엇을 우려하는지도** 잘 알고 있습니다."

샤를로트가 매우 의미심장하게 말하고 짓궂게 미소 지었다. 대체 어쩌려고 이런 이야기를 꺼냈을까?

"그러니 사츠키 님과 빠르게 친해진 하루토 님이 우리의 방침을 한 번 제대로 표명해주셨으면 좋겠어요."

샤를로트가 스스로 이야기 의도를 설명했다.

"……."

짐작 가는 바가 있지만, 왕녀를 상대로 따질 수도 없고, 말허리를 자를 수도 없어서 리오는 침묵하고 샤를로트의 말을 기다렸다.

"짧게 말씀드리자면 우리는 **사츠키 님이 걱정하시는 사항도 전부 양해하고** 좋은 신뢰관계를 쌓고 싶습니다. 지금의 사츠키 님과 하루토 님처럼 여러 가지를 터놓는 사이가 이상적이네요. 그럴 수만 있다면 어떤 요구도 기꺼이 들어드리겠습니다."

샤를로트가 방긋 웃으며 선언했다.

"그러면 사츠키 님이 언젠가 원래 세계로 돌아가도 괜찮다는 말씀이십니까?"

리오가 핵심을 물었다.

"네. 그래서 그때를 대비해 가능한 한 빨리 튼튼한 신뢰를 쌓고 싶어요. 말은 쉽지만, 그 첫걸음으로 심한 경계를 풀어주셨으면 좋겠습니다. 저희 때문에 고민이 있으시다면 오히려 솔직하게 말씀해주시는 게 도움이 되리라 생각해요."

샤를로트의 말에서 여유가 느껴지는 것은 사츠키가 지구로 돌아갈 방법을 발견하는 것이 현재로서는 불가능하기 때문이었다. 그래서 실제로 그런 상황이 닥쳤을 때, 가르아크 왕국이 나서서 사츠키를 보내줄 것으로 완전히 믿기는 어려웠다.

그러나 사츠키와 좋은 신뢰관계를 쌓고 싶다는 말은 거짓이 아닌 것 같았다. 가르아크 왕국이 육현신의 위광을 권위의 정당성의 근거로 든 이상, 신위를 체현한 용사 사츠키는 무슨 일이 있어도 붙잡고 싶을 테니까. 그것은 이 나라에서 겪은 가르아크 왕국의 대응에서도 살필 수 있었다.

'적어도 사츠키 씨가 자기 의지로 이 나라에 있으면 겉으로나마 신뢰를 망가뜨리는 짓을 하지 않고 협박으로 나라에 묶어두지 않겠다는 건가. 일부러 미하루 씨를 언급한 걸 보면 지금은 미하루 씨를 인질로 교섭할 생각이 없는 모양이야.'

이렇게 직접 선언했으니 신뢰관계만 쌓을 수 있으면 방침을 뒤집고 사츠키의 믿음을 깨뜨리지는 않으리라.

"합리적이고 건설적인 생각입니다만, 제게 왜 그런 말씀을 하시죠?"

다만, 이 이야기는 자신이 아닌 사츠키에게 해야 하는 이야기였다.

"그냥요. 사츠키 님이 좋게 생각하는 하루토 님이 이 이야기를 자연스럽게 전해주시면 좋겠는데, 판단은 맡기겠어요."

가르아크 왕국 사람이 전달하는 것보다 이미 사츠키의 신뢰를 얻은 리오가 전달하는 편이 사츠키의 인상에 좋다는 뜻인가.

"······알겠습니다. 전달하겠습니다."

리오는 잠깐 생각하듯이 눈꺼풀을 내렸다가 곧 고개를 끄덕였다.

"감사해요."

샤를로트가 기뻐하며 감사를 표하고 안기듯이 리오의 몸에 기대었다. 그리고 리오의 뺨과 귓가에 얼굴을 가까이 대고 속삭였다.

"참고로 저도 하루토 님을 아주 좋게 생각한답니다. 왕녀가 아닌 개인적으로."

왕녀인 샤를로트가 리오와 뺨을 붙이자 주위에서 "오오" 하고 술렁이는 소리가 퍼졌다. 그러나 조금 전에 사츠키처럼 키스를 강요하는 동작보다는 임팩트가 부족했고 바로 얼굴을 떼서 주목받은 것은 한순간이었다.

"······감사합니다."

리오는 살짝 한숨을 내쉬고 가벼운 정신적 피로를 느끼며 대답했다.

◇ ◇ ◇

한편, 미하루와 사츠키는 회장으로 쓰는 홀을 나와 휴식용으로 개방한 발코니로 갔다. 회장으로 이어지는 문 옆에는 경비를 서는 기사 다섯 명이 서 있었으나 미하루와 사츠키 외에는 인기척이 없고 한산했다.

밤에는 조금 춥기도 하고 이번 연회에는 각국의 용사와 왕후 귀족이 참가해서 인맥을 만들 절호의 기회인데 일부러 인기척 없는 곳에 가는 괴짜는 없었다.

"하루토 군과 이야기했어. 미하루와 함께하지 않는 편이 낫다고 말한 이유를 말해줬어. 완고해서 방법이 없는 사람이야, 걔는."

사츠키가 어이없어하며 탄식하고 이야기를 꺼냈다.

"⋯⋯네에."

미하루가 눈을 깜빡였다. 무슨 이야기일까. 몹시 신경 쓰이는지, 물어보기 무서운지 말문이 막혔다.

"이 세계에 태어나고 자란 지금의 자신과 일본에서 태어나고 자란 미하루는 반드시 충돌할 부분이 있대. 미하루가 아마카와 하루토이길 바라더라도 부응할 수 없으니까 다른 사람이라고 생각하는 게 낫다더라."

사츠키가 입을 내밀고 살짝 화를 냈다.

"⋯⋯."

미하루는 묵묵히 입술을 깨물었다.

"미하루, 앞으로도 하루토 군과 함께하고 싶다고 하루토 군이 전생을 밝히기 전에 말했지? 그 마음은 지금도 여전해?"

사츠키가 물어보고 미하루의 얼굴을 빤히 쳐다봤다.

"⋯⋯네."

한참을 생각한 미하루는 쥐어짜내듯이 말하고 고개를 끄덕였다. 사츠키는 하루토와 함께하고 싶은 미하루의 마음은 진실이지만, 고민하고 있다고 느꼈다.

그 이유는 분명……

"그러면 하나만 물어볼게. 미하루가 함께 있고 싶은 사람은 아마카와 하루토 군이었을 때의 하루토 군이야? 지금의 하루토 군이야?"

사츠키가 미하루의 눈을 똑바로 바라보며 물었다.

"그건……"

미하루의 눈이 괴롭게 흔들렸다.

"자기 마음을 모르겠어?"

사츠키가 미하루의 얼굴을 살며시 들여다봤다.

"알고는 있어요. 그저, 그게 옳은지 자신이 없어서……"

"……무슨 뜻이야?"

미하루가 심약하게 말하자 사츠키가 이상하게 여기며 고개를 갸웃거렸다.

"둘 다예요. 제가 아는 하루와 지금의 하루토 씨. 저는 두 사람이 다른 사람 같지 않아요. 하지만 그건 하루토 씨에게 하루이길 바라는 게 되고, 하루토 씨는 안 된다고 했어요……"

미하루가 못 먹을 것을 삼킨 듯이 딱딱하게 말했다.

"……풉, 흐흐, 아하하하하! 그렇구나!"

사츠키가 놀라서 눈을 동그랗게 뜨더니 신나게 웃음을

터뜨렸다.

"왜, 왜 웃어요?"

뭐 이상한 소리라도 했나? 미하루가 당황해서 물었다.

"미안해. 내 예상이랑 조금 달라서. 허를 찔렸어."

"예상이요?"

"아니, 미하루는 애초에 지금의 하루토 군밖에 모르는 상태에서 앞으로도 하루토 군과 함께하고 싶어 했잖아. 그러면 하루토 군의 전생이 아마카와 하루토 군이든 아니든 답은 처음부터 정해졌다는 생각이 들어서. 그런데, 그렇구나. 나는 둘을 나눠서 생각했는데 미하루는 그렇지 않았구나. 응, 아주 좋아. 자신감을 가지고 하루토 군에게 말해줘."

미하루에게 지금의 리오는 소꿉친구 아마카와 하루토이자 이 세계에서 신세진 은인인 하루토이기도 했다. 그런 것이었다. 사츠키는 10년 묵은 체증이 내려간 것처럼 시원한 미소를 지었다.

"……그래도 될까요? 지금의 하루토 씨 안에 제가 아는 하루도 있다고 그 모습을 추구하는 건 제가 억지로 강요하는 것 같아서……."

리오는 아마카와 하루토로서 미하루에게 부응할 수 없다고 밝혔다. 그런데 미하루가 여전히 리오 안에 있는 아마카와 하루토를 추구하면 리오를 괴롭히는 것 아닐까. 미하루는 걱정스러웠다.

그러니까 지금의 리오와 아마카와 하루토를 완전히 다

른 사람으로 분리하고, 그래도 함께 있고 싶다고 전하는 것이 정답일 수도 있다는 말이었다.

"그 정도는 강요해도 돼. 앞으로 그의 어떤 측면을 봐도 그게 지금의 그라는 인간이며 아마카와 하루토 군이라는 인간이기도 하다고, 비교하지 않고 받아들일 각오는 되어 있지?"

"……네."

미하루가 결연하게 고개를 끄덕였다.

"그러면 봐주지 마. 걔가 걱정하는 건 기우에 지나지 않는다고 미하루가 확실하게 가르쳐줘."

사츠키가 손가락으로 미하루를 가리키며 조언을 더했다.

"네……."

미하루는 부드럽게 미소 지으며 고개를 끄덕였다.

'맞아. 아이도 그렇게 말했어. 하루토 씨 곁에 있고 싶다고 확실하게 말하라고. 하루토 씨는 다정하고 무척 겁이 많은 사람이니까…….'

아이시아와 전에 나눈 대화가 떠올랐다. 미하루는 아이시아에게 염화를 걸 수 없어서 아이시아가 걸어줘야 했다. 아직 사츠키에게는 아이시아의 정체가 정령이라고 말하지 않았고 성에서는 실체화할 기회가 없어서 며칠 내내 가까이 있으면서도 대화할 시간이 없었다. 미하루는 아이시아와 다시 한 번 제대로 이야기해보고 싶었다. 하지만 그 전에…….

"하루토 씨와 한 번 더 제대로 이야기해볼래요. 제 마음을 전해볼게요."

미하루는 다시 리오와 대화할 각오를 다졌다.

◇ ◇ ◇

리오는 샤를로트와 춤을 마치고 함께 춤춘 세 용사, 왕녀들과 함께 무도장을 나왔다.

"참, 하루토 군에게 묻고 싶은 게 있었어요."

그때, 벨트람 왕국 본국의 용사 시게쿠라 루이가 리오에게 다가와 말을 걸었다.

"네, 뭔가요?"

리오가 루이에게 밝게 대답했다.

"아마카와라는 가문 명 말인데요. 발음이 우리가 원래 살던 모국의 언어와 아주 친근해서요. 부모님이 사셨던 곳에서 쓰던 말이라고 했죠? 그곳이 어디인지 압니까?"

루이가 강한 호기심을 담아 물었다. 대화를 들었는지 히로아키와 타카히사도 흥미롭게 귀를 기울였다.

"여기보다 먼 동쪽 땅에 야구모 지방이라 불리는 곳이 있다는 건 아시나요? 제 부모님은 그곳에서 태어나고 자랐다고 들었습니다."

리오가 정보를 숨기지 않고 정직하게 가르쳐줬다.

"야구모 지방……. 슈트랄 지방 동쪽에 있는 드넓은 미개척지. 그곳 너머에 있는 땅 말이죠? 야구모라는 말도 발음이 친근하다고 느꼈는데, 하루토 군의 부모님이 그곳 출신이셨군요."

루이가 박식한 면을 보였다.

"알고 계셨습니까?"

리오가 말했다.

"그런 곳이 있어요?"

타카히사는 몰랐던 모양이었다.

"아, 이세계 판타지물에 흔한 설정이지. 나도 예전에 들어서 조금 관심을 가졌는데 국교도 없는 벽지라며?"

관심이 생겼는지 히로아키도 대화에 끼었다.

"일단 슈트랄 지방 동쪽 끝에 있는 우리 가르아크 왕국은 옛날에 수십 년 정도 야구모 지방의 로쿠렌이라는 왕국과 사자를 주고받았다고 해요."

샤를로트가 국가 단위의 국교가 있었는지 언급했다.

'로쿠렌······?'

리오는 몰래 반응했다. 그 이름은 예전에 리오의 조부모가 통치하는 카라스키 왕국과 분쟁을 일으켜 리오의 부모님이 조국을 떠나는 계기를 만든 나라였다.

"단지 도보로 이동해야 해서 귀환을 전제로 두지 않고 이동에 시간이 얼마나 걸리는지 짐작도 못 해서, 이렇다 할 성과도 없고 위험성만 높다고 판단해서 제 조부님 대에서는 폐지됐다고 해요. 로쿠렌 왕국의 사자도 당시 기록으로 백년은 오지 않았다더군요."

무사히 도착했는지 어쨌는지 확인할 수 없어서 로쿠렌 왕국에서도 쓸모없는 짓이라고 판단했을 가능성이 커 보였다.

"마도선으로 이동하면 되지 않나요? 해로를 이용한다든가."

타카히사가 의문이 생기자 그대로 말했다.

"하늘 길은 마도선을 띄울 막대한 마력 보급이 뜻대로 되지 않았고 바닷길은 바다에 사는 해수 때문에 현실적인 루트가 아닙니다. 육로도 미개척지에 아룡 같은 사나운 해수가 많아서 위험합니다만, 다른 두 길보다는 그나마 낫습니다."

크리스티나가 대화에 끼어서 타카히사의 의문에 대답했다.

"바닷길의 가장 큰 무서움은 거대한 아룡의 일종인 해룡입니다. 사면이 바다로 둘러싸인 우리나라는 어업이 성행하는데 매년 일정수의 배가 해룡에게 침몰당한다고 해요."

리리아나도 바닷길에 깃든 위험성을 타카히사에게 가르쳐줬다. 전해들은 것처럼 말하는 이유는 배가 침몰하면 돌아오지 못하기 때문이리라.

"……하하. 어느 길이든 야구모 지방에 가는 건 비현실적인가 보네요."

타카히사가 뺨을 씰룩이며 리오에게 말을 돌렸다.

"자살행위라니까. 네 부모님은 용케 무사히 왔네."

히로아키가 살짝 어깨를 으쓱하며 리오에게 말을 돌렸다.

"그러게요. 야구모 지방 이야기를 어릴 적에 들어서 그때는 먼 곳 정도로만 생각했습니다."

"어머, 사츠키 님과 미하루 님이 돌아오신 모양이에요."

리오의 말이 끝나기 무섭게 샤를로트가 다가오는 사츠키와 미하루를 알아봤다.

"다들 모여서 무슨 이야기하세요?"

사츠키가 목소리가 닿을 거리까지 다가와 모두의 얼굴을 둘러보며 물었다.

"하루토 님의 부모님이 야구모 지방 출신이라는 것과 아마카와라는 가문 명에 관해 이야기하던 중이었어요. 용사님들의 모국어와 발음이 비슷하다고 하시네요."

샤를로트가 알기 쉽게 요약해서 대답했다.

"아……."

사츠키가 이해하고 지구 출신 용사들의 안색을 살폈다. 야구모 지방 이야기를 꺼내서 리오의 가문 명이 가진 비밀을 잘 얼버무린 듯했다. 특별히 리오를 의심하는 사람은 보이지 않았다.

"야구모 지방이 어떤 곳이고 어떤 사람이 사는지 조금 궁금하네요. 우리 말고 다른 일본인이 옛날에 이 세계에 소환되어 먼 동쪽에 문명이 발전했을 가능성도 있지 않을까요?"

루이가 다른 용사들을 둘러보며 말했다. 황당무계한 이야기였으나 지구 출신으로서는 무조건 그냥 망상이라고 단정할 수 없을 듯했다.

"하지만 이 상황에서는 확인할 수도 없잖아. 우리의 소환과는 상관없는 땅인 모양이고. 위험을 무릅쓰고 확인하러 갈만큼 가치가 있을지 모르겠어."

히로아키가 흠, 하고 목을 울리며 말했다.

"사카타 씨는 의외로 현실적이네요."

루이가 재미있어하며 작게 웃었다.

"뭐? 그러는 너는 꿈꾸는 로맨티스트냐?"

신경에 거슬렸는지 히로아키가 비아냥거렸다.

"글쎄요?"

루이는 여유롭게 넘겼다. 사츠키는 걸핏하면 분위기가 험악해지는 두 사람을 기가 막혀 쳐다보았다.

"하루토 군, 미하루와도 춤추지 그래?"

그러더니 갑자기 리오와 미하루를 떠봤다. 미하루는 놀라서 몸을 움찔했다.

"……그럴까요."

"……! 나와도 춤추지 않을래? 미하루."

타카히사가 퍼뜩 안색을 바꾸고 리오의 목소리를 자기 목소리로 덮었다.

"타카히사 님은 용사님이시고 파트너보다 먼저 추는 것은 바람직하지 못하니까 타카히사 님과 먼저 추는 게 어떠세요?"

샤를로트가 예쁜 입을 휘며 제안했다.

"……그러네요. 그러면 저는 나중에 추겠습니다."

리오는 분위기를 파악하고 말했다. 샤를로트의 제안이 맞는 소리라 이견을 꺼낼 수 없었다.

미하루도 이해했는지 아무 말도 하지 않았으나 입술을 꾹 다물었다. 찬물을 끼얹는다는 것은 바로 이런 것이리라.

'알겠어? 하루토 군. 나중에 미하루와 꼭 춤춰야 해.'

사츠키도 아무 말 하지 않았지만, 눈으로 넌지시 리오에게 주장했다. 리오는 사츠키의 시선을 느끼고 어색하게 웃었다.

◇ ◇ ◇

타카히사가 희희낙락하며 미하루를 무도장으로 데려갔다.

"춤춘 우리가 계속 대기 장소에 있으면 방해되니까 다른 곳에서 춤을 구경할까요?"

리오와 사츠키는 샤를로트의 제안에 장소를 옮기기로 했다. 홀 1층 여기저기에서 담소를 나누는 참가자들의 주목을 받으며 무도장 대기 장소와 조금 떨어진 곳으로 걸어갔다.

"어머, 리제롯테."

거기서 다수의 남자들과 대화를 나누는 리제롯테와 만났다. 샤를로트가 밝게 불렀다.

"샤를로트 님. 사츠키 님과 하루토 님도 계셨군요."

리제롯테가 부드럽게 미소 지으며 대답했다. 남자들은 분위기를 파악하고 거미가 흩어지듯이 멀어졌다. 용사와 왕녀에다가 이번 연회에 명예기사가 된 화제의 남자까지 있으니 억지로 남아서 대화에 낄 용기가 나지 않는 모양이었다.

"너는 여전히 파트너 없이 다니는구나. 첫날은 하루토 님이 계셨지만……. 그래서 남자들이 이렇게 말을 거는 거 아닐까? 춤 신청 받았지?"

샤를로트가 거리를 두고 구경하는 귀족들을 둘러보고 조금 기막혀하며 말했다.

"아하하, 글쎄요."

리제롯테가 민망해하며 말했다.

"참. 모처럼의 기회니까 하루토 님과 한 곡 추는 게 어때? 첫날에는 귀족들 인사를 받느라 춤출 시간이 없었잖아. 둘째 날과 셋째 날은 나와 사츠키 님이 하루토 님의 파트너니까."

샤를로트가 리제롯테를 신경 쓰며 리오를 보고 넌지시 춤을 신청하라고 제안했다.

"리제롯테 님만 괜찮으시다면 부디."

리오가 샤를로트의 유도대로 리제롯테에게 춤을 신청했다.

"물론 거절할 이유는 없습니다만…… 괜찮으실까요?"

리제롯테가 함께 있는 사츠키를 살폈다.

"물론이야. 나와 샤를은 이미 췄어."

웃으며 고개를 끄덕였으나 대답하는 사츠키의 목소리에 체념하는 기색이 담겼다. 아까 리오가 미하루와 춤추는 순서를 타카히사에게 쉽게 양보한 것이 마음에 들지 않았다.

그러나 이 일로 주위를 망각하고 분위기와 상관없이 눈에 띄는 언행을 할 정도로 사츠키는 어리지 않았다. 겉으로는 밝게 웃었다.

"그렇다면 기꺼이요. 잘 부탁드립니다, 하루토 님."

리제롯테가 기쁘게 웃으며 양손으로 드레스 자락을 잡고 다소곳하게 수줍어했다. 리오는 사츠키, 샤를로트에 이어 현재 가르아크 왕국 유수의 중요인물로 꼽는 리제롯테와도 춤을 추게 됐다.

리오와 리제롯테가 함께 무도장으로 가자 마침 춤을 마친 타카히사와 미하루와 마주쳤다.

"아, 하루토 씨."

타카히사가 리제롯테를 에스코트하는 리오를 발견하고 오른손을 들며 말을 걸었다. 미하루와 한 곡 춰서 그런지 오늘 하루 중 표정이 가장 만족스러웠다. 한편, 타카히사와는 달리 미하루의 표정에는 조금 그늘이 드리웠다.

"두 분께서 회장의 주목을 모으신 모양이군요."

리오가 타카히사에게 말했다.

"하하, 무슨 말씀을. 하루토 씨, 이번에는 그 분과 추시려고요? 둘째 날에 만난…… 리제롯테 씨죠?"

"네. 알고 계셨군요?"

"둘째 날에 인사 받았어요. 여러모로 신세를 졌다고 미하루에게 들었습니다."

일단 면식은 있는 모양이었다.

"많은 귀족을 만나셨을 텐데 제 얼굴과 이름을 기억해주셔서 영광입니다, 타카히사 님."

리제롯테가 매력적인 미소를 지었다.

"아하하. 어떻게 된 일인지 여자 얼굴과 이름은 옛날부터 잘 외웠어요. 아, 두 분을 방해했네요. 그만 가자, 미하루."

타카히사가 부끄러운지 웃으며 대화를 마무리하고 미하루와 함께 자리를 뜨려고 했다. 그러나 미하루는 움직이지 않고 리오에게 말했다.

"저기, 나중에 이야기 좀 할 수 있을까요? 하루토 씨."

"……네, 물론이죠. 갈까요? 리제롯테 님."

리오가 잠깐 뜸을 들이고 긍정했다.

"네."

리제롯테는 고개를 끄덕이고 리오와 함께 무도장으로 향했다.

"사츠키 님과 샤를로트 님에 이어 이번에는 리제롯테 양인가. 우리나라를 대표하는 미녀를 골라잡는군요."

"하하하, 폐하께서도 아주 좋게 보신 모양입니다. 아마카와 경 이야기를 기분 좋게 하시더이다."

"사상 최연소 명예기사의 탄생이니 말입니다."

타카히사와 미하루 곁에 있던 귀족들이 잡담을 나누었다. 미하루는 그들의 이야기를 들으며 멀어지는 리오의 뒷모습을 안타깝게 바라보았다.

"가자, 미하루."

타카히사는 입술을 살짝 비틀며 밝은 목소리로 미하루를 불렀다.

리오와 리제롯테는 홀에 있는 무도장으로 이동했다. 리오가 부드러운 표정으로 손을 내밀자 리제롯테가 살며시 자기 손을 겹쳤다. 그리고 너나 할 것 없이 서로에게 다가가 천 너머로 몸을 맞댔다.

곧 연주가 시작되고 두 사람은 우아하게 춤추기 시작했다. 잡은 손과 손. 겹치는 몸과 몸. 지금 이 순간, 세상에서 가장 가까운 곳에 있는 상대의 체온을 확인하며 플로어를 천천히 덧그리듯이 스텝을 밟았다. 리제롯테의 치마가 꽃잎이 피듯 하늘하늘 펼쳐졌다.

"설마 이렇게 하루토 님과 춤을 추게 될 줄이야, 처음 만났을 때는 생각도 못했습니다."

리제롯테가 춤추기 시작하고 조금 지나자 진심어린 미

소를 지었다.

"저도요. 마침 리제롯테 님께도 되도록 빨리 말씀드리고 싶은 게 있었는데 이렇게 함께 있게 돼서 다행입니다."

"……하루토 님의 전생과 미하루 님에 관해서 말씀이십니까?"

리오가 미하루를 데리고 처음 리제롯테의 저택을 방문했을 때, 리오는 자기 전생이 아마카와 하루토라는 대학생이라고 했고 리제롯테는 자신이 미나모토 리카라는 여고생이었다고 했다.

리오가 알현실에서 아마카와라는 가문 명을 댔을 때, 여러 가지를 알아차렸으리라.

"네. 사실은 셋째 날 연회가 끝난 뒤에 말할 생각이었습니다만, 가문 명을 아마카와로 쓰면서 미하루 씨에게 다 이야기했어요. 제 전생도, 미하루 씨가 이 세계에 온 것을 전후해 제가 이 세계에 환생한 것도……. 리제롯테 님이 비밀을 지켜주셔서 감사 인사를 드려야겠다 싶었습니다."

"아뇨, 제가 한 일은 미하루 님에게 하루토 님의 전생을 말하지 않은 것뿐이니 감사는 가당치 않습니다."

리제롯테가 웃으며 말했다.

"이래저래 신경을 많이 써주셨잖아요. 미하루 씨를 데리고 처음 저택에 갔을 때, 제 전생을 말하기로 약속했지만, 제가 미하루 씨에게 사실을 밝힐 때까지 배려해주셨잖습니까."

실제로 리제롯테가 마음만 먹으면 물어볼 타이밍을 만들었을 텐데 리오가 먼저 말을 꺼낼 때까지 기다려줬다.

"신경 쓰지 마세요. 아망드 습격 뒤처리와 리카 상회 업무로 제가 바빠서 편히 이야기할 시간을 마련하지 못한 것이니까요."

리제롯테는 우아하게 고개를 저었다.

"감사합니다."

리오가 웃으며 감사를 표했다.

"한 가지 여쭙고 싶은데, 하루토 님은 왜 아마카와를 가문 명으로 쓰신 거죠?"

리제롯테가 갑자기 물었다.

"……하루토라는 이름에 가장 잘 어울리는 게 아마카와라는 이유도 있지만, 그런 자리에서 말해서 저를 몰아세우기 위해서요. 거기서 말하면 더는 돌이킬 수 없어지니까요."

"그, 하루토 님과 미하루 님은 전생에 어떤 사이셨나요?"

리제롯테가 조심스럽게 물었다.

"어릴 적 소꿉친구였어요. 제가 이사를 가는 바람에 일곱 살 때 헤어졌고 우연히 같은 고등학교로 진학했지만, 미하루 씨가 입학하는 날에 이 세계로 실종돼서……. 저는 대학교 2학년일 때 죽었지만요."

리오는 괴로운 기억을 밀어 넣듯이 조금 딱딱하게 말했다.

"그랬군요……."

리제롯테의 눈에 미세하게 놀란 빛이 감돌았다.

"전생의 리제롯테 님, 미나모토 리카 씨는 고등학생이었죠? 직접 만난 적은 없다고 하셨는데⋯⋯."

이번에는 리오가 리카와 관련된 이야기를 꺼냈다.

"네. 아마카와 하루토 씨가 다녔던 대학교의 부속학교가 여러 개 있었어요. 저는 하루토 씨가 다닌 캠퍼스 안에 있는 고등학교 학생이었습니다."

참고로 소속은 다르지만, 아마카와 하루토가 다닌 고등학교도 부속학교 중 하나였고 하루토는 내부 진학으로 대학에 진학했다.

"아, 그래서 같은 버스를 탔군요. 버스 정류장이 캠퍼스와 조금 떨어진 곳에 있어서 이용자가 그리 많지 않았던 것 같네요."

그래서 리카의 인상에 남았는지도 모르겠다고 리오는 생각했다.

"네. 이용 시간대가 겹친 사람은 하루토 씨와 저, 그리고 초등학생 여자애 정도였어요. 그 아이도 이 세계에 환생했을까요⋯⋯?"

리카가 그리운 듯이 웃고 같은 버스에 탔던 초등학생 여자아이, 전생의 라티파를 언급하며 먼 곳을 보았다.

"⋯⋯그 아이가 신경 쓰이세요?"

리오가 물었다.

"네. 대화를 나눈 적은 없지만, 버스를 탄 그 아이가 이상하게 인상에 남네요⋯⋯."

리제롯테가 그리운지 눈을 가늘게 뜨며 리오의 얼굴을 힐끗 살폈다.

"……사실은 그 아이도 이 세계에 환생했어요."

"그래요?"

리오가 조금 고민하고 가르쳐주자 리제롯테가 놀라 눈을 동그랗게 떴다.

"어디 있는지 안다고 할까, 마음만 먹으면 만날 수 있으니 본인이 괜찮다면 언제 한 번 데려올까요?"

변장 마도구를 쓰면 수인이라고 알려질 일도 없었다.

"네, 꼭이요."

리제롯테가 기쁘게 대답했다.

"그건 그렇고 리제롯테 님은 기억력이 좋으시군요. 생전의 일도 자세하게 기억하시네요."

리오도 인상적인 일과 인물은 기억하지만, 그렇지 않은 것은 흐릿했다.

"같은 버스를 자주 타면서 저도 모르게 관찰한 적이 있어요. 오늘도 같은 자리에 앉았다든가 오늘도 창밖을 본다든가 역시나 오늘도 이 정류장에 내린다든가. 그러는 사이에 어느새 기억에 남았나 봅니다."

"창밖을 본 건 저인가요?"

그건 기억하는지 리오가 멋쩍게 추측했다.

"네. 그런데 뭘 보고 계셨어요?"

리제롯테가 키득 웃으며 긍정하고 호기심에 물었다.

"별건 아니에요. 버스를 타는 동안 할 것도 없어서요."

"후후, 그러셨군요."

리제롯테가 뭐가 재미있는지 키득키득 웃었다. 화려하게 춤추면서도 평온하게 말을 주고받는 두 사람의 모습은 미남미녀라서 그런지, 둘 다 화제를 부르는 사람이라 그런지 많은 이목을 끌었다.

기본적으로 우아한 두 사람의 춤에 감탄하는 사람뿐이었으나 히로아키는 마음에 든 리제롯테가 리오와 춤추는게 마음에 들지 않는지 불만스럽게 입을 앙 다물었다. 관중 속에는 미하루와 사츠키도 있었다.

그 뒤에도 두 사람은 전생을 그리워하듯이 딱히 중요하지 않은 이야기를 주고받았다. 그러나 그 시간이 오래 이어지지는 않았다. 몇 분 지나자 연주가 끝났다.

"정말 멋진 시간이었어요. 춤을 청해주셔서 감사합니다. 괜찮으시다면 또 이렇게 전생 이야기를 나눌 수 있을까요?"

리제롯테가 아쉬워하며 리오에게서 몸을 떼고 온화하게 웃으며 물었다.

"물론입니다. 그대로 지구에서 살았더라면 한 번도 말을 섞지 않았을지도 모른다고 생각하니 환생해서 리제롯테 님과 만나서 다행이네요."

리오가 다정하게 웃으며 말했다.

"……네."

리제롯테가 눈을 깜빡이고 리오를 눈부시게 바라보며

고개를 끄덕였다.

"돌아갈까요?"

리오가 에스코트하기 위해 살며시 오른손을 내밀었다. 리제롯테가 그 손을 잡자 두 사람은 무도장을 벗어났다.

'당신은 저를 기억하지 못할 수도 있지만, 사실은 제가 중학생일 때 만난 적이 있답니다. **아마카와 선배.**'

리제롯테는 리오의 옆모습을 엿보며 우아하게 미소 지었다.

◇ ◇ ◇

그 후, 리오는 리제롯테와 함께 사츠키에게로 돌아갔다. 그 옆에는 리오의 다른 파트너인 샤를로트 대신 미하루와 타카히사, 리리아나가 있었다.

"어서 와, 하루토 군. 리제롯테 씨도. 춤 정말 멋졌어."

사츠키가 모두를 대표해 두 사람을 맞이했다.

"감사합니다.", "영광입니다."

리오와 리제롯테가 입을 모아 대답했다.

"하루토 군. 알지?"

사츠키가 생긋 웃으며 물었다.

"뭐, 가요?"

웃음 아래로 좋든 싫든 하라는 박력을 느끼고 리오가 어색하게 되물었다.

"뭐긴 뭐야."

응? 하고 사츠키가 미하루를 보며 늠름하게 말했다. 미하루에게도 춤을 신청하라는 뜻이었다.

리오는 이 상황에 미하루에게 춤을 신청하지 않을 이유가 없었고 미하루와는 무슨 일이 있어도 절대로 춤추고 싶지 않은 것도 아니었다. 그래서 분위기에 따라 미하루에게 춤을 신청하려고 했다.

"여러분, 환담 중에 실례하겠습니다!"

그런데 그때, 큰 목소리가 홀에 울려 퍼졌다. 그러자 담소를 멈춘 왕후 귀족들의 시선이 계단을 타고 위층으로 이동했다. 그곳에는 사회 진행을 맡은 기사가 서 있었다.

"셋째 날 연회가 막바지에 가까워졌습니다. 폐하의 인사 전에 하루토 아마카와 경의 공개 서임식을 거행하겠습니다! 아마카와 경과 용사님들은 위층으로 돌아와 주십시오."

기사가 선언하고 리오 일행에게 돌아오라고 했다.

"타이밍 진짜 못 맞추네……."

사츠키가 반쯤 기가막혀하며 탄식하고 예쁜 입술을 불만스럽게 비틀었다.

"여기 계셨군요, 사츠키 님, 하루토 님. 찾고 있었어요."

어느새 사라졌던 샤를로트가 어디선가 나타나 리오와 사츠키에게 밝게 말을 걸었다. 그대로 리오에게 다가가 어리광부리듯이 팔짱을 꼈다.

"으……."

사츠키는 못마땅한 눈으로 리오를 봤고 미하루의 눈에는 적막함이 깃들었다. 샤를로트는 두 사람의 시선을 신경 쓰지 않고 리오의 팔을 당겼다.

"자, 가요. 아버님이 기다리세요."

귀여운 입이 재미있어하는 미소로 살짝 휘어졌다. 결국, 그 후에는 명예기사 서임식에 시간을 빼앗겨 리오와 미하루는 춤출 시간을 가지지 못했고 셋째 날 연회는 막을 내렸다.

☰ 제 3 장 ☰ ❋ 각자의 마음

연회 종료 후, 리오는 남자 의상실에서 옷을 갈아입고 사츠키, 미하루와 합류해 방으로 돌아갔다. 사츠키는 미하루만 리오와 춤을 추지 못한 것이 연회가 끝난 뒤에도 신경 쓰였지만, 미하루 본인이 창피해하며 괜찮다고 하고 리오가 연회에서 춤추는 동안 샤를로트와 나눈 대화를 꺼내자 마음을 바꾸고 진지하게 귀를 기울였다.

"그래, 샤를이 그런 말을⋯⋯."

이야기를 마치자 사츠키는 입가에 손을 대고 생각에 잠겼다. 리오가 샤를로트에게 들은 말의 취지를 요약하면⋯⋯.

사츠키가 가르아크 왕국을 경계하는 것은 당연하다. 왜 경계하는지는 왕국도 얼추 알지만, 튼튼한 신뢰관계를 만들고 싶다. 도울 수 있는 일이라면 기꺼이 힘을 빌려주겠다. 새로 나타난 미하루도 사츠키의 뜻에 따라 인질로 이용할 생각이 없으니 안심하길 바란다.

이렇게 요약할 수 있었다. 나머지는 이 발언을 어떻게 해석하고 받아들이는가 하는 것이었다.

용사인 사츠키를 포용하기 위해 다가가지 않았던 가르아크 왕국과 정치적으로 이용당하는 것 아닌가 경계하면서도 가르아크 왕국의 원조를 받을 수밖에 없었던 사츠키. 양쪽의 관계는 이러했다.

가르아크 왕국은 사츠키가 불신까지는 아니어도 막연하게 경계하는 것을 지금까지 언급한 적이 없었다. 암묵적 양해 때문인지 적극적으로 사츠키를 포섭하려고 움직이지도 않았다.

　"하루토 군은 어떻게 생각해?"

　사츠키가 리오의 의견을 구했다.

　"우선 샤를로트 왕녀 전하의 말이 프랑수아 국왕 폐하의 의향을 따른 건 분명해요."

　"……그래."

　거짓말이라면 그것이야말로 사츠키의 신뢰를 저버리는 행위였다.

　"가르아크 왕국에서 지금까지 용사로서 가르아크 왕국에 소속, 협력해달라고 하긴 했죠?"

　"응. 그런데 그 이상은 파고들지 않았어. 내가 가르아크 왕국의 용사가 되는 걸 경계하는 걸 알고, 태도로 넌지시 배려하면서 아무 말도 안 하더라고. 그래서 잠정적으로 나는 가르아크 왕국의 손님으로 대우받고 있는데……."

　사츠키가 거기서 말을 끊고 고민스럽게 목을 울렸다.

　"요즘 국제 정세가 끊임없이 변화하고 있고 사츠키 씨가 찾던 미하루 씨와 타카히사 씨가 나타난 지금, 가르아크 왕국은 사츠키 씨와의 관계를 진전시키고 싶은 거 아닐까요? 그래서 지금까지는 파고들지 않았던 영역에도 발을 들이는 거죠. 방침을 확실하게 해서 모순된 행동을 막고,

어기면 그 시점에 신뢰관계가 무너지죠. 지금까지 가르아크 왕국이 취한 태도와 앞으로의 방침을 고려해 가르아크 왕국에 더 가까워질지 말지 사츠키 씨가 결정해달라는 메시지가 아닐까 싶어요. 국가를 통치하는 위정자라서 타산적인 의도가 들어간 건 체념하는 수밖에요…….”

리오가 가르아크 왕국의 의도를 추측하고 사츠키에게 조언했다.

“……응. 알았어, 고마워.”

“대단한 이야기는 안 했는걸요.”

“아니야. 무척 도움이 됐어.”

“……어떡하시려고요?”

가르아크 왕국을 얼마나 믿고, 앞으로 어느 정도 가까워질 것인가.

“……뭐, 지금까지 무상으로 의식주를 챙겨줬고 강제적인 수단을 쓰지 않고 잘 대해준 건 사실이니까. 방심할 수 없지만, 프랑수아 국왕은 이해가 일치하는 한은 믿을 수 있는 사람이야. 내일 아키와 마사토 일로 부탁해야 할 수도 있고……. 무조건 믿지는 않겠지만, 은혜를 갚을 정도는 가까워질 생각이야. 미하루와 아이들을 찾았다고 ‘고마웠어요, 안녕’ 하는 건 의리 없잖아.”

무엇보다 무책임해. 사츠키가 솔직하게 가르아크 왕국에 대한 인상과 생각을 밝혔다.

“나머지는 뭐……. 미하루와 만나고 하루토 군에게 많은 이야기를 들으면서 어느 정도 앞으로의 일도 생각했어. 이 나라에는 리제롯테 씨가 있고 명예기사가 된 하루토 군도 있으니까."

사츠키가 조금 부끄러워하며 덧붙였다.

"……제 생각이 과한 걸 수도 있는데 저와 사츠키 씨가 친해진 것을 보고 폐하께서 저를 명예기사로 서임했을 가능성도 있습니다."

리오가 갑자기 새로운 가능성을 말했다. 친한 친구가 속한 세력에는 친근감이 생긴다. 그런 마음을 이용하려는 것일지도 모른다고 의심했다.

미하루를 나라에서 거두어도 목적을 달성할 수 있지만, 평범한 소녀에 지나지 않는 미하루를 보호하겠다고 적극적으로 제안하면 인질이나 족쇄나 다름이 없기 때문에 나중에 불신의 씨앗이 될 수 있었다.

반면, 리오는 인질이 될 수 없을 정도로 강하고 표면상으로는 연회를 모독한 침입자 토벌의 보상으로 지위를 내린 것이라서 만약 노린 것이라면 훌륭한 지시라고밖에 할 말이 없었다.

"아, 응. 그럴지도. 역시 방심할 수 없겠어."

사츠키가 살짝 쓴웃음 지으며 동의했다.

"……저는 따라갈 수가 없는 세계네요."

미하루가 당황해서 중얼거렸다. 리오와 대등하게 이야기하는 사츠키를 눈부시게 바라보았다.

그때였다. 누군가가 방문을 두드렸다.

"……이런 시간에 누구지?"

사츠키가 휙 고개를 돌려 문을 봤다. 연회가 끝나고 제법 시간이 지났다. 자고 있어도 이상하지 않았다. 사츠키는 자리에서 일어나 문으로 다가갔다.

"……네. 누구세요?"

문 너머를 향해 크게 누구냐고 물었다.

"센트스텔라 왕국의 타카히사 님과 리리아나 왕녀 전하가 오셨습니다."

문을 지키는 기사의 목소리가 돌아왔다.

"타카히사……. 이런 시간에 무슨 일이야?"

사츠키가 문을 열어 살짝 눈을 크게 뜨고 타카히사를 맞이했다.

"리리에게 부탁해서 가르아크 왕국에 조금 더 있게 됐는데 자기 전에 이야기 좀 하고 싶어서요."

타카히사가 안절부절못하며 대답했다.

"죄송합니다. 밤이 늦었다고 말렸습니다만……."

리리아나가 송구해하며 끼어들었다. 이따가 리오와 미하루가 성을 나가 바위 집으로 갈 예정이었지만, 아직 잠깐 시간이 있었다.

"우리는 이제 자려는 참이었는데. 그럼 잠깐만이야."

사츠키가 살짝 어깨를 으쓱하고 타카히사와 리리아나를 방으로 들였다. 그 후, 약 한 시간 정도 차를 마시고 두서 없는 대화를 나누다가 리리아나가 타카히사를 재촉해 객실로 돌아갔다.

◇ ◇ ◇

성이 잠든 심야. 손님이 올 리 없는 시각이 되자 리오는 미하루를 데리고 바위 집으로 떠날 준비를 했다.

"잘 다녀와."

사츠키의 배웅을 받으며 리오는 미하루를 안고 밤하늘로 날아올랐다. 두 사람은 순식간에 밤하늘에 녹아 지상에서는 보기 어려워졌다.

참고로 아이시아는 바위 집에서 대기 중이라 지금은 온전히 둘뿐이었다. 하늘로 날아올라 한동안은 대화 없이 성 상공을 빠져나갔다.

"……춥지 않아요?"

리오가 그제야 미하루를 염려해 물었다.

"네……. 하루토 씨."

미하루가 리오의 옷을 꼭 잡으며 고개를 끄덕이고 작게 심호흡한 뒤, 고개를 들었다.

"……왜요?"

리오가 조금 딱딱하게 대답했다.

"나, 하루토 씨와 둘이서 이야기하고 나서 생각했어요. 내가 누구와 함께하고 싶은지."

"네."

리오가 짧게 맞장구치며 뒷말을 재촉했다.

"내가 함께하고 싶은 사람은 하루토 씨예요. 나는 하루토 씨와 함께 있고 싶어요."

미하루가 온 마음을 담아 말했다.

"저는…… 아마카와 하루토가 아니에요."

"내게 당신은 하루토 씨이자 하루이기도 해요."

리오가 떳떳하지 못하게 대답하자 미하루가 고개를 가로젓고 딱 잘라 말했다.

"아마카와 하루토는 죽었습니다."

"하지만 당신 안에 하루가 있어요."

평소의 미하루는 내성적이지만, 지금은 한걸음도 물러나지 않았다.

"하지만 지금의 저는 이 세계 사람이에요. 아마카와 하루토의 기억과 가치관이 있다고 해도 지금의 제 기억과 가치관은 아니죠. 그래도 제 안에 아마카와 하루토가 있다고 할 수 있을까요?"

리오도 양보하지 않았다.

"네."

그러나 미하루는 추호의 망설임도 없이 힘차게 고개를 끄덕였다.

"……."

리오는 허를 찔렸다. 일언지하에 거절하려고 했으나 말

이 나오지 않았다.

"나는 하루와 하루가 환생한 당신, 두 사람과 앞으로도 함께하고 싶어요."

미하루가 반복해서 호소했다. 리오를 아마카와 하루토로만 보는 게 아니라고 주장했다.

"……함께해서 어쩌려고요? 저는 당신에게 아무것도 해 줄 수 없어요. 복수 때문에 살고 있다고요."

리오는 가슴이 죄여서 목소리가 떨렸다. 미하루가 복수를 그만두라고 하면 아예 포기할 것 같았다.

"그런 건 상관없어요. 그래도 나는 함께 있고 싶어요."

남에게 자랑할 수 없는 삶을 살고 있다는 핑계로 거부하는 리오에게 미하루가 감정으로 호소했다. 그것이 무엇을 뜻하는지, 그 앞에 무엇이 기다리고 있는지 잘 알지도 못하면서…….

"……이런 사람인 줄 몰랐다며 언젠가 후회할지도 몰라요."

리오가 얄궂게 말했다.

"안 그래요. 이대로 하루토 씨의, 하루 곁을 떠나면 분명히 후회할 거예요."

미하루가 의연하게 반박했다.

"……"

리오의 눈이 동요로 흔들렸다. 무슨 표정을 지어야 할지 몰라 가슴이 죄여왔다. 왜? 왜 이런 나와 함께……? 라고는 묻지 못했다.

"아니면 나는 없는 편이 나아요? 아이, 세리아 씨, 라티파, 사라, 오피아, 아르마……. 하루토 씨에게는 하루토 씨를 지탱해주는 사람이 많으니까 이 세계에서는 아무런 힘도 없고 사츠키 씨처럼 머리도 좋지 않은 나는 없는 편이……."

미하루가 가슴에 깃든 불안을 토로하듯이 리오에게 물었다.

"……아니에요."

리오가 괴롭게 부정했다.

"그러면 하루토 씨는 다른 사람들에 대해서도 그렇게 생각해요? 자신과 함께하지 않는 게 낫다고?"

미하루가 얼굴을 찡그리며 물었다.

"……."

리오는 긍정도 부정도 하지 않았다. 미하루는 그것을 묵시적 긍정으로 받아들였다.

"그러면 왜 우리를 도와주는 거예요? 왜 강제로 결혼할 뻔했던 세리아 씨를 구했어요? 왜 라티파와 의남매를 맺었죠?"

미하루의 목소리가 일렁였다. 그것을 증명하듯이 목소리가 떨렸다. 자신과 함께하지 않는 편이 낫다고 생각한다면 처음부터 자기 일처럼 도와주지 않으면 되는 일이었다.

그러나 리오는 그들을 구했다. 곁에 있게 해줬다. 함께 지냈다. 그것은 그때뿐이었단 말인가.

"……."

리오는 다시 입을 다물고 미간을 찌푸리며 눈을 피했다. 당장은 논리적인 대답이 생각나지 않았다.

"이렇게 신세를 지고, 이렇게 자기 일처럼 도와주고, 가족처럼 함께 살았는데 자기 혼자 답을 내리고 일방적으로 거리를 두다니, 이해될 리가 있겠어요? 너무하잖아요, 그런 건……."

미하루의 목소리에서 힘이 빠지며 비통한 외침이 되어 리오에게 호소했다.

그러나 리오도 어정쩡한 각오로 복수를 결심하지 않았다. 자기가 가는 길이 수라의 길임을 알아도, 그래도 나아가기로 했다.

"……."

그래서 아무 말도 하지 않았다. 하지 못했다.

'아이가 말한 대로야…….'

지금의 하루토는 마음을 닫으려고 한다. 아마카와 하루토가 죽은 사건을 꿈으로 체험한 그날 밤, 아이시아가 미하루에게 한 말이었다. 그리고 지금, 미하루가 이렇게나 마음을 전해도 리오는 소극적인 자세를 유지했다.

무슨 말을 하든 고집만 부릴 터였다. 미하루는 아이시아의 말을 통감하고 몹시 슬프게 리오의 얼굴을 올려다보았다.

하지만 아이시아는 이런 말도 했다. 만약 미하루가 앞으로도 하루토 곁에 있고 싶다면 도망치면 안 된다고.

그래서 미하루는 포기하지 않았다. 지금 여기서 하루토

를 완전히 이해시킬 수 없다면 수단방법을 가리지 않고 매달리는 수밖에 없었다.

"하루토 씨, 왕도에 올 때, 리제롯테 씨의 마도선 덱에서 약속했죠? 내 뜻을 최대한 존중하겠다고."

미하루가 지금 이 자리에서 그 이야기를 꺼냈다.

"……네."

기억하는 모양이었다. 리오가 미묘한 각도로 고개를 끄덕였다.

"함께 있고 싶어요."

"……."

"함께, 있고 싶어요. 하루토 씨와, 하루와."

침묵하는 리오에게 미하루는 강한 어조로 다시 말했다.

"……."

"하루."

미하루가 그 애칭으로 부르자 리오의 표정이 괴로워졌다.

"……알겠습니다."

리오는 한숨을 내쉬고 고개를 끄덕였다.

"고마워."

미하루가 기뻐하며 밝은 표정을 지었다.

"바로 대답할 필요는 없으니 시간을 들여서 결정하죠. 한동안 함께 움직이기로 해요."

리오가 타협안을 제시했다.

"응, 알았어."

미하루가 진심에서 우러난 부드러운 미소를 지으며 고개를 끄덕였다. 리오는 미하루의 얼굴을 보고 **눈부신 듯** 고개를 돌렸다. 그리고 얼굴을 찌푸리고 "그리고……." 하며 운을 뗐다.

"하루라고 부르지 마세요."

그렇게 불러도 미하루의 아마카와 하루토일 수 없으니까. 리오가 그렇게 말하듯이 미하루에게 부탁했다.

몇 십 분 후, 바위 집에 도착한 리오와 미하루는 거실에서 아키, 마사토와 마주 앉았다. 주위에는 함께 사는 사람들이 있었다.

아이시아가 두 사람에게 사정을 설명하고 반나절 넘게 지났는데 과연 결심을 굳혔을까?

"이야기는 아이시아에게 들었지? 타카히사 씨를 찾았어. 지금은 가르아크 왕성에 있고 너희가 무사하다는 것도 알아. 타카히사 씨는 너희를 만나고 싶어 하는데…… 너희는 어때?"

리오가 단도직입적으로 물었다.

"저는 갈래요! 오빠를 만나러 가겠어요!"

아키가 리오와 미하루의 얼굴을 보고 어떤 망설임도 보이지 않고 즉시 대답했다. 예상한 대답이었다. 리오는 이어서 마사토를 보며 대답을 요구했다.

"마사토는?"

"음, 만나고 싶어. 그쪽에서 만나고 싶어 한다면 더욱더."

마사토가 자기 마음을 마지막으로 확인하듯이 목을 울리더니 만나고 싶다고 대답했다.

"알았어. 예상한 대로네. 타카히사 씨는 너희를 보호하고 싶다는데 어떡할래?"

리오가 타카히사와 만난 뒤의 이야기에 초점을 맞췄다.

"저는 오빠를 따라갈래요."

아키가 아직 조금 망설여지는지 살짝 눈을 내리뜨고 대답했다.

"나는…… 전에도 말했지만, 쉽게 돌아올 수 없으니까 하루토 형이랑 더 있고 싶어. 아르슬란과 한 약속도 있고 검술도 계속 배워야 하니까."

마사토도 절대적인 대답은 아닌지 목소리가 조금 떨렸다.

"타카히사 씨는 센트스텔라 왕국의 용사야. 세리아 선생님에게 들었을 수도 있지만, 그 나라는 쇄국 상태라 내부 정세를 잘 모르는 나라이기도 해. 만약 타카히사 씨를 따라가면 다시 만나기 쉽지 않을 거야."

리오가 떨어진 곳에 의자를 두고 앉은 세리아를 보며 마사토가 우려하는 사항을 짐작하며 말했다.

"……."

아키는 생각하는 게 있는지 입술을 앙 다물었다.

"가르아크 왕국은 아직까지는 사츠키 씨의 뜻에 반대되는 행동은 하지 않는 방향으로 일관하고 있어. 미하루 씨를 사츠키 씨와의 관계로 인질이나 족쇄로 이용하려는 움직임도 없고. 센트스텔라 왕국도 그럴 거라는 보장은 없지만, 타카히사 씨의 뜻을 최대한 존중하는 모습을 봤어. 나머지는 뭐, 직접 만나보지 않으면 모르겠지만."

리오가 설명을 덧붙이고 다시 두 사람의 얼굴을 보았다.

"마지막으로 확인할게. 권력자와 함께 있는 타카히사 씨를 만나러 가면 앞으로 행동에 제약이 생길지도 몰라. 일이 생각대로 풀리지 않아서 불합리한 대우를 받을 수도 있어. 그래도 너희는 성에 가서 타카히사 씨와 만나고 싶은 거지?"

못을 박으며 두 사람의 의사를 마지막으로 확인했다.

"……네.", "응."

아키와 마사토가 마른침을 삼키고 고개를 끄덕였다.

"알았어. 내일, 이 아니라 오늘 중에 둘을 성으로 데려갈게. 그리고 이건 다른 이야기인데…….'

리오가 입가를 굳히며 아키에게 시선을 고정했다. 아키는 고개를 갸웃거리며 리오의 얼굴을 마주 보았다.

"여러분에게 숨긴 게 있어요."

리오는 어디서부터 말하면 좋을지 한동안 묵묵히 생각하다가 말을 꺼냈다.

"라티파와 세리아 선생님, 미하루 씨와 아이들에게는 가르쳐준 적이 있고 사라 씨 쪽에는 처음 말하는 건데 저는 전생을 기억해요."

우선 리오는 거실 한쪽에 있는 소파에 나란히 앉은 은늑대 수인 사라, 하이엘프 오피아, 엘더드워프 아르마를 봤다.

"전생이요?"

사라 일행이 갑작스러운 이야기에 고운 눈을 크게 떴다. 그 옆에 앉아있던 라티파도 놀라서 안색을 바꿨다.

"미하루 씨와 아이들을 처음 마을로 데려가기 전, 장로님들과 회의할 때, 제가 어떻게 그들에게 이 세계 말을 가르쳐줬는지, 어떻게 그들 세계의 말을 알았는지에 관한 이야기가 나온 적 있죠?"

리오가 차례대로 이야기를 꺼냈다.

"네……."

사라 일행이 얼굴을 마주 보며 고개를 끄덕였다. 그때는 리오와 장로들의 회의를 견학했는데, 리오는 미하루 쪽 세계의 말을 아는 이유를 말하지 않았다.

그 후로 여태까지 묻지 않았는데 머리 한쪽에는 계속 의문으로 남아있었다.

"그건 제가 미하루 씨와 같은 세계에서 태어나고 자란 인간의 기억이 있기 때문이에요. 미하루 씨를 처음 마을로 데려갔을 때, 장로님들께는 말씀드렸지만, 좀처럼 말하기가 어려워서 여러분에게는 말하는 게 늦었어요. 죄송합니다."

리오가 무릎 위에 깍지 낀 손을 풀고 자세를 바르게 하더니 머리를 숙였다.

"아뇨, 사과하실 필요는 없습니다."

"맞아요, 사정을 아는 걸요."

사라와 아르마가 말했다.

"오히려 가르쳐주셔서 감사해요."

오피아도 생긋 웃으며 두 사람의 의견에 동의했다. 리오는 기뻐하며 미소 지었으나 지금부터 할 말을 생각하고 입술을 깨물었다.

"저야말로……. 지금부터가 본론인데 어제까지는 미하루 씨도 몰랐던 이야기예요……."

다시 아키를 힐끗 보고 말하는 리오의 어조가 좀 분명하지 못했다. 아키가 어떻게 반응할지 상상하니 조금 무서웠다. 그래도 말해야 했다.

"리오, 정말 우리가 들어도 되는 이야기야? 무리하지 않아도 돼."

세리아가 리오의 표정에 드리운 그늘을 보고 다정한 목소리로 걱정했다. 그래도 리오는 각오했는지 "네."라며 긍정하고 차례대로 말하기 시작했다.

"조금 관련 있는 이야기인데 둘째 날 연회 중에 침입자들이 난입하는 사건이 일어났어요. 그때 제가 침입자를 무찌르는데 힘을 보태서 가르아크 왕국에 명예기사로 서임됐습니다."

"며, 명예, 기사……?"

갑작스러운 이야기에 귀족인 세리아는 소스라치게 놀랐다. 그러나 다른 사람들은 확 와 닿지 않는지 머릿속에 물음표만 그렸다.

"대단한 자리입니까?"

사라가 신기해하며 세리아에게 물었다.

"으, 응. 아주 눈에 띄는 무공을 세운 사람에게 하사하는 명예로운 칭호인데 국가의 의무를 지지 않는 당대 한정인 특권 신분이야. 고위 귀족, 백작과 동등하게 대우받고 서임된 사람이 거의 없을 정도 대단한 건데…….."

세리아가 설명하며 리오의 얼굴을 물끄러미 바라보았다.

"음, 그러니까 가르아크 왕국의 귀족이 됐다는 거야? 하루토 형."

마사토가 짧게 줄여서 물었다.

"뭐, 그런가? 나라를 따르는 게 아니라 이렇다 할 무언가가 있지는 않아."

"그런데 명예기사가 된 것과 하루토 씨의 전생이 무슨 연관이 있죠?"

아르마가 고개를 갸웃거렸다.

"명예기사가 되면 가문 명을 쓸 수 있게 돼요. 하루토라는 이름은 전생의 제 이름인데 모종의 이유로 가문 명도 전생의 성으로 골랐어요."

아키가 굳은 표정으로 리오의 얼굴을 쳐다봤다. 나쁜 예감이 들어서 두근거림이 가라앉지 않았다.

"그 가문 명이 뭐야? 오빠."

라티파가 아키의 표정 변화를 알아차리고 리오의 말 사이에 질문을 끼워 넣었다.

"아마카와…… 하루토 아마카와. 그게 명예기사인 제 이름이에요. 미하루 씨의 소꿉친구이자 아키의 오빠이기도 했던 전생의 제 이름이기도 하고요."

리오가 아키를 보며 엄숙하게 말했다. 그 순간, 사정을 아는 아이시아, 라티파, 미하루를 제외한 모두가 "어……?" 하며 얼이 빠졌다.

아키의 얼굴에서 표정이 사라졌다.

"……!"

잠시 뒤, 이를 악 물며 벌레 씹은 표정을 지었다. 거의 동시에 사정을 모르는 사람들이 "뭐?!" 하며 입을 모아 외쳤다.

"뭐? 응? 아니, 잠깐? 어? 어어?!"

마사토가 놀라서 입을 벌렸다. 맞은편에 앉은 리오와 미하루, 그리고 자기 옆에 앉은 아키를 수차례 번갈아봤다.

"왜……"

아키가 어지럽게 표정을 바꾸며 입을 살짝 움직였다. 분노와 당혹과 자제심, 그 세 가지가 가슴속에 격렬히 소용돌이쳤다. 감정에 따라 무슨 말을 하려고 했으나 그때마다 눈을 내리뜨며 격정을 꾹 억눌렀다.

"자, 잠깐만! 이해가 안 돼. 그보다 아키 누나, 부모님이 재혼하기 전에 형제가 있었어?"

마사토는 이혼하기 전의 아키에 대해 아무것도 몰랐는지 어쩔 줄을 모르며 물었다.

"……없어."

아키가 대답했다.

"뭐, 뭐? 아니, 하지만……."

지금 눈앞에 있잖아. 마사토는 영문을 모르고 눈앞에 있는 리오와 미하루를 보았다.

"있어. 있었어, 아키에게는 하루라는 오빠가. 소꿉친구였던 내가 증인이야."

자기 입으로 설명하고 싶다는 리오의 의향에 따라 침묵을 관철하던 미하루가 마사토와 아키에게 말했다.

"없어! 내 오빠는 아마카와 하루토가 아니야! 센도 타카히사야! 지금의 나는 센도 아키야! 엄마가 홀로 울어도, 일하느라 아파도, 한 번도 연락하지 않은 사람들 따위, 난 몰라!"

감정적으로 변한 아키가 반발했다.

"아키! 하루토 씨의 말을 들어봐. 하루토 씨는……."

미하루가 안타까워하며 아키에게 호소했다.

"됐어요. 아마카와 하루토가 아키에게 오빠다운 일을 한 번도 하지 않은 것은 사실이니까요. 죽어서 아마카와 하루토도 아닌 제가 이제 와서 오빠 행세하는 건 맞지 않아요. 할 말이 없어요."

리오가 차분하게 미하루를 말렸다.

"……."

먹구름이 끼는 정도가 아니라 갑자기 폭풍이 불어 닥친 분위기에 당사자 외의 소녀들은 침묵하고 상황을 지켜봤다. 말려야 하나 눈빛을 주고받으며 의사소통을 시도했는데, 조금만 더 부딪치게 두기로 했다.

"……왜, 왜 이제 와서, 그런 사실을 밝혀요?! 당신이, 그 사람인 줄, 몰랐으면, 몰랐으면!"

소중한 은인으로서 존경할 수 있었다. 모르는 편이 나았다. 말하지 않았으면 좋았을 텐데. 아키는 리오를 노려보며 말 외의 것으로 주장했다.

리오는 아키를 가만히 바라보았다. 그 눈이, 표정이, 말해야 했다고 호소했다.

"말하지 않은 게 있어서 그랬어. 말해야 하는 게 있어서 그랬어. 네가 아마카와 하루토를 싫어한다는 건 함께 지내면서 어렴풋이 알게 됐어. 내 전생을 말하면 네가 화낼 수도 있다고 생각했지만, 확실하게 말해야 한다고 생각했어."

"말해야 하는, 것?"

아키가 분노로 상기된 목소리로 물었다.

"응. 아마카와 하루토…… 내 기억 속에 있는 전생의 내가 대학생 때 죽었다는 건 말했지?"

아마카와 하루토의 이름이 나온 순간, 아키가 얼굴을 찌푸리자 리오는 표현을 수정하고 물었다.

"……."

그런 말을 했다. 아키는 생각났지만, 고개를 끄덕이지 않았다.

"미하루 씨가 이 세계에 온 건 열다섯 살, 고등학교 1학년 봄. 동갑인 내가 죽은 건 스물두 살, 대학교 2학년 여름이야. 그런데 나중에 죽은 내가 너희보다 먼저 이 세계에 환생했어. 이상하지 않아?"

리오가 이론을 세워 설명했다.

"아······."

화가 나서 머리에 피가 쏠린 아키도 시간대가 이상하다는 것을 깨달았다.

"나는 고등학교 진학을 계기로 태어나고 자란 마을로 돌아가 자취를 시작했어. 그러다 우연히 미하루 씨와 같은 고등학교에 진학했어. 그래서 미하루 씨가 실종된 사실을 알게 됐지. 스무 살이 된 직후에 13년 만에 이혼한 어머니도 만났어."

"어머니라니······ 만났어요? 우리가 없어진 뒤의 엄마와······."

아키의 눈에 몹시 놀란 기색이 떠올랐다.

"응. 아버지가 정보를 숨겼는지 나는 아키까지 실종됐는지 몰랐어. 어머니에게 아키가 잘 지내는지 물으니 잘 지낸다고 하셨어."

이 부분은 사실관계가 확실하지 않은 점이 많아서 그런지 말하는 리오의 목소리도 석연치 않았다. 어쩌면 아버지는 아키의 실종과 관련된 정보를 아는데 하루토에게는 말하지 않았을 가능성이 컸다.

"그, 그러면 4년 뒤에는 우리가 지구로 돌아간다는 거예요?!"

아키는 그렇게 해석한 모양이었다.

"……모르겠어."

리오가 천천히 고개를 가로저었다.

"왜, 왜요?"

"그때, 미하루 씨는 여전히 실종 상태라고 들었어. 어떤 사정으로 아키만 지구로 돌아왔거나 어머니가 내가 걱정하지 않게 거짓말을 했거나……."

그때, 아마카와 하루토는 아키와 만나지 않았기 때문에 지금으로서는 확인할 방법이 없었다.

"……."

아키는 매달리는 눈빛으로 미하루를 보았다. 자신은 지구로 돌아가고 미하루는 지구로 돌아가지 않는 선택지는 있을 수 없다고 생각하는 걸까?

"어쩌면 4년 내에 돌아갈지도 모르고 4년 이상 걸려야 돌아갈 수 있는지도 몰라. 이걸 알아주길 바랐어. 그래서 내 전생을 알려야 했어. 내가 하고 싶은 말은…… 이게 다야. 궁금한 거 있으면 대답할 테니까 물어봐."

리오가 입을 다문 아키에게 말했다. 부모님이 이혼한 원인의 진상을 말해야 하나 잠깐 고민했지만, 적어도 지금은 그럴 필요가 없다고 판단했다.

"……."

아키는 리오를 보고 시무룩해져서는 얼른 시선을 피했다.

"마사토도 궁금한 거 있으면 대답할게. 여러분도 갑작스러운 이야기 때문에 당황했죠? 죄송합니다. 할 말이 있으면 해주세요."

리오가 씁쓸하게 웃으며 마사토와 다른 사람들에게 말했다.

"머리가 새하얘져서 아무 생각 안 나……. 나는 그냥 놀란 거지, 딱히 화난 건 아니야."

마사토가 아키의 옆얼굴을 힐끗 보았다. 세리아와 사라 일행도 얼굴을 마주 볼 뿐, 특별히 아무 말도 하지 않았다.

"잠깐 시간을 가질까요? 내일 아침을 대비해 너무 늦게까지 있을 수는 없지만, 아직 성으로 돌아갈 필요는 없으니까요."

리오가 모두를 둘러보며 제안했다. 그러자 아키가 말없이 일어나 잰걸음으로 자기 방으로 갔다.

"아키와 이야기하고 올게요."

미하루가 조용히 일어나 아키 뒤를 쫓았다. 두 사람이 거실에서 모습을 감췄다.

아이시아와 라티파가 동시에 일어나 리오에게 다가왔다. 그리고 리오의 양 옆에 앉았다.

"내 오빠는 지금 이렇게 내 눈앞에 있는 오빠야."

라티파가 어리광부리며 리오의 팔에 매달렸다.

"……고마워."

리오가 눈이 부신 듯 눈을 가늘게 떴다. 아이시아는 아무 말 없이 리오에게 기댔다.

"어휴, 애들은 정말……."

방심할 틈이 없어. 세리아가 못 살겠다며 탄식했다.

"너무 자기 탓만 하면 못 써. 그리고 혼자서 죄다 끌어안는 것도 안 돼. 네 나쁜 버릇이야. 아키 일도 계속 너 혼자 담아두고 있었지?"

세리아가 리오에게 말했다.

"상의할 수 없는 문제였다고 할까, 어쩔 수 없는 문제라고 생각했어요."

리오는 할 말이 없어서 천장을 올려다봤다.

"그래도 힘든 일이 있으면 말은 못 해도 이렇게……."

어리광부려도 되는데……. 나도 머리를 쓰다듬고 안아주는 정도는 할 수 있었다. 세리아가 입을 우물거렸다.

"그래요. 우리도 만난 지 몇 년이나 되지 않았습니까. 함께 사는 사이니까 힘들 때는 이렇게…… 할 수 있는 게 많습니다!"

사라가 열심히 세리아 편을 들었다.

"뭐가 많은데요?"

아르마가 웃으며 사라에게 물었다.

"마, 많다면 많은 줄 알아요! 이렇게 함께 재미있는 일을 한다든가."

사라가 상기된 목소리로 대답했다.

"예를 들면 리오 씨의 머리를 쓰다듬는다거나?"

오피아가 옆에서 구체적인 예시를 들었다.

"맞습니다!"

사라가 힘차게 고개를 끄덕였다.

"안아주거나?"

"그렇습니다!"

"무릎베개를 해주거나?"

"그래, 아, 아니, 무슨 말을 하는 겁니까?!"

사라가 창피함을 얼버무리려고 연신 고개를 끄덕이다가 오피아가 열거한 구체적인 예시가 더 창피한 행위라는 것을 깨닫고 얼굴이 새빨개졌다.

"으음, 사라는 그렇다지만, 저라도 괜찮다면 언제든 해드릴 테니 말씀하세요, 리오 씨. 그렇죠? 세리아 씨."

오피아도 오늘은 제법 살가운 말을 하고 세리아의 의중을 물었다.

"응……? 아, 뭐, 응."

세리아가 뺨을 발그레 붉히고 살짝 고개를 끄덕였다.

"……그러면 저도."

아르마도 살며시 손을 들었다.

"그러면 나는 오빠한테 잔뜩 어리광부릴래!"

라티파가 리오의 팔을 더 세게 끌어안았다. 아이시아는

계속 리오에게 기대고 있었다.

"저, 저도 하겠어요! 리오 씨가 의지해준다면!"

사라가 서둘러 자기도 하겠다고 했다.

"이거 봐, 애들이 이렇게 너를 걱정해. 앞으로는 미하루 일도, 아키 일도 우리와 제대로 상의하기야. 문제가 드러날 때까지 가만히 있다니 섭섭하잖아."

세리아가 모두를 대표해서 리오에게 말했다.

"아하하⋯⋯."

리오는 무의식중에 수줍어하며 눈을 내리떴다.

한편, 마사토는 그 모습을 옆에서 바라보며 팔짱을 끼고 생각에 잠겼다.

'으음, 내가 끼어들 분위기가 아니네. 부럽다, 하루토 형. 그런데 아키 누나에게 그런 과거가 있었다니⋯⋯.'

"왜 그래? 마사토."

리오가 쑥스러움을 떨쳐내듯이 홀로 생각하던 마사토에게 말을 걸었다.

"아니, 아키 누나와 전생의 하루토 형이 남매였다면 피가 이어지지는 않았지만, 나는 하루토 형을 친형처럼 생각해."

마사토가 헤헷, 하고 코를 문지르며 리오에게 말했다.

"응, 고마워. 마사토."

리오가 놀라서 눈을 크게 뜨더니 부드럽게 웃으며 감사를 표했다.

"으, 오빠한테 어리광부리는 건 내 역할이야, 마사토."

라티파가 오빠를 향한 독점욕을 불태웠다.

"아하하. 알아. 나는 검술을 배울게."

마사토가 웃음 밴 목소리로 말하며 어깨를 으쓱했다.

"그럼 됐어."

라티파가 만족한 얼굴로 고개를 끄덕였다.

"그건 그렇고 오빠."

그러다 갑자기 리오를 올려다보며 말했다.

"왜?"

리오가 부드러운 표정으로 고개를 기울이며 라티파에게 대답했다. 그러나 다음 말에 잠시 표정이 굳어버렸다.

"오빠 몸에서 모르는 여자들 냄새가 나."

라티파가 코를 킁킁 댔다. 여우 수인이라 역시나 후각이 뛰어났다. 늑대 수인인 사라도 알아차렸는지 '앗, 물어보다니'라는 표정이었다.

"……아, 연회에서 여러 사람과 춤을 췄거든."

누구랑 췄냐고 물어보듯이 쳐다보는 라티파에게 짧게 대답했다. 리오의 머릿속에 그날따라 자꾸 달라붙던 샤를로트의 얼굴이 떠올랐다.

한편, 아키는 문을 닫고 자기 방에 들어가자마자 침대에 쓰러졌다. 곧 문이 열리고 누군가가 들어왔다.

이어서 문이 닫혔다. 바위로 이루어진 이 집은 방음이 뛰어나서 문을 닫으면 대화가 새어나가지 않았다.

"……뭐야? 미하루 언니."

누군지 돌아볼 것도 없었다.

"하루토 씨 일과 아키에게 사과하려고."

미하루가 대답했다.

"……미하루 언니가 왜? 뭘 사과해?"

아키가 먼저 후자 화제를 건드렸다.

"하루 때문에 마음을 닫은 아키를 어떻게 대할지 몰라서 계속 도망만 쳤어. 아키와 사이가 나빠질 수 있다는 핑계로 제대로 마주할 용기를 내지 않았어. 나는 아키의 언니인데……. 미안해."

미하루가 부끄러운 마음으로 아키에게 사과했다. 아키가 하루토를 괜히 싫어하면 할수록 미하루는 사라진 하루토를 소중하게 여겼다. 그러나 미하루는 그 마음을 아키에게 털어놓지 못했다.

만약 그랬다가는 아키와 사이가 나빠질 수도 있으니까. 그러나 털어놓고 부딪치면 아키의 가슴에 맺힌 응어리에 어떤 긍정적인 답을 제시했을지도 몰랐다. 그것을 피한 대가로 지금의 아키가 더 괴로워하는 것 아닐까. 미하루는 그렇게 생각했다.

"그렇지…… 않아. 미하루 언니는 그 사람들이 사라진 뒤에도 계속 곁에 있어줬어. 미하루 언니는 도망치지 않았

잖아. 내 곁에 있어줬잖아. 사과하지 마. 사과하면 어떡
해? 사과할 필요 없어!"

아키가 울먹이면서도 억지로 웃으며 속마음을 털어놓았다.

"아니야. 사과해야 해. 난 이제부터 도망치지 않을 거야."

미하루가 강한 결의를 담아 말했다.

"……도망치지 않아?"

아키가 울먹이며 물었다.

"응. 나는 이제부터 내 의견을 말할 거야. 지금까지는 아
키의 의견과 결정적으로 부딪힐 때는 아키에게 양보했어.
하지만 그건 아키를 위한 것도, 무엇보다 나를 위한 것도
되지 못한다는 걸 깨달았어."

"……."

아키는 피가 비칠 정도로 세게 입술을 깨물었다.

"아키는 지금의 하루토 씨가 싫어?"

미하루가 아키에게 물었다.

"……내가 싫어하는 건 아마카와 하루토야."

"그건 불합리한 감정이야. 알잖아? 당시 우리처럼 어렸
던 하루는 아무 잘못 없다는 걸. 오히려 고등학교에 진학
하며 돌아왔잖아."

미하루가 지금껏 하지 못한 생각을 아키에게 털어놓았다.

"……."

아키는 벌레 씹은 얼굴로 침묵했다.

"그래도 하루토 씨는 싫어하지 않는구나……."

미하루가 조금 안도하며 말했다.

"……모르겠어."

아키가 중얼거렸다.

"모르겠어?"

미하루가 타이르듯이 물었다.

"하루토 씨는 은인이니까, 멋진 사람이라 존경했으니까 안 미워. 하지만 아마카와 하루토는 미워. 그래서 어떻게 해야 할지 모르겠어. 좋은지 싫은지 모르겠어. 그래, 억지야! 불합리해! 그런데 어쩔 수가 없어! 그냥 생각만 하면 화가 나!"

아키가 말하면서 화가 솟구쳤는지 소리를 질렀다.

"아키……."

미하루가 슬퍼하며 얼굴에 그늘을 드리웠다.

"미안. 나가줘. 지금은 미하루 언니와도 냉정하게 이야기할 자신이 없어."

아키가 부글부글 끓어오르는 분노를 억누르며 날카롭게 가시가 돋친 목소리로 말했다.

"……."

할 말은 했다. 그래도 무슨 말이라도 해야 하지 않을까, 미하루는 그 자리에 잠시 서 있었다.

"나가, 제발!"

그러자 아키가 분노를 폭발하며 말했다.

"냉정해지면 또 이야기할 거지?"

미하루가 타이르듯이 물었다.

"알았다고!"

아키가 히스테릭하게 대답했다. 미하루는 더는 아무 말 하지 않고 발을 돌려 방을 나갔다.

"빨리 만나고 싶어, 오빠⋯⋯."

홀로 남은 아키가 몹시 쓸쓸하게 중얼거렸다.

아키의 방을 나와 거실로 돌아온 미하루는 리오에게 달라붙어 냄새를 맡는 라티파와 찰싹 밀착한 아이시아를 보았다.

놀란 미하루의 눈이 휘둥그레졌다. 평소의 따뜻한 일상, 평소의 미소 지어지는 광경. 그러나 성에 있는 동안에는 볼 수 없는 광경이었다.

겨우 며칠, 성에 있었을 뿐인데⋯⋯.

이렇게 사랑스러워졌다.

'아, 하루토 씨와 떨어져 살면 이런 광경도 못 보게 되겠구나⋯⋯.'

미하루는 무척 소중한 것을 사랑하듯이, 그 평범한 광경을 바라보았다. 지금은 리오와 아키 문제에 직면해서 그들만 소중히 여기는 것 같지만, 여기 있는 모든 사람이 똑같이 소중했다.

평생 다 같이 함께 지내는 것이 현실적으로 어렵다는 것은 잘 알았다. 그러나 지금 이 생활을 잃고 싶지 않았다. 미하루는 다시금 강하게 실감했다.

"미하루, 이제 됐습니까?"

그때, 사라가 제일 먼저 거실 한쪽에 서 있는 미하루를 알아차리고 잰걸음으로 다가와 말했다.

"응. 그보다 무슨 소란이야?"

미하루가 흐뭇하게 세 사람을 바라보았다.

"라티파가 리오 씨 몸에서 모르는 여자 냄새가 난다고 했습니다. 리오 씨는 연회에서 춤춘 사람의 냄새라는군요."

사라가 못 살겠다며 대답했다.

"아하하. 모두 모르는 여자라면 샤를로트 왕녀님 냄새인가? 하루토 씨와 계속 밀착했으니까……."

미하루가 연회에서 리오와 춤추지 못한 게 생각났는지 조금 쓸쓸하게 웃으며 가르쳐줬다.

"그랬군요. 그보다…… 리오 씨에게도 아까 말했는데, 우리라도 괜찮으면 언제든 상의하세요. 섭섭한 말 하지 말고 우리에게 기대세요. 우리는 이미 가족이나 다름없으니까."

사라가 원래부터 남을 잘 돌보는 성격을 발휘해 미하루에게 늠름하게 말했다.

"……응, 고마워."

미하루는 기뻐서 웃으며 고개를 끄덕였다.

"좋습니다. 돌아가죠.", "응."

사라가 미하루를 데리고 거실 가운데로 갔다.

"미하루, 사라, 여기 앉아."

오피아가 평소처럼 솔선해서 미하루와 사라를 가까운 의자로 불렀다. 조금 전에 그런 이야기가 오갔는데도 의식하거나 신경 쓰느라고 어색하게 대하지 않아서 무척 고마웠다. 평소처럼 대해줬다. 무척 소중하게 느껴졌다.

"미하루 씨, 아키는 어떤가요?"

미하루와 사라가 앉아 리오가 미하루에게 물었다. 역시 걱정됐나보다. 그 걱정이 하루토의 것인지 하루의 것인지 미하루는 아직 알 수 없었다.

"……네. 할 말은 했어요. 하지만 아직 마음 정리가 안된 것 같으니 진정되면 말한대요. 나중에 제가 또 이야기해볼게요."

언젠가 반드시 응어리를 풀겠다. 미하루는 다짐하고 아키의 상황을 리오에게 말했다. 리오는 조금 가냘픈 미소를 짓고 미하루에게 머리를 숙였다.

"……알겠습니다. 부탁드려요."

그 후에는 내일 아키와 마사토를 성으로 데려가는 절차를 논의했다. 리오와 미하루가 성으로 돌아갈 때까지 아키와 리오는 얼굴이 마주쳐도 대화를 나누지 않았다.

【 제 4 장 】 ❀ 가족의 재회와……

　다음 날, 리오는 어젯밤에 정한 순서대로 오전 중에 외출 허가를 받아 홀로 성 밖으로 나갔다. 아키와 마사토는 아이시아와 사라 일행이 왕도까지 데려왔는데 성까지 오지는 않았다.

　외출 목적은 국왕 프랑수아에게 아키와 마사토를 만나 의사를 확인했다고 설명할 때 필요하기 때문이었다. 아무리 그래도 심야에 성을 나가 몰래 만났다고 설명할 수는 없었다. 리오가 두 시간 걸려 성으로 돌아오자 사츠키는 리오, 미하루와 함께 드디어 행동을 개시했다.

　성 응접실에서 국왕 프랑수아와 만나 성으로 부르고 싶은 사람들이 있다고 밝혔다. 그곳에는 타카히사와 리리아나도 불려왔고 미셸과 샤를로트도 있었다. 설명은 용사인 사츠키가 주도했다.

　리오가 미하루 외에 아키, 마사토도 보호한 것과 아키와 마사토는 타카히사를 만나고 싶어 한다는 것, 그러기 위해 둘을 성으로 부르고 싶다는 것……. 처음부터 둘 다 성으로 데려오지 않은 이유는 아직 어린 두 사람까지 연회에 참가시키는 불안했다고 설명했다.

　"알겠다. 지금 당장에라도 왕성으로 부르도록. 타카히사 공의 동생이라면 그쪽 객실에 머물게 하면 되겠는가?"

사츠키가 사정을 설명하자 프랑수아가 쉽사리 허락했다.

"네!"

타카히사가 기쁨을 감추지 않고 고개를 끄덕였다. 정식으로 아키와 마사토를 성으로 데려오기로 결정됐다. 그 뒤에는 리오가 곧바로 관계자와 함께 성 밖으로 아키와 마사토를 데리러 갔다. 미하루도 함께 가겠다며 따라갔다.

그리고 미리 만나기로 약속한 곳에서 무사히 아키와 마사토를 성으로 데려와 응접실로 안내했다.

"오빠!"

아키가 응접실로 들어서자마자 타카히사를 보고 환희했다. 마사토는 뒤에서 "하핫." 하며 쑥스럽게 웃었다.

"아키! 마사토!"

타카히사가 의자에서 벌떡 일어나 감격한 얼굴로 두 사람에게 달려갔다.

"오빠다, 오빠야!"

아키도 잰걸음으로 다가가 타카히사에게 안겼다. 타카히사는 두 팔 벌려 아키를 안았다.

"아키, 무사했구나. 다행이야. 정말 다행이야……!"

타카히사가 아키를 꼭 끌어안았다.

"아하하, 아파, 오빠."

아키가 자기도 꼭 끌어안으면서 말했다.

"이런, 미안."

타카히사가 반사적으로 힘을 풀었다.

"아니야, 이번에는 내 차례. 후후, 오빠."

아키가 더 세게 타카히사를 끌어안으며 그의 품에 얼굴을 묻었다. 평소에는 쿨한 쪽에 속하는 아키에게도 이렇게 어리광부리는 면이 있었다.

"아키, 잘 지냈어? 그, 노예가 될 뻔했다고 들었어……."

"응, 잘 지냈어. 하루토 씨가…… 구해줬어."

타카히사의 물음에 아키가 어두운 미소를 지으며 대답했다. 리오를 보려고 어정쩡하게 움직이다가 멈췄다.

"그래. 이제 걱정하지 마. 내가 지켜줄게."

"……응."

아키가 모호하게 고개를 끄덕였다. 타카히사는 아키의 안색이 밝지 않은 것을 알아차리고 안타까운 마음에 얼굴에 그늘을 드리우고 입가를 굳히며 리오를 바라보았다.

"……저기, 세 사람을 지켜주셔서 정말 고맙습니다. 하루토 씨."

"아뇨."

리오는 짧게 대답하고 고개를 좌우로 저었다.

"마사토도 잘 있었어? 가까이 와봐, 얼굴 좀 보여줘."

마사토가 멀찍이 서 있는 마사토에게 말했다.

"나는 됐어. 부끄러워."

마사토가 쑥스러워하며 대답했다.

"잠깐 못 본 사이에 큰 것 같은데? 다 컸구나."

타카히사가 형답게 말했다.

"그래? 성장기잖아."

마사토가 쑥스럽게 웃으며 자기 팔다리를 봤다.

"여전히 남매 사이가 좋구나. 그리고 이렇게 다섯 명이 무사히 만나서 정말 다행이야. **오랜만이야, 아키, 마사토**."

가족의 재회를 흐뭇하게 지켜보던 사츠키가 세 사람에게 말했다. 사츠키가 연회 전에 성을 나가서 아키와 마사토를 만났다는 것은 당사자들과 리오, 미하루밖에 모르니 여기서는 처음 만난 것처럼 행동해야 했다.

"오랜만이에요, 사츠키 언니."

"응, 사츠키 누나도 잘 지낸 것 같아서 다행이야."

아키와 마사토가 미리 입을 맞춘 대로 처음 만난 척했다.

"무사히 재회했으니 우리는 자리를 비켜주도록 할까. 오랜 친지들의 재회를 방해하는 것처럼 못난 것도 없으니."

프랑수아가 리리아나를 보며 외부인의 퇴실을 제안했다.

"네. 인사는 나중에 하죠."

리리아나가 바로 찬성했다.

"하루토 님은 괜찮으시다면 저를 따라오시겠어요?"

샤를로트가 갑자기 리오에게 권유했다.

"네, 물론이죠."

왕녀의 권유를 거절할 이유가 없으니 리오는 흔쾌히 승낙했다. 지구에서 온 다섯 명을 제외한 전원이 응접실을 나갔다.

문이 닫히고 다섯 명만 남자 사츠키가 제안했다.

"일단 앉자. 미하루는 내 옆에 앉아."

"네."

타카히사가 기분 좋게 고개를 끄덕이고 아키와 함께 다인용 소파에 나란히 앉았다. 마사토는 조금 떨어진 일인용 소파에 앉았고 미하루는 사츠키 옆에 앉았다.

"겨우 다시 만나서 분위기가 밝아졌지만, 서로 사정을 대충 파악했고 우리끼리 이야기할 수 있는 시간을 만들기 어려울 테니까 지금 해야 하는 이야기부터 하자."

사츠키가 모두의 얼굴을 둘러보고 한정된 시간을 효율적으로 쓰자고 했다.

"네. 그런데 해야 하는 이야기라뇨?"

타카히사가 사츠키를 보며 고개를 갸웃거렸다.

"꼬집어 말하면 우리 다섯 명의 앞으로의 일이지. 이래저래 상황이 복잡하잖아? 나도 타카히사도 쉽사리 나라를 떠날 수 없고, 앞으로 또 뿔뿔이 흩어지게 돼. 장기적인 것도 내다보고 지구로 돌아가려면 어떻게 해야 할지도 이야기해야겠지."

사츠키가 간략하게 화제를 정리했다.

"그러네요……."

타카히사가 긍정하고 맞은편에 앉은 미하루를 힐끗 보았다.

"먼저 하루토 군과 관련해서 할 이야기가 있어. 우리의 미래와도 깊게 연관된 일이야. 타카히사에게 말해도 된다고 본인이 허락하긴 했지만, 지금부터 내가 하는 말은 절대로 입 밖에 내면 안 돼. 약속할 수 있어?"

사츠키가 앞에 앉은 타카히사를 보며 물었다.

"다른 사람은요?"

타카히사는 다른 사람을 둘러봤다.

"다들 알아. 약속하면 타카히사에게도 말해줄게. 약속할 수 없다면 자세한 설명을 생략하고 결론만 가르쳐줄 테니까 그런 줄 알아. 다른 애들도 다 약속했으니까 물어봐서 곤란하게 하지 마."

사츠키의 설명은 너무 추상적이라 무슨 말을 하려는지 도통 알 수가 없었다. 그러나 타카히사는 자기만 제외되는 것은 싫었다.

"……알겠습니다. 약속할게요. 가르쳐주세요."

"그러면 먼저 결론부터 말할게. 우리는 4년 동안 지구로 돌아가지 못할지도 몰라."

사츠키가 말했다.

"……4년? 그걸 어떻게 알아요?"

묘하게 구체적인 숫자였다.

"우리가 통학로에서 실종된 4년 뒤의 일본에서 죽고 이 세계에 환생한 사람이 있기 때문이야. 그 사람이 4년 뒤의 일본에서 미하루가 실종 상태라는 말을 네 현재 어머니에게 들었대."

"……네?"

타카히사가 이게 대체 무슨 말이냐며 의아한 표정을 지었다.

"그 사람은 바로 하루토 군이야. 그는 전생에 아키의 오빠였어. 전생의 이름은 아마카와 하루토. 부모님의 이혼으로 헤어졌지. 마사토도 몰랐던 걸 보니 타카히사도 몰랐을 거야."

사츠키가 말하든 말든 타카히사는 얼이 빠졌다. 말이 머릿속으로 들어오기는 했지만, 현실로 받아들여지지가 않았다.

"아키, 나 말고도 오빠가 있었어……?"

타카히사가 고개를 돌리고 간신히 아키에게 물었다.

"없어. 지금의 나한테 오빠는, **오빠뿐이야**……."

아키가 미간을 찌푸리며 대답하고 타카히사의 손을 꼭 잡았다.

"보는 것처럼 아키는 아마카와 하루토 군에게 맺힌 게 있어. 억측이지만, 부모님이 타카히사와 마사토에게 하루토 군에 대해 말하지 않은 것과 관련이 있지 않을까?"

사츠키가 작게 숨을 내쉬고 말했다.

"아키……."

타카히사가 아키를 놓치지 않겠다는 듯이 손을 꼭 마주 잡았다.

"미하루는 아마카와 하루토 군의 소꿉친구였어. 미하루는 아키 부모님의 이혼으로 일곱 살 때 헤어졌대."

사츠키가 아마카와 하루토와 미하루의 관계도 언급했다.

"미하루의……?"

타카히사가 몹시 놀라며 굳은 표정을 지었다.

"응. 하루토 씨는 내 소꿉친구의 환생이야."

미하루가 사츠키의 말을 뒷받침하듯이 차분한 표정으로 말했다.

"……."

타카히사는 가슴이 불길하게 두근거려 얼굴이 창백해졌다. 이유는 모르겠지만, 자기가 모르는 미하루가 있다는 것이 괜히 무서웠다.

"하던 이야기로 돌아가자. 하루토 군의 기억에 의하면 아키의 어머니는 미하루가 실종 상태라고 했대. 하지만 아키는 잘 지낸다고 대답했다는 거야."

"……미하루는 지구로 돌아가지 않고 아키는 지구로 돌아갔다는 말이에요?"

그런 말도 안 되는 일이……. 아키와 미하루가 헤어지다니 믿을 수 없었다. 타카히사가 의심쩍어하며 물었다.

"응. 하루토 군이 걱정하지 않도록 거짓말을 한 건지, 사실인지, 사실이라면 어떻게 된 영문인지 모르겠어."

사츠키가 생각에 잠기며 고운 얼굴에 그늘을 드리웠다.

"……자, 잠깐만요! 아키와 미하루가 헤어지다니 못 믿겠어요. 하루토 씨는 아키가 실종된 줄 알았겠죠? 그러면 아키가 잘 지낸다는 어머니의 대답이 거짓말이라는 걸……!"

타카히사가 거품을 튀기며 주장했다.

"……하루토 군은 아키까지 실종된 줄 몰랐어. 부모님의 이혼 후로 하루토 군은 아버지 때문에 아키와 어머니에 관한 정보를 완전히 차단당했거든."

사츠키가 대답하고 아주 잠깐 아키를 보았다. 아키는 아버지 이야기가 나오자 괴롭게 입술을 비틀었다.

"하지만…… 저는 못 믿겠어요. 아키와 미하루가 헤어지다니. 하루토 씨가 걱정하지 않게 어머니가 거짓말을 한 것 아닐까요?"

타카히사의 말에 이번에는 미하루가 조금 씁쓸한 미소를 지었다.

"……그럴 가능성도 있어. 만약 아키가 지구로 돌아갔다면 환생 전의 하루토 군을 만나지 않은 게 부자연스럽고……."

사츠키가 아키를 힐끗 보았다.

"아무튼 당분간은 지구로 못 돌아간다는 뜻이야. 본의는 아니지만, 확신해도 될 거야. 그러면 앞으로 이 세계에서 어떻게 살지, 막연하게 말고 제대로 생각을 모아봐야 하지 않을까?"

그리고 이야기를 정리했다.

"네."

미하루가 힘차게 고개를 끄덕이며 찬성했다.

"터놓고 말해서 나는 하루토 군이 미하루를 데려올 때까지 초조했어. 외로웠어. 이 세계에 너희도 소환된 것 같은데 증거가 없었고 빨리 지구로 돌아가고만 싶었어. 하지만 지금은 좀 긍정적이야. 너희가 있어. 하루토라는 믿음직한 친구도 생겼어. 비관하고만 있을 수는 없잖아? 당분간 돌아갈 수 없다면 이 세계에 제대로 발붙이고 살고, 만약 지구로 돌아가지 못하더라도 의미 있는 인생을 살고 싶어."

사츠키가 모두의 얼굴을 돌아보며 자기 생각을 말했다.

"우리도 그동안 사츠키 씨나 타카히사를 만나면 어떻게 할지 막연하게나마 의논해왔어요. 각자 생각하는 바가 있지만, 털어놓고 이야기하기 꺼려져서……. 하지만 이렇게 다섯 명이 모였으니 제대로 의논해야 한다고 생각해요."

미하루도 자기 의견을 확실하게 주장했다.

"맞아. 여기 모인 다섯 명이 함께 살 수 없을지는 몰라도 무사히 지낸다는 걸 알았으니까, 또 만날 수 있다는 걸 알았으니까 힘낼 수 있어."

사츠키가 고개를 끄덕이며 말했다.

"다섯 명이 함께……. 확실히 사츠키 씨가 가르아크 왕국의 용사인 한은 센트스텔라 왕국에서 살지 못하겠군요."

타카히사가 사츠키를 보며 시무룩한 표정을 지었다.

"그렇지 뭐……."

사츠키가 시원치 않게 긍정했다.

"……오빠, 다시 센트스텔라 왕국으로 돌아가야 해?"

아키가 타카히사의 소매를 당기며 물었다.

"응. 또 오겠지만, 오래 있지는 못할 거야. 그래서 앞으로 어떻게 하고 싶은지 하룻밤 동안 생각해봤어. 나는 모두와 함께 있고 싶어. 앞으로도 계속 함께 있고 싶어. 내가 모두를 지킬 거야. 지켜 보이겠어."

타카히사가 자신의 뜻과 각오를 내보이듯이 다부진 표정으로 아키와 마사토, 그리고 마지막으로 미하루를 보았다.

"나도 오빠와 함께 있고 싶어……."

대답하는 아키의 목소리에서 미묘한 망설임이 느껴졌다. 타카히사와 함께 있고 싶었다. 그러나 지금까지 바위 집에서 지낸 사람들과 쌓은 인연과 생활을 쉽게 저버려도 될지 고민하는 것 같았다.

"으음……."

마사토는 끙끙댔다. 망설이는지 대답을 꺼렸다.

"미안해. 나는 센트스텔라 왕국에 가지 않을 거야."

미하루는 분명하게 거절했다.

"왜, 왜……?"

타카히사가 쉰 목소리를 내며 물었다.

"나는 하루토 씨 곁에 남을 거야……."

미하루가 이유를 말했다.

"……."

타카히사는 절벽에서 떠밀린 표정을 지었다. 말문이 막혀 매달리는 눈빛으로 미하루를 보았다. 그러나 미하루는 입을 떼지 않았다.

한편, 아키는 미하루가 명확하게 하루토와 함께하고 싶

다는 뜻을 보이자 조건반사적으로 울컥 입가를 일그러뜨
렸다.

"나도 하루토 형 쪽에 남고 싶어. 형을 만나니까 마음이
좀 움직였지만, 역시 지금은 좀 더 하루토 형과 있고 싶어."

마사토도 자신이 어디에 있고 싶은지 똑똑하게 말했다.

"왜……."

타카히사가 분노서린 작은 목소리로 중얼거렸다.

"저, 저기. 나는 오빠랑 같이 있고 싶어!"

옆에 앉은 아키가 타카히사가 중얼거리는 소리를 들었
는지 서둘러 말했다.

"아키……!"

사막에서 오아시스라도 발견한 것처럼 타카히사의 표정
이 밝아졌다.

"나도 형과 같이 있기 싫어서 그런 거 아니야. 하루토 형
에게 많은 신세를 졌는데 '지금까지 고마웠습니다' 하고 헤
어지는 건 상상이 안 된다고 해야 하나……. 하루토 형을
일방적으로 무시하는 것 같잖아? 아키 누나도 한편으로는
그렇게 생각하지?"

마사토가 자기 마음을 솔직하게 드러내며 아키에게 물
었다.

"……."

아키는 솔직해질 수 없는지 침묵하며 대답하지 않았다.
그 침묵 자체가 그렇다는 증거였다.

'그만큼 하루토 씨가 마사토와 아키에게 큰 존재라는 뜻인가?'

고작 몇 달, 못 만났는데……. 타카히사는 소중한 인연을 빼앗긴 착각에 빠져 주먹을 세게 틀어쥐었다.

"그리고 나는 검술도 배우는 중이고, 목표가 있으니까 중간에 내던지고 싶지 않아. 그러니까 지금은 형 쪽으로 못 가. 내 몫을 할 수 있게 될 때까지는."

아키가 대답하지 않자 마사토가 한숨을 내쉬고 다시 자기 생각을 말했다.

"검술?! 너 검술을 배우고 있어?"

흘려들을 수 없는 말이었다.

"배우고 있는데…….."

마사토가 타카히사의 과한 반응에 조금 당황했다.

"배워서 어쩌려고? 검술이 애들 장난인 줄 알아? 이 세계의 검술은 살인기술이야."

자기도 성에서 검술을 배우고 있어서 잘 알았다. 아니, 강제로 배워야 했다. 그래서 마사토가 검술을 배운다는 말에 과한 반응을 보였다.

"알아. 하루토 형이 다 가르쳐줬어. 근데 그걸 알면 형도 검술을 배우는 거 아니야?"

자기는 배워도 되는 거냐고 마사토가 입을 내밀었다.

"나는 괜찮아. 고등학생이고 어떤지 잘 아니까. 그런데 너는 아직 초등학생이잖아. 이제부터 도덕관과 윤리관을

키울 시기야."

"나도 다 알아!"

"서, 설마 이미 사람을 죽인 건 아니겠지?"

만약 그렇다면? 타카히사는 등골이 오싹해졌다.

"없어! 하지만 마물도 있고, 아무튼 그런 세상이잖아. 만약의 일이 생겼을 때 자신을 지킬 수 있어야 하잖아. 나랑 누나들은 이 세계에 오자마자 납치당할 뻔했다고."

마사토가 거칠게 반박했다.

"그러니까 앞으로는 내가 지켜주겠다는 거야. 스스로 그런 위험한 곳에 갈 필요 없어. 성에 있으면 만약의 일도 일어나지 않아. 안전하니까."

"형과 함께 가지 않겠다고 했잖아! 보호받기만 하는 건 싫어."

"싸우면 죽을지도 모른다고!"

타카히사가 무섭게 질책했다.

"그것도 하루토 형이 가르쳐줬어!"

"……."

또 하루토의 이름이 나왔다. 하루토, 하루토, 하루토. 타카히사가 모르는 사이, 모두의 마음속에 하루토라는 인물이 자리를 잡았다. 원래 그곳에는 자신이 있어야 하는데…….

"둘 다 진정해. 생각을 모아보자고 했지 말싸움을 벌이라고는 안 했어."

타카히사가 입을 다물자 사츠키가 끼어들었다.

"……저는, 마사토가 위험하지 않게 지내길 바랄 뿐이에요. 성에 있으면 안전하고 검술을 배울 필요도……. 백보 양보해서 성에서 제대로 된 기사에게 배우는 게 나아요."

타카히사가 화를 참으며 말했다.

"어머, 성이 안전하다는 건 그렇다 쳐도 하루토 군은 명예기사가 됐잖아. 어지간한 기사보다 강해."

사츠키가 리오를 치켜세웠다.

"맞아."

마사토가 자랑스럽게 고개를 끄덕였다.

"마사토도 걱정하는 타카히사의 마음을 이해해야 해. 자기가 없는 곳에서 죽기라도 하면…… 그런 상상을 하면 얼마나 불안하겠어?"

사츠키가 마사토를 달래고 그늘 진 미소를 지었다. 자신도 이 세계에서 고독해봤기 때문인지 어느 정도는 타카히사의 마음이 이해됐다.

"으…… 알았어."

마사토가 마지못해 고개를 끄덕였다.

"아직 전부…… 결정된 건 아니지만, 아키는 타카히사와 함께 센트스텔라 왕국으로, 미하루와 마사토는 이대로 하루토 군에게, 나는 가르아크 왕국에 있기로 한 거지?"

사츠키가 지금까지 오간 대화를 돌이켜보며 각자의 방침을 정리했다. 사츠키는 당사자들이 원해서 내린 선택이라면 이의 없었지만, 이대로라면 타카히사와 아키가 받아들이지 못할 것 같아서 두 사람의 얼굴을 보았다.

"……아키는 괜찮아? 응어리가 남은 채로 하루토 씨와 헤어져도."

미하루가 아키에게 물었다.

"……몰라."

아키가 미하루의 시선을 피하고 짜증을 숨기듯이 담박하게 대답했다.

"타카히사에게 갈 거면 그 전에 제대로 이야기해보는 게 좋을 거야. 이대로 헤어지더라도 화해는 했으면 좋겠어."

미하루가 가슴에 손을 얹고 자기 생각을 말했다. 아키는 빠득 이를 깨물고 픽 웃으며 말했다.

"미하루 언니는 이미 그 사람 편이구나? 내 편이 아니야."

"……아니. 그건 아니야. 나는 아키가 소중해. 친자매처럼 생각해."

아키의 모가 난 주장에 미하루가 몹시 슬퍼하며 반박했다.

"그러면 왜 나랑 같이 안 가?! 그 사람이 아니라 나랑 같이 오빠한테 가자! 앞으로도 나랑 같이 있어!"

아키가 비통하게 외쳤다.

"그건…… 안 돼. 미안해."

미하루가 몹시 괴로워하면서도 자기 의사를 분명하게 밝혔다.

"미하루 언니가 그 사람을 좋아해서 그래? 미하루 언니가 그 사람을 좋아해서 나랑 같이 못 있겠어? 그 사람을 고르는 거야?"

아키가 거칠게 떨리는 목소리로 물었다.

"고르다니……."

미하루가 놀라서 숨을 삼켰다. 아키가 아니라 하루토와 함께한다. 말뜻은 그럴지도 모르나 뉘앙스가 달라도 너무 달랐다.

"……아키. 사정을 전해들은 내가 끼어들어도 될지 모르겠지만, 그건 좀 아니지 않니?"

외부인이라 지켜보던 사츠키가 보다 못해 대화에 끼어들었다.

"맞아, 아키 누나."

마사토도 실망스러워하며 말했다.

"좋아한다니……."

한편, 타카히사는 미하루가 하루토를 좋아할지도 모른다는 것을 알고 말을 잃었다. 그것은 점차 충격에서 초조함으로 변했다.

"당사자인 하루토 씨는 어떻게 생각해요?!"

타카히사가 상기된 목소리로 물었다. 무엇을 어떻게 생각하는지 목적어가 분명하지 않아서 질문이 함의하는 바가 너무 많았다.

"……앞으로 누가 누구와 함께할지는 본인 뜻에 맡길 거야. 미하루가 따라가는 게 그렇게 내키지는 않는 것 같지만."

사츠키가 대답했다.

"……그건, 걱정하지 마세요. 잘 이야기하고 부탁했으니까요. 소극적이긴 하지만, 인정해줬어요."

미하루가 사츠키의 얼굴을 보며 꾸벅 고개를 끄덕였다.

"그렇대."

사츠키가 훗, 하고 웃으며 타카히사를 보았다.

"제법인데, 미하루. 하루토 군이 소극적인 게 좀 그렇지만……."

그리고 조금 어처구니없어하며 탄식했다. 미하루는 멋쩍은지 살짝 웃었다.

"그, 그러면 하루토 씨도 같이 오면……."

타카히사가 몹시 초조해했다.

"……그건 힘들어. 하루토 군도 할 일이 있으니까."

리오가 하려는 일이 생각났는지 사츠키의 표정이 조금 어두워졌다.

"하, 하루토 씨는 그래서 미하루를 데려가고 싶지 않아하나요? 혹시?"

타카히사는 미하루와 관련되면 통찰력이 좋아지는 모양이었다. 정곡을 찔렀다.

"뭐, 그렇다고도 할 수 있는데……."

사츠키가 마지못해 고개를 끄덕였다.

"하루토 씨는 따라오지 않길 바라는데 억지로 따라가면 민폐 아니에요?"

타카히사가 활로를 찾았는지 숨을 삼키며 말했다.

"……그럴지도. 하지만 나는 그래도 괜찮다고 생각해. 걔는 평온함과 동떨어져 사니까 곁에서 일상으로 끌어당겨줄 사람이 있어야 해."

사츠키가 울적하게 잘 아는 얼굴로 말했다.

"평온함과 동떨어져 산다고?"

사정을 모르는 사람들이 의아해하며 고개를 갸웃거렸다.

"음, 애초에 왜 하루토 형은 미하루 누나가 따라오지 않길 바라는 걸까? 나는 괜찮아?"

마사토가 고개를 갸웃거리며 미하루와 사츠키에게 물었다.

"그건…… 음……."

미하루는 좋은 말이 떠오르지 않았다.

"하루토 군의 전생이 아마카와 하루토이고 상대가 소꿉친구인 미하루이기 때문이야. 여기서부터는 하루토 군도 있어야 돼. 우리 입으로는 말 못 해. 알겠지?"

그러자 사츠키가 사정을 너무 파헤치지 않도록 모호하고 간결하게 설명했다. 그리고 미하루에게 다정하게 동의를 구했다.

"……네."

미하루는 조용히 고개를 끄덕였다.

'뭐야, 그게…….'

타카히사는 몹시 초조했다. 초조함을 억누르듯이 이를 악 물었다.

'내가 지켜주기로 했는데, 내가…….'

고작 몇 달 떨어져 있었다고 상황은 말도 안 되게 굴러갔고, 미하루와 또 헤어지게 생겼다. 이해할 수 없었다.

자신은 처음부터 제외였다는 뜻인가. 소중한 사람을 잃는 공포를 더는 느끼기 싫어서 미하루에게 마음을 전하기로 했다.

그런데, 아직 미하루에게 마음을 전하지도 못했는데…….

'어떻게든, 어떻게든 해야 해…….'

타카히사가 홀로 이를 악 물고 있자 아키가 타카히사의 손을 꼭 잡았다. 타카히사는 퍼뜩 안색을 바꾸고 아키의 손을 세게 마주 잡았다.

"괜찮아. 나는 오빠와 함께 있을 거니까."

아키가 타카히사가 들을 수 있게 속삭였다.

"알았어. 미하루 언니. 나, 할게. 하루토 씨와 이야기해 볼게."

그리고 가만히 미하루를 보며 선언했다.

◇ ◇ ◇

그 무렵, 응접실 밖으로 나온 리오는 다른 사람들과 헤어져 샤를로트와 함께 성 복도를 걷는 중이었다.

"어디로 가십니까?"

리오가 옆에서 웃으며 걷는 샤를로트에게 물었다.

"벨트람 왕국 본국 분들이 나라로 돌아가셔서 배웅하러

간답니다. 그리고 리제롯테와 차를 마시기로 약속했어요. 하루토 님도 꼭 함께해주세요."

은근이 기분이 좋아 보이는 샤를로트가 대답했다.

"그러시군요……."

리오는 샤를로트가 기분 좋은 이유를 알지 못하고 안색을 살피며 맞장구를 쳤다.

"감사해요, 하루토 님."

샤를로트가 돌연 리오에게 감사를 표했다.

"무엇이, 말입니까?"

"아키 님과 마사토 님 말이에요. 우리를 믿고 데려오신 거잖아요? 그건 즉, 사츠키 님께도 어느 정도 신용을 얻었다는 뜻이죠. 정말 기뻐요. 어제 연회에서 춤추며 드린 말을 바로 전달해주신 건가요?"

"……네. 하지만 제가 말했다고 무슨 영향이 있었을 것 같지는 않네요."

아키와 마사토가 강력하게 원했다면 어쨌든 성으로 데려와야 했다.

"하루토 님이 그렇게 말씀하셔도 우리는 그렇게 평가하지 않아요. 아버님도 무척 기뻐하시며 하루토 님을 높이 평가하셨답니다."

샤를로트가 후훗 웃었다. 그런 대화를 하는 사이, 리오와 샤를로트는 성문으로 이어지는 드넓은 기하학식 정원으로 향했다.

그곳에는 마차 여러 대와 떠날 준비 중인 벨트람 왕국 본국의 왕후 귀족들이 있었다. 벨트람 왕국 왕도까지는 마도선으로 가지만, 성에서 항구까지는 마차로 이동했다.

"곧 출발하려는 모양이네요. 크리스티나 님과 용사님이 저기 계시는군요. 때 맞춰 와서 다행이에요. 자, 하루토 님도 이리 오세요."

리오는 샤를로트의 권유에 따라 벨트람 왕국 본국 소속 귀족들 쪽으로 향했다. 과거 일을 생각하면 다가가고 싶지 않지만, 정체가 발각될 가능성은 한없이 낮았다. 그보다 리오를 기억하는 사람이 얼마나 있을지 의문이었다.

"크리스티나 님과 용사 루이 님, 계세요? 배웅 인사를 드리러 왔습니다. 가르아크 왕국의 제2 왕녀 샤를로트와 명예기사 아마카와 경이에요."

샤를로트가 마차를 호위하는 기사에게 말했다. 자기가 기사라고 소개되니 기분이 이상했지만, 귀족을 상대할 때는 융통성 있고 편한 것은 분명했다.

"잠시만 기다려주십시오."

기사가 거물의 등장에 서둘러 물러났다. 그러자 1분도 지나지 않아 크리스티나와 루이가 호위를 데리고 나타났다.

"배웅하러 와주셔서 감사합니다. 샤를로트 님, 아마카와 경."

크리스티나가 그들에게 다소곳하게 인사했다.

"당분간 만날 기회가 없을 테니 하다못해 인사라도 드리고 싶어서요. 이야기를 더 나누고 싶었지만, 서로의 위치상 그럴 수는 없잖아요? 늦지 않고 배웅하게 되어 기쁩니다."

샤를로트가 방긋 웃으며 말하고 자연스럽게 다른 곳으로 시선을 돌렸다. 그곳에는 벨트람 왕국 본국에서 동행한 샤를 아르보가 있었다.

"의외로 가까운 시일 내에 만날 수도 있지만, 그렇군요. 이제 못 만날 가능성도 있으니 이렇게 제대로 인사하게 되어 저도 기쁩니다."

크리스티나도 샤를을 힐끗 보고 부드럽게 웃으며 대답했다. 그리고 이어서 리오를 보았다.

"아마카와 경도 배웅해주셔서 감사합니다. 루이 님도 아마카와 경과 한 번 더 이야기를 나누고 싶어 하셨습니다."

"그거…… 감사합니다."

리오가 루이에게 깊이 머리를 숙였다.

"저야말로 다시 만나서 기뻐요, 하루토 군. 크리스티나 님의 말씀대로 당신과 또 이야기해보고 싶었어요."

루이가 시원하게 미소 지었다.

"영광입니다만, 왜 저와?"

그렇게 마음에 들 일이 있었던가?

"부모님 이야기를 들어서일까요? 이름도 제 고향 말과 비슷하고 하루토 군은 동향 사람 같아서 친근하네요. 사츠키 씨 외에 다른 용사들은 조금 거리를 두는 것 같고, 다음에 만날 기회가 있으면 친구로서 이야기할 수 있을까요?"

루이가 씁쓸하게 웃으며 이유를 말하고 리오에게 악수를 청했다.

"물론, 저로 괜찮으시다면 기꺼이."

리오는 손을 뻗어 루이의 손을 잡았다.

"고마워요."

루이가 단정한 얼굴에 미소를 그리며 기뻐했다. 그러자 그들을 관찰하던 샤를 아르보가 다가왔다.

"두 분, 이제 그만 가시죠. 출발 시각이 임박했습니다."

크리스티나와 루이에게 말했다.

"네. 그럼 이만."

루이가 샤를에게 대답하고 발을 돌리려고 했다.

"어머, 아마카와 경. 어깨에 먼지가."

그때, 갑자기 크리스티나가 지적했다.

"이런, 부끄럽습니다."

리오가 반사적으로 먼지를 털어내려고 했다.

"아뇨, 거기가 아니라……."

크리스티나가 몇 걸음 리오에게 다가와…….

"플로라를, 구해줘서 고맙습니다."

리오만 들을 수 있게 왼쪽 귓가에 속삭였다. 샤를로트는 리오의 오른쪽에 있어서 듣지 못했다.

"……실례했습니다."

리오는 살짝 눈을 크게 떴다가 곧 머리를 숙였다.

"이제 됐습니다. 그럼 이만."

크리스티나는 더 아무 말 않고 마지막으로 공허한 표정을 보이고는 그대로 마차로 향했다.

◇ ◇ ◇

왕족과 몇몇 사람만 출입이 허락된 옥상 정원. 리오는 크리스티나 일행을 배웅하고 안으로 돌아와 미리 샤를로트가 부른 리제롯테와 환담자리를 가졌다. 그곳에서 리제롯테에게도 아키와 마사토에 대해 밝혔다.

"리제롯테 님께도 숨겨서 죄송합니다."

리오와 미하루를 연회로 데려온 사람은 리제롯테다. 리오는 그런 리제롯테에게도 아키와 마사토를 숨긴 것을 사과했다.

"아뇨, 저도 하루토 님과 미하루 님이 왕도로 오실 때까지 폐하께 숨겼는걸요. 신경 쓰지 마세요."

리제롯테가 부드럽게 웃으며 말했다.

"감사합니다."

리오는 깊이 머리를 숙였다. 왕도에 와서 남에게 머리를 몇 번 숙였는지 모르겠으나, 그중에서도 각별히 진심으로 사과하는 마음을 담으며.

"지금쯤 다섯 명이서 무슨 이야기를 하고 있을까요?"

샤를로트가 우아하게 찻잔을 입에 대며 궁금해했다.

"……아마 미래 이야기가 아닐까요?"

숨겨도 금방 밝혀질 정보였다. 어쩌면 유익한 이야기가 오갈 수도 있으니 리오는 솔직하게 말했다.

"사츠키 님은 우리나라에, 타카히사 님은 센트스텔라 왕국에 계시니까요. 그리고 하루토 님은 앞으로도 여행을 계속 하실 테고. 누가 누구와 함께할 것인지 고민하고 계시려나요?"

샤를로트가 미하루 일행이 처한 상황을 정확하게 추측했다.

"네."

리오가 짧게 수긍했다.

"으음, 우리나라는 앞으로도 사츠키 님과 친밀한 관계를 유지해야 해서 그 문제는 어떻게 해드릴 수가 없는데요……."

샤를로트가 난처해하며 입가에 검지를 댔다.

"……아키 님과 마사토 님은 손위형제인 타카히사 님의 보호를 받는 것이 자연스럽습니다만, 어려울까요?"

리제롯테도 대화에 끼어 질문했다.

"네. 이래저래…… 사정이 있어서."

리오가 살짝 모호하게 긍정했다.

"타카히사 님이 미하루 님을 좋아하시는 것 때문일까요? 아니면 아키 님이 하루토 님을 따라서 타카히사 님이 반대한다든가."

샤를로트가 흥미삼아 구체적으로 파고들었다. 단지, 감이 좋은 샤를로트치고는 살짝 어긋난 추측이었다.

"글쎄요."

리오가 쓴웃음 지으며 시치미 뗐다.

"환담 중에 실례합니다."

그들이 대화하는 정원 가제보에 손님이 나타났다. 호랑이도 제 말하면 온다더니 사츠키다.

"어머, 사츠키 님. 대화는 끝나셨어요?"

샤를로트가 세 사람을 대표해 사츠키에게 말했다.

"아니, 아직 의논 중인데 하루토 군을 빌리고 싶어서."

사츠키가 리오를 보며 모호하게 머리를 숙였다.

"어머나, 그러셨군요. 물론 하루토 님만 괜찮으시다면 거절할 이유가 없죠. 그렇지? 리제롯테."

샤를로트가 기분 좋은 목소리로 리제롯테의 의중을 물었다.

"네, 물론입니다."

리제롯테도 즉시 대답했다. 리오는 사츠키와 함께 미하루 일행에게로 갔다.

◇ ◇ ◇

약 10분 후. 리오는 미하루 일행이 기다리는 응접실로 발을 옮겼다.

"미안해. 하루토 군도 빈 자리에 앉아."

사츠키가 조금 지친 얼굴로 리오에게 앉으라고 권하고

자기는 미하루 옆에 앉았다.

"네."

리오는 비어있던 일인용 소파에 앉았다. 바로 앞 맞은편에는 마사토가, 그 옆으로는 미하루와 사츠키, 아키와 타카히사가 앉은 다인용 소파가 있었다.

참고로 이곳에 부른 이유는 지금까지 나눈 대화 내용과 함께 이동 중에 설명했다.

"아키가 하루토 군에게 하고 싶은 이야기가 있다는데 우리가 방해된다면 나가있을게. 미하루는 있는 게 낫겠지만……."

사츠키가 리오와 아키의 얼굴을 차례대로 보고 마지막으로 미하루를 보았다.

"전 모두 있어도 상관없어요. 하루토 씨가 여러분 앞에서 말할 수 없는 게 있다면 내보내셔도 상관없지만요."

아키가 조금 가시 돋친 목소리로 리오를 시험하듯이 말했다.

"……아키가 무슨 말을 하려는지 모르겠지만, 저도 괜찮습니다. 여기서 한 이야기를 누설하지 않는다고 약속한다면."

리오가 차분하게 받으며 대답했다.

"당연하지. 사적인 이야기니까. 다들 괜찮지?"

사츠키가 모두의 얼굴을 둘러보고 확인을 받았다. 미하루와 마사토는 바로 대답했지만, 이것은 주로 타카히사를 겨냥한 말이었다. 사츠키와 눈이 마주치자 타카히사가 조금 뻣뻣하게 고개를 끄덕였다.

"그래서 아키는 나와 무슨 이야기를 하고 싶어? 아마카와 하루토에 관해서야?"

리오가 먼저 아키에게 물었다.

"마치 남 일처럼 말하네요."

아키가 비난하듯이 말했다.

"남은 아니지만, 다른 사람이긴 하니까. 나는 이제 아마카와 하루토일 수 없어."

그 말에서 각오 같은 것까지 느껴져서 아키는 조금 숨을 삼켰다. 그러나 여기서 겁먹을 수는 없었다.

"나는 신경도 안 쓴다는 말이에요?"

"그런 말은 안 했어."

리오가 난처하게 대답했다.

"들었어요. 미하루 언니가 따라오지 않길 바란다고. 옛날에는 미하루 언니를 미이라고 부르며 서로 그렇게 아꼈잖아요. 미하루 언니도 이제 안 좋아하죠? 싫어졌어요? 그래서 안 따라왔으면 하는 거예요? 나도……."

이제는 옛날처럼 다정하게 불러주지 않는군요. 그 말은 삼켰지만, 아키는 감정적이게 되어 떠들었다.

"싫어지지는 않았어."

"그러면 왜 미하루 언니를 미이라고 부르지 않아요? 왜 하루토 씨는 미하루 언니가 안 따라왔으면 하는 건데요?"

"……미하루 씨를 기억하는 것처럼 부르지 않을 거야.

아니, 부를 수 없어. 지금의 나는 미하루 씨의 소꿉친구가
아니니까."

리오의 대답에 아키는 이를 악 물었다. 미하루는 몹시
외로운 표정을 지었고 사츠키는 뚱하게 입을 비틀었다.

"미하루 씨가 따라오지 않았으면 하는 이유는 지금의 내
가 아마카와 하루토와 다른 사람이어도, 그래도 소중한 사
람이라고 생각하기 때문이야. 그래서 안전한 곳에서 지냈
으면 좋겠어. 그건 아키도 마찬가지야. 그리고 지금의 나
는 다른 사람이니까, 내 안에 아마카와 하루토의 기억이
있다고 알게 된 이상은 곁에 있지 않는 편이 나아."

리오가 살짝 어두운 면을 보이며 말했다.

"……마지막 말이 무슨 뜻인지, 잘 모르겠어요."

아키가 석연치 않은 얼굴로 고개를 꼬았다. 그것은 타카
히사와 마사토도 마찬가지였다.

"아마카와 하루토를 아는 미하루 씨와 아키는 지금의 나
를 무의식중에라도 아마카와 하루토로 보려고 하거나 그
모습을 겹쳐보잖아?"

"……."

부정할 수 없었다. 현재 아키는 하루토에게 아마카와 하
루토의 그림자를 찾아내 갈 곳 없는 불합리한 분노를 부딪
치려고 했다.

"하지만 나는 아마카와 하루토가 아니야. 아마카와 하루
토는 죽은 사람이니까 아마카와 하루토로서 두 사람을 대

할 수 없어."

리오가 체념한 미소를 지으며 말하자 아키의 표정이 노골적으로 굳었다. 마치 하면 안 되는 짓을 저질러버렸다고 자각한 어린아이처럼…….

리오는 이렇게밖에 말하지 못하는 자신을 자책했다. 그래도 이렇게 전할 수밖에 없었다. 지금은 아마카와 하루토가 아닌 리오니까.

아마카와 하루토가 살았던 현대 일본에서의 자유로운 생활, 평온한 일상, 평화로운 세계에서 기른 가치관.

그것들을 손에 넣을 수 없다고 깨달은 리오는 그 존귀함을 경멸하고 복수의 길을 걷기로 했다. 복수가 아니어도 이미 자신의 손을 여러 번 더럽혔다.

그래서 리오는 자신이 아마카와 하루토로서 미하루 일행이 돌아갈 평온한 세계의 일상을 향락할 자격이 없다고 생각했다. 있어서는 안 됐다.

"그런 말을 해도 하루토 형은 아마카와 하루토의 기억이 있는데 다른 사람이라니 너무 쓸쓸하잖아. 하루토 형은 하루토 형이야. 이렇게 눈앞에 누나들이 있는데 아무 생각도 안 들어?"

마사토가 외로운지 어깨와 목소리를 떨었다.

"……들어. 그래서 소중해. 너무 가까워지지 않는 편이 나아."

리오의 목소리가 너무 차분해서 포기했음을 알았다. 알

게 됐다.

"나는 소중하다면 오히려 가까워져야 한다고 생각해. 곁에 있어야 한다고 봐."

사츠키가 참다못해 자기 의견을 말했다.

"……그래서 미하루 씨의 의사를 존중했어요. 제가 여기저기 여행해도 미하루 씨는 지금처럼 안전하게 지낼 수 있게 생활환경을 정리하려고 해요."

리오가 사츠키의 시선을 피하며 대답했다.

"아니, 그건 안 돼요. 나는 앞으로도 함께 있고 싶다고 했어요. 하루토 씨도 인정했잖아요?"

미하루가 자신도 모르게 잠긴 목소리로 말했다. 리오가 여행을 구실로 자기 앞에 자주 나타나지 않는 건 아닐까 생각했기 때문이다.

"계속 지금처럼 지내는 거예요. 그건 함께한다고 할 수 없나요?"

리오가 일부러 담백하게 말했다.

"없어요. 있다고 하고 싶지 않아요."

미하루가 딱 잘라 말했다.

"……."

리오는 대답하지 못했다. 잠시 무언의 시간이 이어졌다.

'……뭐야, 내가 바라마지 않는 걸 필요 없다는 듯이. 그러면서 본인은 필요시 되고……. 빼앗아가고 있어!'

타카히사는 이야기를 들으며 머리가 이상해질 것 같았

다. 어깨를 씩씩 대고 아랫입술을 깨물며 얼굴을 일그러뜨렸다.

"하루토 군이 소극적이긴 해도 함께하는 걸 인정해줬다는 말을 듣고 미하루의 마음을 조금은 받아줬다고 기뻐했는데 전혀 그렇지 않았나 보네."

그때, 사츠키가 리오의 눈을 보며 언짢은 얼굴로 어이없다는 듯이 말했다.

"……"

핑계댈 수 있지만, 리오는 아무 말도 하지 않았다.

"하루토 군, 잠깐 따라와."

사츠키가 조용히 말하고 결연히 일어났다.

가르아크 왕성 연병장. 리오는 모의전용 글레이브(치도처럼 생긴 자루가 긴 무기)를 들고 같은 무기를 든 사츠키와 마주 섰다.

"저기, 왜 대련을 하는 거죠?"

리오가 손에 든 글레이브를 쥐고 손맛을 확인하며 맞은편에 선 사츠키에게 물었다.

"마음에 안 드니까."

사츠키가 눈썹을 찌푸리며 짧게 대답했다. 그러나 너무 간결해서 갈피를 잡을 수가 없었다.

"뭐가요?"

리오는 얼핏 알면서도 물었다.

"하루토 군!"

사츠키가 리오를 삿대질했다.

"제가 마음에 안 든다고요?"

예상을 조금 빗나간 대답이었다. 사츠키가 화가 단단히 난 모양이었다.

"착각하지 마. 딱히 내 의견을 밀어붙이려는 건 아니야. 하루토 군의 말이 옳고 사려 깊고 많이 생각하고 한 거란 거 알아. 네가 뭘 걱정하는지도 공감해."

하지만, 하지만…… 사츠키가 말했다.

"자기 혼자 답을 내리지 마. 미하루도 생각하고 갈등하고 자기 나름대로 답을 찾아내서 네게 부딪치는 거니까. 도망치지 마. 마주 서. 마사토가 말한 것처럼 외롭잖아. 네 안에 걔가 있는데. 걔는 이제 네 안에만 있는데. 그런, 그런 거……."

사츠키가 리오에게 간절히 호소했다. 곁에서 미하루와 아키, 마사토와 타카히사가 두 사람을 지켜보았다.

원래 연병장 여기저기서 훈련하던 기사와 병사들은 멀찍이 떨어져 두 사람을 구경했다. 그들과는 거리가 있어서 무슨 이야기를 하는지 알 수 없었지만, 긴박한 분위기는 전해졌다.

그리고 용사 사츠키와 명예기사 하루토가 대련한다는

이야기를 들었는지 연병장으로 왕후 귀족들이 들이닥쳤다. 그중에는 가르아크 왕국의 샤를로트와 리제롯테, 레스토라시온의 플로라와 히로아키, 로아나, 유그노 공작, 센트스텔라 왕국의 리리아나와 호위기사들도 있었다.

"······미리 말해두겠는데 나도 너와 앞으로 더욱더 친해지고 싶어. 사귄 시간은 짧지만, 나는 너를 소중한 친구라고 생각해. 너는 이미 내 안에 그만큼 들어왔다고."

그러니까.

"도망치는 건 허락 못 해. 이번에는 내가 네 안에 들어갈 차례야. 말로는 아무리 해도 네게 전해지지 않는다면 몸으로 부딪치는 수밖에. 한번 박살 나봐."

사츠키의 열띤 언변에 리오는 눈을 크게 떴다가 이내 살며시 미소 지었다.

"······박살 나면 안 되지 않아요?"

"시, 시끄러워. 아무튼 움직이지 않으면 성공을 쟁취할 수 없다고."

리오가 놀리자 사츠키가 뺨을 붉히며 소리 질렀다.

"사츠키 님!"

그때, 그들을 향해 두 팀이 다가왔다. 한 팀은 샤를로트와 리제롯테, 다른 팀은 리리아나와 호위기사들이었다. 샤를로트가 사츠키를 부르고 잰걸음으로 달려왔다. 한편, 리리아나는 타카히사에게로 향했다.

아, 역시 말리러 왔나? 기사에게 부탁은 했는데 무단으로 연병장을 쓰고 훈련을 중단시켰으니……. 사츠키가 지레짐작했다.

"어휴, 이렇게 재미있는 일이 있으면 처음부터 불러주셔야죠. 심판은 안 필요하세요?"

샤를로트는 의외로 신이 난 상태였다.

"아, 아니, 괜찮아……."

사츠키는 어안이 벙벙해서 대답했다.

"알겠습니다. 자, 그러면 여러분은 이리로 오세요."

샤를로트가 대련에 방해되지 않도록 리리아나와 미하루 일행을 안전한 곳으로 데려갔다. 대련할 수 있는 환경이 갖춰졌다.

"그거 쓸 수 있어?"

사츠키가 리오와 마주 서서 손에 든 글레이브를 보았다.

"네. 창……이라기보다는 치도에 가까운 무기네요. 일단은 압니다."

리오가 글레이브를 빙글 돌리며 다룰 줄 안다고 보여줬다.

"그러면 됐어. 혹시나 해서 하는 말인데 내가 용사라고 봐주기 없기야. 나는 전력으로 싸울 테니까 너도 전력으로 싸워."

봐주기 없음. 사츠키가 처음부터 못을 박았다.

"……알겠습니다. 마술 사용 여부와 규칙은 어떡할까요?"

리오가 마음을 먹고 규칙을 물었다.

"시간제한 없는 단판 승부. 무기를 놓쳐서 지는 건 좀 아

218　정령환상기 10 윤회의 물망초

니고, 결정적인 상황으로 몰아가거나 얼굴을 제외한 부위에 유효타를 때리는 쪽이 승리. 마술은 신체강화만 사용하는 거 어때? 나는 신장 효과 때문에 자동으로 강력한 신체강화 마술이 발동하는데……. 하루토 군이 마법으로 신체의 힘을 강화할 경우에는 출력을 줄여볼게.”

사츠키가 규칙을 설명하고 리오의 안색을 살폈다.

“상관없어요. 저는 이 마검으로 신체강화를 걸거든요.”

리오가 허리춤에 찬 검을 잡았다. 명예기사가 되고부터는 성에서도 검을 착용할 수 있게 됐다.

“흐음…… 그게 아룡의 브레스를 밀어낸 마검이구나. 검이 익숙하면 그걸 써도 되는데?”

사츠키가 흥미로워하며 리오가 손에 든 검을 보았다.

“아뇨, 괜찮습니다. 그런데 글레이브를 쓸 때는 조금 방해돼서…….”

리오는 검으로 신체강화하는 척하고 실제로는 정령술로 신체강화를 걸고 글레이브를 지면에 꽂았다. 그리고 떨어진 곳에 있는 미하루 일행의 곁으로 순식간에 이동했다.

“……?!”

미하루 일행이 놀라서 몸을 굳혔다. 리리아나를 지키는 기사들도 뒤늦게 반응했다.

“마사토.”

리오가 마사토를 불렀다.

“으, 응.”

마사토가 쭈뼛쭈뼛 대답했다.

"이 검을 갖고 있을래? 대련 중에는 방해되니까."

리오가 검집과 함께 검을 마사토에게 건넸다.

"알았어. 맡겨줘."

마사토가 긴장해서 리오의 검을 받았다. 리오는 "고마워"라는 말을 남기고 사츠키의 맞은편으로 돌아갔다.

"와아, 뭐야, 저 마력……. 넘쳐흐르는데 군더더기가 없어. 너무 깔끔해."

리리아나를 호위하는 기사 중 제일 어린 소녀, 리오의 얼굴을 빤히 바라보는 엘리스의 얼굴 근육이 경련했다.

"……좀 더 물러나는 게 좋겠습니다."

가장 연장자인 기사도 살짝 얼굴을 굳히며 말했다.

"준비됐습니다."

한편, 리오는 사츠키 앞으로 돌아와 바닥에 꽂은 글레이브를 들었다.

"정말 박살 낼 각오로 하지 않으면 승산이 없겠어."

사츠키가 리오의 몸놀림을 보고 분명한 실력 차이를 느꼈는지 딱딱하게 웃었다. 그러나 이 정도로 주눅들 수는 없었다.

"이걸 던져서 바닥에 떨어지는 순간에 시작하면 될까요?"

리오가 바닥에 굴러다니던 돌멩이를 주워 여유마저 느껴지는 목소리로 물었다.

"……그래, 언제든지 상관없어."

사츠키가 표정을 다잡고 고개를 끄덕였다. 왼발을 한 발 앞으로 내밀고 글레이브를 중간 높이로 들었다. 아무 동작으로나 옮기기 쉽고 공격, 방어 양쪽에 적합한 치도의 기본 자세였다.

"그러면 갑니다."

리오가 돌멩이를 위로 던지고 사츠키처럼 중간 높이로 들었다. 몇 초 뒤, 돌멩이가 바닥에 떨어졌다.

"하앗!"

사츠키가 기합을 내지르며 전력으로 지면을 박찼다. 그대로 리오가 사정거리에 들어오자 빠르게 찔렀다. 그러나 리오는 사츠키의 글레이브 끝을 가볍게 막아 깔끔하게 쳐냈다.

사츠키는 그 정도로 주눅 들지 않았다. 충실하게 자세를 유지하며 육체의 한계를 초월한 능력을 끌어내 과감하게 공격했다. 그러나 리오의 실전경험은 사츠키를 훨씬 능가했다. 사츠키의 공격은 전부 교묘하게 빗나갔다.

"뭐가 일단은 쓸 줄 안다는 거야?! 첫 공격으로 끝내려고 했는데 완벽하게 피하기나 하고!"

사츠키가 백스텝을 밟아 일단 거리를 두고 리오에게 말했다.

"다 보였어요."

"말은 잘 하네!"

리오가 당돌하게 웃자 사츠키가 다시 공격했다. 기합을 넣고 올려치듯이 찌르나 싶더니 속임수였다. 손 안에서 글레이브 자루를 돌려 날 끝을 회전시키는 교묘한 공격이었다.

그러나 리오는 쉽게 옆으로 스텝을 밟아 공격을 피했다. 사츠키는 얼른 글레이브를 옆으로 휘둘러 리오를 쫓았다.

리오는 글레이브를 내리쳐 사츠키의 휘두르기를 아래로 쳐냈다. 그리고 사츠키의 글레이브를 바닥으로 밟으려 했다.

사츠키는 날 끝이 밟히기 전에 재빠르게 자루를 당겨 무기를 못 쓰게 되는 낭패를 피했다. 그리고 잽싸게 리오의 옆으로 파고들어 발아래를 노려 날 끝을 휘둘렀다.

리오는 미리 읽었는지 노려진 발로 빠르게 다가오는 사츠키의 날 끝을 밟고 그대로 체중을 실어 지면에 박았다. 그리고 이어서 사츠키를 향해 조금 느리게 글레이브를 옆으로 휘둘렀다.

"뭣?!"

사츠키는 순간적인 판단으로 글레이브 자루를 놓고 후퇴해 간신히 리오의 공격을 피했다. 그러나 리오의 곡예 같은 방어에 깜짝 놀라 말문이 막혔다. 구경꾼들도 마찬가지였다.

"……이 글레이브는 치도와 정말 비슷하네요. 하지만 이건 경기가 아니라 실전에 준한 대련입니다. 공격 하나하나의 정밀함도 중요하지만, 경기처럼 한판을 노린 공격이 이때다 싶은 타이밍에 들어오면 공격이 쉽게 간파당한다고요."

리오가 글레이브를 겨눈 자세를 풀고 사츠키에게 말했다.

기본적인 자세가 치도 경기에 준한 것은 상관없지만, 공격이 맞기만 하면 충분한 실전에서는 반칙이 없었다. 예를 들어 경기에서는 피할 필요가 없는 공격도 이번 대련에서는 반드시 피해야 하고, 경기성을 의식한 공격에 집착하면 자기 목을 조르는 격이었다.

　"나, 나도 알아! 지금 날 봐줄 생각이야?!"

　사츠키가 울컥해서 리오에게 거칠게 반박했다.

　알고는 있으리라. 조금 전, 사츠키의 움직임 중에는 경기로서의 치도에서 벗어난 움직임도 있었다. 다만, 아직 경기성에 끌려가는 부분이 있었다. 리오는 이번 공방으로 그것을 간파했다.

　"아니에요. 하지만 너무 쉽게 결판이 나면 전력으로 부딪칠 수도 없잖아요."

　"……."

　사츠키는 모욕당한 느낌에 얼굴을 찌푸렸다. 그러나 사츠키가 아는 하루토라는 인물이 의미도 없이 이런 말을 했던가. 사츠키는 위화감을 느꼈다.

　이어서 리오의 말을 곱씹은 사츠키는 리오가 모욕을 주려는 의도로 그런 말을 한 게 아니라는 것을 깨달았다.

　"그러니까…… 저도 사츠키 씨와 전력으로 부딪쳐보고 싶습니다. 봐주지 말라고 하셨으니…… 그, 지금의 사츠키 씨에게 부족한 부분을 가르쳐드리고 싶었어요."

　"……너 진짜 서툴구나."

사츠키는 자기도 모르게 머리를 싸매고 싶어졌다. 그럴 거면 처음부터 말로 전력으로 부딪치면 됐을 텐데……

하지만 말로 마음을 전하는 게 서툰 사람도 있는 거겠지.

'이론가처럼 외고집인 주제에……'

몸의 언어가 아니면 소통이 안 되다니 보통 고집이 아니었다.

"아하하……."

리오는 대답 대신 자기가 든 글레이브 끝으로 바닥에 꽂힌 사츠키의 글레이브를 뽑아 사츠키에게로 던졌다.

"너는 정말……."

사츠키는 날아온 글레이브를 받아 못마땅한 눈으로 리오를 바라보았다. 얄미웠다. 너무 얄미운데 이상하게도 화는 나지 않았다.

그렇기는커녕 마음에 들기까지 했다. 정말 얄미울 정도로……

'아, 미하루가 왜 좋아하는지 알 것도 같고……'

왠지 내버려둘 수가 없었다. 눈앞의 소년은. 그런데 완벽한 초인 같은 능력을 갖추고 있으니 정말 질이 안 좋았다.

"……하루토 군. 내게 한 번만 더 너와 부딪칠 기회를 줘. 이번에는 아까 같은 추태는 절대로 안 보여줄 거야."

사츠키가 왠지 창피해서 괜히 부끄러워지는 것을 참으며 고개를 들고 리오에게 부탁했다.

"처음부터 그럴 생각이었어요."

리오가 글레이브를 들었다. 사츠키는 그런 리오의 모습에 홀려 자신도 글레이브를 고쳐들었다.

"……좋아."

심호흡하고 곧 마음을 다잡은 사츠키가 진지하게 말했다. 리오는 그 사이에 돌멩이를 주워 허공에 던졌다.

잠시 뒤, 돌멩이가 바닥에 떨어졌다.

"하아아앗!"

사츠키는 아까 이상의 기백으로 리오에게 돌진했다. 그것은 경기용 치도의 자세를 강하게 의식한 것처럼 보였으나 이어진 찌르기 러시는 조금 전과 차원이 달랐다.

경기라면 노리지 않을 곳을 곧장 노렸다. 그런가싶더니 속임수로 경기에서 노릴 곳을 공격하는 등, 리오가 공격을 읽지 못하게 궁리했다.

'반드시 당황하게 해주겠어!'

사츠키가 마음먹고 일단 후퇴해 양손으로 글레이브를 빠르게 빙빙 돌렸다. 그리고 곧장 리오에게로 돌진했다. 글레이브를 무작위로 돌리며 여러 각도에서 공격을 시도했다.

"움직임이 다른 사람 같아졌어요."

리오가 사츠키의 글레이브 난무를 휙휙 피하며 웃었다. 사츠키는 원래 기본이 탄탄해서 경기용 치도에서 벗어나 움직여도 제법 그럴싸했다. 틈도 적었다.

"그렇게 차분한 얼굴로 말하면 칭찬받는 것 같지가 않거든!"

사츠키가 강화한 신체능력을 풀로 활용해 글레이브 돌리기를 멈추고 갑자기 찔렀다.

리오는 후퇴하며 몸을 틀어 냉정하게 찌르기를 피했다. 그리고 왼손을 글레이브 물미 조금 위까지 미끄러뜨려 날 끝으로 사츠키의 다리를 걸었다.

"앗!"

사츠키가 얼른 점프해서 다리걸기를 피했다. 리오가 휘두른 글레이브 날 끝이 허공을 관통하고 멈추더니 반동으로 방향을 바꿔 빨려들어가듯이 사츠키를 향했다.

"깍?!"

"좋은 반응이네요."

사츠키가 반사적으로 창을 들어 자루로 리오의 글레이브를 막았다. 그러나 리오는 강화한 신체능력으로 글레이브를 뿌리치고 사츠키와 함께 날려버렸다. 사츠키는 바닥에 착지해 후퇴하며 균형을 가다듬고 리오와 거리를 두려고 했다.

그러나 리오가 공격에 나섰다. 사츠키와 거리를 좁히고 날카로운 찌르기 공격을 퍼부었다.

"큭……."

사츠키는 리오를 보며 괴로운 표정으로 공격을 피했다.

위험해, 무슨 수를 내야 해. 그렇게 생각한 타이밍에 리오는 사츠키를 노려 내지른 날 끝을 거두는 척 속임수를 쓰고 옆으로 휘둘렀다.

사츠키는 옆에서 엄습하는 글레이브를 자세를 낮춰 완벽하게 피했다.

"틈!"

그리고 카운터로 재빠르게 리오를 찔렀다. 그러나 리오는 교묘한 발놀림으로 아슬아슬하게 사츠키의 찌르기를 피했다.

"오옷!"

눈 깜빡할 틈도 없는 거친 공방 응수에 구경꾼들이 열띤 감탄을 내질렀다. 그러나 집중한 두 사람의 귀에는 그들의 감탄사도 들리지 않았다.

"하아앗!"

사츠키는 리오를 향해 위에서 글레이브를 내리쳤다. 리오는 사츠키의 공격을 위에서 막고 솜씨 좋게 힘을 흘려내 엉뚱한 방향으로 쳐냈다. 사츠키는 뒤로 헛발을 짚다가 균형을 잃었다.

그러나 그것도 간신히 버티고 리오의 몸통을 노려 과감하게 글레이브를 내질렀다. 리오는 기선을 제압하듯이 글레이브를 휘둘러 접근하는 날 끝을 세게 쳐냈다.

"포, 기하지 않을 거야! 아직 멀었어!"

사츠키가 버티며 튕겨나간 날 끝의 궤도를 수정하고 온 힘을 다해 리오를 쳐내려고 했다.

"뭐야?!"

그러나 리오는 사츠키가 버틴 시점에 어떻게 공격할지 파악했는지 그 자리에서 뛰어올라 공중에서 다시 사츠키의 글레이브 날 끝을 밟았다. 리오는 체중을 그대로 아래로 실었다.

"꺅!"

글레이브 날 끝에 중압이 실리자 사츠키는 손에 든 글레이브의 통제력을 잃었다. 날 끝이 그대로 바닥에 처박혔다. 그 곡예 같은 움직임에 구경꾼들이 술렁인 것도 잠시.

"……졌어."

사츠키는 목덜미에 리오의 글레이브가 닿자 힘이 빠져 스스로 패배를 선언했다.

"감사합니다."

리오가 만족스럽게도 보이는 평온한 미소를 지으며 사츠키에게 대련 종료 인사를 건넸다.

"감사합니다. 아아, 결국 이기지 못했어. 완패, 완패야."

사츠키는 그렇게 말하면서도 묘하게 시원한 얼굴이었다. 구경꾼들이 두 사람의 건투를 칭송하며 박수를 보냈다.

"좋은 승부였어요."

리오가 멀리서 박수치는 관객들을 둘러보며 사츠키를 칭찬했다.

"말은 잘 해. 너 전혀 진심이 아니었지? 서로 전력으로 부딪쳤다기보다는 내가 전력으로 부딪친 느낌이야. 나도 다 알아."

사츠키가 툴툴 화를 내며 리오를 못마땅하게 보았다.

"아하하, 글쎄요."

리오가 시치미를 뗐지만, 사츠키는 못마땅한 시선을 거두지 않았다.

"이걸로 전해졌을까? 내가 무슨 말을 하려는지, 얼마나 진심인지."

사츠키가 한숨을 내쉬고 리오에게 물었다.

"……네, 뭐."

리오가 조금 민망한 표정으로 고개를 끄덕였다.

"그러면 마지막으로 조언 하나 할게. 참고하고 말고는 하루토 군의 자유야."

"네, 뭔가요?"

몸의 언어만이 아니라 이 타이밍에 말로 남기는 메시지도 있을 줄이야. 리오는 웃었다.

"네가 이것저것 걱정하는 핑계 같은 의견은 전부 맞는 말이라고 생각해. 그 사려 깊은 마음은 앞으로도 무척 소중히 해야겠지. 하지만 생각이 지나쳐서 여차할 때도 행동으로 옮기지 않으면 나쁘게 말해서 겁쟁이인 거야."

"엄하네요……."

리오가 자조했다. 그러나 이상하게도 잔소리를 듣는 것 같지는 않았다.

"그래. 입학 첫날뿐이었다고는 해도 네 선배이기도 했으니까. 헤매는 후배에게는 조언을 해줘야지."

사츠키가 부드럽게 웃었다.

"그리고…… 이건 내 부탁이야."

사츠키가 무슨 말을 하려다가 입을 다물고 가만히 리오의 얼굴을 바라보았다.

"뭔데요?"

"알고 있겠지만, 타카히사는 미하루를 좋아해."

"……네."

사츠키가 미하루 일행과 함께 멀찍이 선 타카히사를 보자 리오도 그곳을 보며 고개를 끄덕였다. 미하루 일행은 리오와 사츠키가 중요한 이야기를 나누는 줄 알고 다가오지 않았다. 따라서 같이 있는 샤를로트 일행도 움직이지 않고 그들을 바라보았다.

"미하루, 아키, 타카히사, 나. 지구에 있을 무렵의 우리 관계는 이 세계에 오고 크게 달라졌어. 어쩌면 돌이킬 수 없을 정도로 사이가 틀어질 수도 있어. 아니, 이미 어느 정도 사이가 틀어지는 건 피할 수 없는 상황이야. 지금은 그런 상황에 놓여있어."

사츠키가 침착한 표정으로 말했다.

"……."

리오는 아무 말 없이 이야기에 귀를 기울였다.

"우리 관계가 앞으로 돌이킬 수 없을 만큼 악화될지, 돌이킬 수 있을 만큼 악화되는 정도에 그칠지…… 내 힘이 미치지 않아서 정말 미안하지만, 하루토 군에게 달렸어.

아키와 타카히사의 감정의 열쇠를 쥔 미하루조차 이제는 방법이 없어. 아니, 미하루가 자기 마음을 희생하면 어떻게든 될 거야. 무슨 뜻인지 알아?"

그것은 즉, 미하루가 아키와 함께 타카히사에게 가는 것이었다. 그것은 타카히사와 아키가 바라는 미래이지만, 미하루의 뜻과는 반대되는 것이었다.

"⋯⋯."

리오는 어쩔 도리가 없다는 듯이 입을 다물었다.

"너는 그러면 미하루가 정말 행복할 것 같아? 너와 함께하고 싶은 마음을 억누르고 자기를 희생한 미하루가 정말 행복해질까? 사실은 알고 있잖아? 너는 다정하니까, 서투르니까 아키를 걱정해서 사양하는 건지도 모르겠는데⋯⋯."

하지만, 하지만⋯⋯. 사츠키가 말했다.

"만약, 만약, 이해한다면 내 부탁을 들어줘. 지금 우리도 그렇듯이 부딪치지 않으면 전해지지 않는 것도 있어. 그러니까 사양하지 말고 아키와 타카히사와도 부딪쳐줘. 그리고 언젠가 하루토 군도 우리 여섯 명이 함께 웃으며 이야기할 수 있는 미래를 움켜잡아. 엄청 힘든 부탁인 거 알아. 물론 나도 같이 힘낼 거지만, 이게 내 부탁이야. 만약, 만약 이 부탁을 들어준다면⋯⋯."

사츠키가 말을 끊었다. 눈도 깜빡이지 않고 리오를 바라보며 창피한 듯 부끄러워하며 분명하게 말했다.

"나의 용사는 하루토 군이야. 보답으로 내가 할 수 있는 거라면 뭐든지 들어줄게."

【 제 5 장 】 ❖ 결투, 그 끝에······

사츠키와 대련한 날 밤.

리오는 미하루와 사츠키에게 잠깐 나갔다오겠다고 하고
타카히사가 아키와 마사토, 리리아나와 함께 머무는 객실
을 홀로 방문하려고 했다.

사츠키와 미하루를 데리고 가지 않은 것은 자기 혼자서
타카히사, 아키와 이야기해야 한다고 생각했기 때문이었다.

객실 앞에는 리리아나를 모시는 여성 호위기사 두 명이
서 있었다. 아니, 정확하게는 여성이라기보다는 소녀라고
하는 편이 정답에 가까웠다.

한 사람은 자그마한 여자아이인 엘리스로 나이는 10대
초반에서 중반 정도. 다른 사람은 리오 또래인 키아라로,
10대 중반을 넘은 정도로 보였다.

"아, 엄청 강한 사람이다. 와, 가까이에서 보니 멀리서
볼 때보다 몇 배는 멋있네요. 아, 저는 엘리스라고 합니다.
센트스텔라 왕국 공작가의 차녀예요."

자그마한 여자아이 엘리스가 친근하게 자신을 소개했
다. 왕족을 모시는 기사치고는 성격이 분방했다.

"이 녀석, 엘리스!"

키아라가 엘리스를 질책했다.

"죄, 죄송합니다, 키아라 선배!"

엘리스가 얼빠진 목소리로 키아라에게 사과했다.

"나한테 사과하면 안 되지. 실례했습니다, 아마카와 경."

키아라가 어이없어하며 한숨을 내쉬고 리오에게 머리를 숙였다.

"아뇨, 괜찮습니다. 그보다 약속도 없이 죄송합니다만, 타카히사 님을 뵙고 싶습니다. 알려주시겠어요?"

리오가 방문한 이유를 밝히고 알려달라고 청했다.

"……알겠습니다. 잠시만 기다려주세요. 너도 따라와, 엘리스."

키아라가 잠시 생각하더니 엘리스와 함께 방으로 들어갔다. 리오만 남아서 기다리길 수십 초.

"들어오십시오."

리리아나의 시녀인 프릴이 나와서 리오를 안으로 들였다. 리오는 프릴의 뒤를 따라 안으로 들어갔다.

"실례합니다."

리오는 방으로 들어가 가슴에 손을 얹고 머리를 깊게 숙였다. 고급스러운 소파에 타카히사, 아키, 마사토, 리리아나가 앉아있었다.

"어서 오세요, 하루토 님."

리리아나가 대표로 인사했다.

"밤늦게 갑자기 찾아왔는데도 맞아주셔서 감사합니다."

리오가 리리아나에게 다시 머리를 숙였다.

"타카히사 님께 볼 일이 있다고 들었습니다."

"네. 정확하게는 아키와 마사토에게도 할 말이 있습니다. 리리아나 님도 원하신다면 동석하시죠."

리오가 조용히 용무를 밝혔다.

"……할 말이 뭡니까?"

타카히사가 경계하며 리오에게 물었다.

"오늘 여섯 명이 의논한 이야기입니다. 대련 후, 사츠키 씨에게 한 소리 들었거든요. 제 나름대로 생각하고 앞으로의 의견이라고 할까, 제 생각을 전하러 왔습니다."

"……저쪽 방을 쓰시죠."

리오의 대답에 리리아나가 생각하듯이 눈을 내리뜨고 제안했다. 자기는 나중에 타카히사에게 들으면 된다는 말 같았다.

리오의 전생은 그렇다 치고 미하루와 아이들이 앞으로 누구와 함께 있을 것이냐는 이야기 내용 자체는 리리아나도 들었을 테니까…….

"배려해주셔서 감사합니다."

리오가 깊이 허리를 숙여 감사를 표했다.

"뭐해? 가자."

마사토가 제일 먼저 일어나 타카히사와 아키를 재촉했다.

"……응. 가자, 오빠."

아키가 먼저 일어나자 타카히사도 마지못해 일어났다. 그렇게 네 사람만 인접한 침실로 자리를 옮겼다. 이곳은 센도 집안의 세 사람이 쓰는 침실이었다. 안에는 침대 세

개와 책상, 일인용 소파 네 개가 있었다.

"앉자. 나는 하루토 형 옆에 앉을래."

마사토가 소파에 앉았다.

"응. 실례할게."

리오가 웃으며 마사토 옆에 앉았다. 타카히사와 아키가 맞은편에 앉았다. 리오는 모두 앉은 것을 확인하고 곧바로 말문을 열었다.

"우선 제 생각은 오늘 의논 중에 전달한 내용과 기본적으로 그리 다르지 않습니다. 예전보다는 덜 소극적일 수도 있겠네요. 여러분이 생각해서 낸 답이라면 존중하고자 해요."

"……무슨 말을 하고 싶은 겁니까?"

타카히사가 의아한 얼굴로 물었다.

"앞으로 미하루 씨와 마사토가 지금처럼 제 곁에 남고 싶어 하면 이제 이러니저러니 말리지 않을 겁니다. 제 생각을 말하고, 그래도 그러고 싶다면 미하루 씨가 원하는 대로 하게 해주고 싶어요."

리오가 깨달은 듯한 얼굴로 말했다.

"……마, 말려요! 거절하세요! 같이 있고 싶지 않다고 말해야죠?! 아직 그렇게 생각하잖아요! 그런데 왜 갑자기. 더 거절하세요! 가족을 빼앗지 말라고요!"

그러자 타카히사가 입에 거품을 물며 소리 쳤다. 리오가 미하루와 마사토를 받아들일 뜻을 정식으로 밝히자 지금까지 쌓인 부정적인 감정이 폭발했다.

"오빠……."

아키가 갑자기 언성을 높인 타카히사를 보고 얼굴을 찡그렸다.

"못 합니다."

리오가 딱 잘라 말했다.

"……왜?"

타카히사가 원망스럽게 물었다.

"제가 거절해도 두 사람의 마음이 바뀔까요? 만약 바뀐들 두 사람이 그걸 받아들일까요? 그건 결국, 두 사람의 의사를 존중하지 않는 것 아닐까요?"

리오가 담담하게 대답했다.

마사토는 조금 기쁜지 훗, 하고 웃었다.

"……비겁해."

타카히사가 말했다.

"당신은 비겁해. 미하루에게 함께하지 않았으면 한다면서 미하루를 거부하지 않다니, 비겁해! 그러면 뜻을 존중한 게 되는 겁니까?"

"저도 그렇게 생각했습니다. 그런데 거절하든 안 하든 뜻을 존중하는 게 아니라면 하다못해 형식적으로라도 받아주고 싶어요. 받아들이지 않고 완전히 도망치는 것보다는 낫다고 사츠키 씨가 가르쳐줘서, 마주하기로 했습니다."

리오가 차분하게 자기 생각을 말했다.

"그런 건!"

너무 자기한테 유리하게 생각하는 거잖아! 타카히사가 소리 지르려고 했다.

"……그러면 하루토 씨는 저한테서 도망치는 거예요? 제가 센트스텔라 왕국으로 가는 걸 인정하는 건 제 문제와 마주하지 않겠다는 거네요?"

그때, 아키가 호전적인 말투로 대화에 끼어들었다.

"그럴 생각은 없어. 그래서 혼자 온 거야. 미하루 씨와 사츠키 씨가 없는 곳에서도 너와 마주하고 싶었어. 허락해 준다면 우리 둘이서 제대로 이야기하고 싶어."

리오는 동요하지 않고 아키에게 대답했다.

"……."

아키는 순간적으로 말을 삼켰다.

"아키!"

타카히사가 반사적으로 의붓동생을 부르고 매달리듯이 바라보았다. 이 남자는 자기에게서 아키까지 빼앗아가려는 건가. 그건 안 된다.

"……하루토 씨, 아마카와 하루토를 아는 미하루 언니와 저는 무의식중에라도 하루토 씨를 아마카와 하루토로 보려고 하거나 겹쳐보려고 한다고 했죠?"

"응, 그랬어."

"겹쳐보는 게, 싫은 거죠?"

"그건…… 아니야. 다른 사람인데 겹쳐보면서 비교당하는 게 싫어."

나아가서는 실망하는 것. 함께해서 후회하는 것. 그렇게 생각하기 전에 스스로 밝히고 멀어지려고 했다. 지금도 멀어지고 싶었다.

"저는 그런 다른 사람이라는 생각부터가 도망칠 **구실로밖에** 안 보여요."

아키가 험악한 눈빛으로 리오를 노려봤다.

"다른 사람이라는 건 정말이야. 지금의 나는 아마카와 하루토라면 하지 않을 짓도 해. 아마카와 하루토라면 기피할 행동도 아무렇지 않게 해."

"……예를 들면, 뭔데요? 그게."

아키가 의심스러워하며 물었다.

"예를 들면, 사람을 죽인다든가."

리오가 그들이 가장 혐오할 사실을 담담히 말했다.

"……."

아키는 말문이 막혔다. 타카히사도 놀라서 할 말을 잃었다. 단지 마사토는 살짝 눈을 크게 떴지만, 두 사람만큼 크게 놀라지는 않았다.

"싸우게 되면 죽여. 죽여야만 나를 지킬 수 있거나, 죽여야만 싸움이 진정되는 상황에 빠지면 죽이는 수밖에 없어. 그렇게 생각하며 살아. 지금 이 순간에도 어떻게 해서든 죽이고 싶은 사람이 있어."

그들의 가치관을 아는 리오는 그래서 어울릴 수 없다고 생각했다. 기본적으로 그들의 가치관을 존중하고 아마카와 하루토의 가치관에 큰 영향을 받아 평소에는 그렇게 행동하지만, 뚜껑을 열어보면 저 깊은 곳에 그 가치관을 허구라고 생각하며 추악하고 냉혹해지는 자신이 있기에.

"사람을, 죽인 적이 있어요?"

타카히사가 진심으로 경멸하며 물었다.

"있습니다."

리오가 뻔뻔하게 대답했다. 꾸며내지 않고 대답하는 편이 낫다고 생각했다.

"살인이잖아요⋯⋯."

타카히사가 경멸하듯이 중얼거렸다.

"맞아요."

"⋯⋯필요해서 사람을 죽이다니, 인두겁을 쓰고 어떻게 그럴 수가. 그런 사람 곁에 미하루와 마사토를 둘 수는 없어."

자신을 정당화할 구실을 찾아낸 타카히사가 차갑게 말했다.

"형!"

"넌 조용히 해! 살인자에게 소중한 동생을 맡길 순 없어!"

마사토가 끼어들자 타카히사가 고함을 질렀다.

"⋯⋯돌겠네."

마사토가 화가 나서 어깨를 떨며 중얼거렸다.

"당신과 함께 있어도 미하루는 행복하지 않아요. 용사인 나와 함께 있는 편이 미하루를 위한 일입니다. 나는 미하루를 지켜줄 수 있어요."

타카히사가 자기를 북돋듯이, 자신에게 말하듯이 리오에게 주장했다.

"핫, 형이 하루토 형을 이길 수 있겠어?"

마사토가 비웃었다.

"하루토 씨, 당신도 그렇게 생각해서 미하루와 함께하지 않는 편이 낫다고 한 거잖아요."

"……네."

리오가 고개를 끄덕였다.

"비겁해! 그걸 알면서 미하루를 거부하지 않는 당신은 비겁해! 미하루는 당신이 살인자인 줄 몰라서 따라가려는 거야. 다른 사람이라고 생각할 테니까. 경멸할 테니까."

타카히사가 리오에게 거칠게 따졌다.

"……알아요."

"뭐?"

리오가 조용히 말하자 타카히사의 기세가 꺾였다.

"미하루 씨는 제가 살인자라는 걸 알아요. 미하루 씨에게도, 사츠키 씨에게도, 다 말했습니다."

"무슨……."

그래도, 그래도 함께 있고 싶다는 거야?! 미하루는 이런 제멋대로인 인간을 선택하겠다는 거야? 게다가 존경하는 선배인 사츠키까지…….

"바보 아니야? 미하루 언니……."

아키가 어이없는 얼굴로 괴롭게 중얼거렸다. 이것으로

미하루를 붙잡을 방법이 사라졌다.

"정말, 정말로 미하루를 거부하지 않을 거예요? 미하루가 후회할지도 모를 줄 알면서. 아니, 반드시 후회할 게 뻔한데!"

타카히사도 아키처럼 생각했는지 몹시 초조해하며 호소했다.

"그래도 오겠다면 더는 거부하지 않겠습니다. 제가 아마카와 하루토로서 응할지는 모르겠습니다만……."

리오가 조금 떳떳하지 못한 표정을 지으면서도 뚜렷하게 의견을 밝혔다.

"……인정 못 해."

타카히사가 중얼거렸다.

"나는, 인정 못 해. 당신에게 미하루를 맡길 수 없어!"

타카히사가 규탄하듯이 리오를 노려보았다. 그 기개가 이제는 자포자기 수준에 종이호랑이처럼 보였지만, 여기서 쓰러질 수는 없었다.

"……그러면 어떡하겠습니까?"

처음부터 이렇게 될 줄 알았다. 알고 왔다. 그래서 리오는 물었다.

"대련합시다. 제가 이기면 미하루를 거부하세요. 제가 이겨서 당신의 불성실함을 증명하겠어요. 그러니까!"

타카히사가 리오에게 대련을 신청했다. 명목이 어쨌든 거의 결투 신청이었다.

"……당신의 행동은 자기가 원하는 대로 미하루 씨의 뜻을 곡해하려는 것으로만 보입니다."

"자, 자신을 정당화하는 겁니까?!"

리오가 지적하자 타카히사가 찔리는지 소리를 질렀다.

"아뇨, 그럴 생각 없습니다. 당신이 싸우고 싶다면, 그렇게 미하루 씨를 물건처럼 다루고 싶다면, 저는 절대로 지지 않겠습니다. 적어도 저는 미하루 씨의 뜻을 곡해하지는 않아요. 그뿐입니다."

리오가 담담하게 자기 생각을 말했다.

"……미안한데 나는 하루토 형을 응원할게."

마사토가 불쑥 말했다.

"뭐라고?!"

타카히사가 얼굴을 잔뜩 찌푸리며 마사토를 노려봤다.

"그 대련에 나도 승복할 테니까. 하루토 형이 지면 나도 형 말을 따를게. 어때?"

마사토가 도전적인 표정으로 타카히사를 노려봤다.

"두, 둘 다 그러지 마……."

아키가 타카히사와 마사토 사이까지 파탄 나는 모습을 어쩔 수 없이 바라보았다.

"……가자, 하루토 형. 이미 밤이 늦었고 결판은 내일 아침에도 낼 수 있어. 미안한데 오늘 나 좀 재워줄래? 여기서는 못 자겠어."

마사토가 어두운 얼굴로 아키를 보며 무뚝뚝하게 말하

며 일어섰다. 그리고 그대로 방을 나가려고 했다.

"……."

타카히사는 마사토의 말을 받아들인 건지 말리지 않았다. 미간을 찌푸리고 묵묵히 앉아있었다. 더는 대화할 뜻이 없다. 넌지시 그렇게 말했다.

"……그래. 가자."

리오는 한숨을 내쉬고 일어섰다. 마사토의 등에 손을 얹고 의논하던 침실을 나갔다.

"……."

아키는 리오의 등을 보며 무슨 말을 하고 싶은 표정을 지었으나 입이 움직이지 않았다. 리오가 마사토와 침실 밖으로 나가자 리리아나가 거실에서 안타까운 표정으로 소파에 앉아있었다.

"밤늦게 소란을 피워 실례했습니다."

리오가 리리아나에게 깊이 허리를 숙였다. 대화 내용을 전부 파악하지는 못했어도 침실이 아수라장이었던 건 알았으리라.

"아뇨……."

리리아나가 울적하게 천천히 고개를 저었다.

"그리고 죄송한데 내일 아침, 사츠키 님처럼 타카히사 님과도 대련하기로 했습니다. 물론 리리아나 님의 허락이 없으면 하지 않겠습니다만, 허락해주시겠습니까?"

리오가 고개를 숙이며 정중하게 부탁했다.

"타카히사 님의 뜻이 그러하다면 제가 말릴 수는 없죠. 마사토 님도 오늘은 아마카와 경이 맡아주세요. 여러모로 수고를 끼쳐 죄송합니다. 대련 준비는 제가 폐하께 말씀드리겠습니다."

리리아나가 살짝 시선을 떨구고 아름다운 얼굴에 공허하니 그늘을 드리웠다.

"……감사합니다. 그럼 이만."

리오는 가슴에 오른손을 얹고 마지막으로 깊게 머리를 숙이고 마사토와 함께 사츠키의 방으로 돌아갔다.

◇ ◇ ◇

다음 날 아침. 리오는 성에 있는 연병장이 아니라 성에 인접한 투기장 필드에서 타카히사와 마주했다.

그리고 사츠키와 대련한 어제와 다른 것은 장소만이 아니었다. 이 대련이 구경거리가 되지 않게 관객석에 관계자와 매우 한정된 사람만 있었다.

그중에는 미하루, 사츠키, 마사토, 아키는 물론이고 리리아나와 샤를로트, 리제롯테도 보였다.

다만, 아키는 미하루, 사츠키, 마사토와 함께 앉지 않고 조금 떨어진 곳에서 리리아나와 함께 앉았다. 그 눈이 가만히 타카히사를 향했다.

한편, 의논 끝에 타카히사와도 대련하기로 했다고 전해

들고 투기장으로 온 미하루와 사츠키는…….

"저기, 마사토. 하루토 씨가 어쩌다 타카히사와 싸우게 된 거야?"

미하루가 옆에 앉은 마사토에게 물었다.

"그야 형이 바보라서 그렇지. 남자들 싸움이야. 대련이 끝난 다음에 하루토 형에게 직접 물어봐."

어젯밤, 리오와 함께 사츠키의 방에 간 마사토는 바로 잠자리에 들었고 미하루가 사정을 물어도 이렇게 대답했다.

리오가 센도 집안의 세 사람과 이야기를 나누다가 말싸움으로 발전한 것은 아는데, 당사자인 리오는 민망해하며 이야기를 얼버무리고 자세히 가르쳐주지 않아서 미하루는 영문도 모르고 이곳에 있었다.

"뭐, 하루토 군 나름대로 우리를 마주하려는 거겠지. 부딪치지 않으면 모르는 것도 있고, 조만간 미하루와도 제대로 마주할 테니까 지금은 하루토 군을 믿고 지켜보자."

사츠키도 리오와 타카히사가 무슨 내용으로 다퉜는지 모르기는 매한가지였지만, 입가가 기쁘게 올라가 있었다. 사츠키도 어제 대련 후에 리오와 무슨 이야기를 했는지 가르쳐주지 않았다. 미하루는 그 일과 관련이 있을지도 모르겠다고 의심했다.

"……알겠어요."

미하루가 한숨을 내쉬고 고개를 끄덕였다.

"대련 결과는 걱정하지 마. 하루토 형이 지는 건 상상이 안 돼. 사츠키 누나와 싸운 걸 보고도 모르는 걸 보니 물러 터졌어, 형."

마사토가 콧방귀를 뀌었다.

"이제 시작하려나 봐."

사츠키가 마사토의 말에 동의하는지 훗, 하고 웃고 필드 에 집중했다. 필드에서는 마침 심판이 규칙을 설명하고 있 었다.

"무기는 훈련용 검을 사용하겠습니다. 승부는 순수한 검 술로만 내며 용사 타카히사 님은 자신의 신장을, 아마카와 경은 자신의 마검으로 신체강화를 할 수 있습니다. 승패가 결정적인 상황까지 끌고 가거나 얼굴을 제외한 부위에 유 효타를 넣는 쪽이 이기는데, 치명상이 될 공격은 피해주십 시오. 검을 놓치는 것만으로는 패배로 인정되지 않습니다. 숙지하셨습니까?"

심판을 맡은 젊은 기사 카일이라는 청년이 리오와 타카 히사에게 확인을 받았다.

"네!", "알겠습니다."

타카히사가 힘차게, 리오는 자연스럽게 고개를 끄덕였다.

"그러면 거리를 두고 무기를 드십시오."

심판 카일이 하늘로 손을 높이 들었다. 그리고 두 사람 이 충분히 거리를 두고 무기를 든 것을 확인하고……

"시작!"

큰소리로 외치며 손을 내리고 대련 시작을 선언했다.

"하아앗!"

타카히사가 고함을 지르며 리오에게 접근했다. 신장의 신체강화 효과가 강력해서 인간의 한계를 크게 초월한 속도였다. 일단 검술을 배운 게 엿보이는 몸놀림이긴 했다. 그러나 리오의 눈에는 허점투성이였다.

'단번에 결판낼 수도 있지만…….'

선연한 타카히사의 적개심을 조금이라도 덜어내려면 쉽게 이기는 것만으로는 부족했다. 전력을 끌어내게 해서 굴복시켜야 했다. 리오는 그러기로 정하고 맹렬하게 엄습하는 타카히사의 공격을 처음부터 정면으로 막아내기로 했다.

"야아아앗!"

타카히사가 리오를 향해 연신 검을 내질렀다. 리오는 앞을 읽고 검을 휘둘러 모든 공격을 피했다. 그렇게 시간이 흐르길 10초…….

"큭…….."

타카히사는 한 번도 공격을 성공하지 못 하고 리오를 향해 검을 휘두르는 감각마저 사라지기 시작했다. 이런 상태로 자신을 꿰뚫어보는 듯한 눈으로 움직임을 관찰하는 리오와 시선이 마주치자 자기도 모르게 후퇴해 거리를 뒀다.

리오는 움직이지 않았다. 그곳에 서서 타카히사가 공격하기를 기다렸다. 섣불리 공격하면그대로 쓰러뜨려버릴 것 같았다.

"공격할 생각도 없는 거냐!"

얕보지 마! 타카히사가 대폭 상승한 신체능력을 최대한으로 발휘해서 움직이며 리오를 동요시키려고 했다. 그래도 리오는 움직이지 않았다.

타카히사는 리오 주위를 빙글빙글 돌며 허점투성이로 보이는 리오의 등을 공격하려고 했다.

"크악?!"

리오는 마치 등에 눈이라도 달린 것처럼 눈길도 주지 않고 뒤로 돌아 검을 휘둘렀다. 그리고 빨려 들어가듯이 타카히사가 휘두른 검을 쳐냈다.

타카히사는 반동으로 헛발을 짚으며 뒤로 물러났다. 그런 자신을 차가운 눈으로 바라보는 리오와 눈이 마주치자 타카히사는 굴욕스러워 한쪽 뺨을 치켜 올렸다.

뭐야, 그 눈은?! 살인자 주제에 나를 부정하려는 거야?! 그들의 의사를 존중한다니, 귀에 거슬리는 입 발린 말이나 해대고, 이 위선자가!

나를, 나를, 살인자 따위가 나를 부정하게 두진 않겠어! 살인자 따위에게 미하루를 두고 갈 수 있을 리가 없지! 나의, 나의 미하루를……!

미하루를 빼앗기고 싶지 않다. 타카히사는 그 일념 하에 미친 듯한 망상중에라도 빠진 것처럼 발을 움직이고 손을 놀리며 리오와 싸웠다.

이기고 싶다. 싸워서 이기고 싶다. 이 남자를, 이 위선자를! 이 남자보다, 자기가 뛰어나다고, 이겨서 미하루에게 증명하고 싶다!

　그러나 그것은 불가능한 명제였다. 그런 것도 모르고…… 이기면 이기기만 하면, 미하루도 알아줄 것이다. 타카히사는 믿어 의심치 않았다. 아니, 그런 믿음으로밖에 자신을 지키지 못했다.

　"젠장, 이대로는!"

　이길 수 없다. 타카히사는 얼핏 예감했다.

　하지만 지고 싶지 않다. 지면 안 된다. 그만한 각오로, 자존심을 걸고, 인생을 걸고, 이 전투에 뛰어들었다.

　"하아아앗!"

　타카히사는 신장으로 신체강화 성능을 더 높이고 일직선으로 리오에게 돌진했다. 쏜살같이 리오만을 노렸다.

　그러나 타카히사는 열이 오른 나머지 깜빡한 것이 있었다. 리오와 타카히사는 신체강화로 육체 강도를 높여서 훈련용 검으로는 다소의 타격을 받아도 치명상까지는 가지 않았다. 그러나 타카히사의 현재 속도가 만든 운동 에너지는 높아진 육체 강도를 무시하고도 치명상을 줄 만한 위력이었다.

　'이 속도라면 가능해!'

　타카히사는 승리를 확신하고 환희했다. 아무런 망설임도 없이 온 힘을 양손에 든 검에 싣고 전력이 담긴 일격을 리오에게 쏟아내려고 했다.

　"뭐야……?!"

검이 허공을 가르자 타카히사는 말문이 막혔다. 아무 반응이 없었다. 눈앞에 리오가 있던 흔적도 없었다. 왜?! 타카히사가 분노와 비슷한 의문을 품었을 때.

"큭!"

타카히사는 등에 가벼운 충격을 느꼈다. 그 순간, 균형을 잃었다. 리오가 밀쳤다. 그러나 힘을 조절한 것이 명백한 공격이었다. 유효타라고 하기는 힘들었다. 실제로 심판도 아무런 말이 없었다.

"뭐야?!"

타카히사가 다짜고짜 검을 휘두르며 충격을 받은 쪽을 보며 외쳤다. 그곳에 리오는 없었다.

"시야가 너무 좁아요."

그렇기는커녕 타카히사의 등 너머로 담담한 리오의 목소리가 들렸다.

"으악!"

타카히사는 당황해 검을 휘둘렀다.

"안 그래도 전투로 열이 오른 상황에 기술적으로 제어할 수 없는 속도를 내서 쉽게 목표를 잃는다. 그래서 시야가 좁아진다. 미하루 씨도……."

리오가 여유롭게 뒤로 도약해 타카히사의 검을 피하고 말했다.

"……비꼬는 겁니까? 당신은 그럴 자격이 없어!"

타카히사가 화를 내며 소리 질렀다.

"그럴지도 모르죠."

리오는 태연하게 수긍했다. 여유로운 태도마저 그릇의 차이를 보여주려는 것 같아서 화가 났다. 타카히사는 힘차게 리오에게 돌진했다.

"당신은 미하루에게 어울리지 않아!"

"압니다."

"살인이나 하는 위선자가!"

"그것도 알아요."

"나는 절대 허락 못 해!"

"당신의 허락이 필요합니까?"

오만하다.

"그러니까 이 싸움은 내가 이길 거야!"

타카히사가 선언하고 리오에게 검을 휘둘렀다. 위에서 내리친 흰 칼날이 날카로운 호를 그리며 리오를 덮쳤다.

"뭣?!"

리오가 막기는커녕 들고 있던 검을 놓았다. 검이 바닥에 꽂혀 수직으로 섰다. 그러나 타카히사가 휘두른 검은 멈추지 않았다.

타카히사는 그제야 리오를 죽일지도 모른다는 것을 깨닫고 공포에 빠졌다. 그러자 리오가 스스로 앞으로 나갔다.

리오는 죽을 생각이 없었다. 타카히사의 기세가 약간 죽은 타이밍을 노려 타카히사가 휘두른 검의 날을 양손으로 잡았다.

일본인이라면 누구나 아는 신기에 가까운 기술. 실전에서 하다니 미쳤다고밖에 표현이 불가능한 곡예.

"칼날잡기?!"

관객석에 앉아있던 사츠키가 외쳤다. 그 이름을 아는 지구 출신인 미하루 일행과 리오처럼 환생한 리제롯테는 물론이고 기술 이름을 모르는 샤를로트 일행도 전율했다.

"윽!"

리오는 검이 멈추고 타카히사가 굳은 틈에 손목과 팔을 비틀어 타카히사의 손에서 검을 빼앗아 옆에 던졌다.

무기를 놓친 것만으로는 패배로 보지 않는다는 규칙이 있지만, 전의를 상실할 상황이었다. 리오는 그것을 노렸다.

"계속할까요?"

검을 주울 거면 주우라는 듯이 리오가 눈앞에 서 있는 타카히사에게 물었다.

"야, 얕보지 마아아아아!"

타카히사가 포효하며 무작정 검을 주웠다. 줍느라 자세가 무너졌는데도 리오를 향해 검을 휘둘렀다. 나쁜 의미로 포기를 몰랐다.

'아직 꺾이지 않았나. 그러면 다음은……'

리오는 자신의 검을 들고 크게 도약해 일단 후퇴했다.

"도망치냐?!"

타카히사가 전력으로 달려 추격했다. 무기를 높이 들고 있는 힘껏 내리치려고 했다. 완전히 리오가 예상한 그대로

의 행동이었다.

리오는 그 자리에 멈춰서 신경을 곤두세우고 날아드는 타카히사의 검을 응시했다. 그리고 흐름을 읽고 하단에서 검을 겨누었다.

찰나의 타이밍에 지면을 세게 박차고 검을 빠르게 휘둘렀다.

격렬한 쇳소리가 울려 퍼졌다. 그 순간에는 이미 리오와 타카히사의 동작이 끝난 상태라 서로 등을 보이고 있었다. 그때, 조금 뒤늦게 무언가가 바닥에 꽂히는 소리가 리오와 타카히사의 귀에 들렸다. 그것은 타카히사가 든 검의 날이었다.

"으, 앗……."

타카히사는 입을 벌리고 바닥에 꽂힌 날과 자기가 든 검의 자루를 번갈아보았다. 타카히사의 검이 부러졌다. 그 검을 든 사람의 마음 째로 부러뜨린 것처럼…….

"계속하겠다면 다음은 맨손으로 오시죠."

리오가 담담하게 말했다.

"아…… 젠장!"

타카히사는 부러진 검을 볼품없이 들었다가 바로 바닥에 내동댕이쳤다. 리오가 갑자기 천천히 타카히사에게 다가갔다.

"나는, 패배를 인정할 수 없어."

타카히사가 분해서 몸을 벌벌 떨며 리오에게 말했다.

리오는 주눅 들지 않고 거리를 좁혔다.

"포기 못 해!"

말은 그렇게 해도 이번 전투의 패배는 인정하는지 리오에게 맨손으로 덤비는 짓은 하지 않았다.

리오는 담담하게 타카히사에게 검을 겨누었다.

"……대련 종료! 승자, 아마카와 경!"

심판 카일이 리오의 승리를 크게 선언했다. 승패가 정해진 순간이었다.

"인정 못 해, 인정할 것 같아? 인정 못 한다고. 당신은 미하루와 함께하면 안 돼. 미하루는 속고 있어. 어떻게든, 어떻게든 해야 해……."

타카히사가 벌레라도 씹은 듯한 얼굴을 숙이고 중얼중얼 저주를 읊조리듯이 중얼거렸다.

◇ ◇ ◇

대련 후, 타카히사는 이야기하려고 다가온 미하루와 사츠키에게서 도망치듯이 자기 혼자 투기장을 떠나 객실로 돌아갔다.

"기다려, 오빠!"

"기다려주세요, 타카히사 님!"

방문을 열려는데 아키와 리리아나가 쫓아왔다. 세 호위 기사도 함께였다.

"너희들……!"

타카히사는 그제야 멈춰서 뒤를 돌아봤다.

"어디 가시려던 겁니까?"

리리아나가 한숨을 내쉬고 타카히사에게 물었다.

"……방으로 돌아가려고."

타카히사가 모호하게 대답했다.

"돌아가셔서 어쩌시려고요?"

"……미하루를, 그자에게서 멀어지게 할 방법을 생각할 거야."

리리아나가 토라진 아이를 달래듯이 묻자 타카히사가 툭 말했다.

"역시 아직 포기하지 않으셨군요."

리리아나가 큰 한숨을 내쉬었다.

"그자는…… 위험해."

타카히사가 괴롭게 중얼거렸다.

"왜 위험하죠?"

리리아나가 차분하게 물었다.

"살인자니까!"

타카히사가 소리쳤다.

"큰소리로 그런 말씀 마세요. 그분은 가르아크 왕국의 명예기사입니다. 대련 후에 인사도 없이 자리를 뜨는 행동도 칭찬받지 못할 일이고, 아무리 용사라고는 해도 정당한 이유도 없이 타국의 중요한 귀족의 명예를 훼손하면 국제 문제로 발전할 수 있습니다."

리리아나가 주위에 기사가 없는지 확인하고 안도의 한숨을 내쉬더니 타카히사에게 충고했다.

"하지만 사실이야!"

"사실인지는…… 일단 들어가세요. 진정하고 이야기를 해보죠. 너희는 방 밖에서 대기해. 어지간한 상대가 아니면 방문을 막아줘."

호위 기사 셋을 방 밖에 대기시키고 타카히사는 리리아나, 아키와 함께 방으로 들어갔다. 안에는 리리아나의 시녀가 있었다.

"프릴, 사람 수만큼 차를 준비해줘."

"네. 알겠습니다."

프릴이라고 불린 시녀가 리리아나의 명령에 따라 주방으로 갔다.

"자, 앉으세요."

리리아나가 타카히사와 아키의 맞은편에 앉았다.

"……."

타카히사는 양손을 깍지 끼고 생각하듯이 고개를 숙였다.

"제일 먼저 여쭙고 싶은 건데, 타카히사 님은 미하루 님과 함께 있고 싶으신 겁니까? 아니면 미하루 님과 함께 있지 않아도 아마카와 경의 곁에 미하루 님만 안 계시면 되는 겁니까?"

리리아나가 먼저 이야기를 꺼내더니 갑자기 핵심을 찔

렀다.

"……그자와 함께 하느니 나와 함께하는 게 낫다는 거야."

"하지만 조금 전의 대련은 미하루 님이 어느 쪽에 있을지 정하는 대련이었잖아요?"

"아니야! 내가 이기면 그자가 미하루와 함께하는 걸 거부하겠다고 했어! 미하루가 어디 있을지 강요하려던 게 아니야!"

리오가 미하루를 거부하기만 하면 미하루는 아키가 있는 자신에게로 올 테니까. 그런 타산적인 의도가 있었다는 말은 하지 않았다.

"미하루 님과 함께하고 싶으시다면 진지하게 부탁하는 게 제일 아닐까요?"

리리아나가 맞는 말을 했다.

"그, 그게 안 돼서 대련한 거야!"

"그리고 졌죠."

"……."

자신의 비참함을 들이민 것 같아서 타카히사는 얼굴을 찌푸렸다.

"역시 진지하게 부탁하는 방법뿐입니다. 부탁해서 안 되면 포기하셔야죠."

"그러니까 그게! 그게 가능하면……."

이런 고생 안 한다. 미하루는 이미 하루토와 함께하기로 생각을 굳혔다.

"미하루 님의 마음은 이미 타카히사 님과 아키 님의 설득에도 흔들리지 않을 만큼 확고하군요?"

"……."

타카히사가 얼굴을 찡그렸다. 리리아나는 그것을 긍정으로 받아들였다.

"그러면 일단 머리를 식히기 위해서라도 귀국하지 않으시겠어요? 마음만 먹으면 오늘 중에 떠날 수 있습니다. 저는 미하루 님과 잠깐 거리를 둬야 한다고 생각합니다."

"그건 안 돼!"

타카히사가 당장 부정했다.

"하지만 말로는 안 되고, 대련…… 아니, 실질적인 결투로도 안 되죠. 이러면 방법이 없습니다. 설마 싫어하는 미하루 님을 억지로 센트스텔라 왕국으로 데려가시려고요?"

그런 짓이 괜찮을 리 없다. 리리아나는 넌지시 그렇게 말하고 싶었던 모양이었다.

"……그래. 미하루를 일단 센트스텔라 왕국까지 데려간다는 방법도 있구나. 그자가 살인자인 건 사실이야. 어떤 정당한 이유가 있든 용서될 일이 아니야. 내 마음을 전하고 잘 말하면 알아줄 테고……."

그러나 타카히사는 그것을 현실적인 선택지로 생각했다. 중얼중얼 혼잣말을 했다.

"안 됩니다. 억지로 데려갔다고 판명되면 국제 문제가

됩니다."

리리아나가 엄격하게 단언했다.

"하지만 이제는 그 방법밖에!"

"있습니다. 있을 거예요. 제가 아는 타카히사 님은 그런 비열한 짓을 하는 분이 아닙니다. 몇 달 동안 허투루 당신을 보살핀 게 아니에요. 왕족으로서 많은 사람을 봐온 저이기에 알아요. 당신은 미숙한 면도 있지만, 절대 악인은 아닙니다. 지금 그런 비열한 짓을 하면 당신은 평생 자책감에 시달리게 된다고요."

리리아나가 평소의 부드러운 분위기를 숨기고 사람을 이끄는 왕족의 얼굴로 길을 잘못 접어들려는 타카히사에게 충고했다.

"리리……."

고작 몇 달로 나에 대해 뭘 알아? 라고는 타카히사도 말하지 못했다. 그 몇 달 동안 리리아나가 얼마나 헌신적으로 자신을 지탱해줬는지 알기에.

"아마카와 경은 인격적으로 매우 뛰어난 분입니다. 그래서 미하루 님과 사츠키 님, 마사토 님의 신뢰도 두터운 것 아닐까요? 아마카와 경이 사츠키 님과 타카히사 님을 위해 세 분을 성으로 모셔온 것이 가장 큰 증거잖아요?"

"……리리는 그자를 몰라."

리리아나가 리오를 칭찬하자 타카히사가 다시 괴로운 표정을 지었다. 아키도 마찬가지였다. 하지만, 그래도…….

"당신은 믿을 수 없나요? 소중한 미하루 님이 믿는 하루토 님을."

리리아나가 타카히사에게 물었다.

"그게 되면 이렇게 괴롭지 않겠지!"

타카히사가 도움을 청하듯이 소리 질렀다.

"……역시 미하루 님과 거리를 두어야겠어요. 귀국하시겠어요? 우리나라는 폐쇄적이지만, 타카히사 님이 원하시면 우리나라에 귀속되지 않게 미하루 님을 일시적인 손님으로 성으로 모실 수 있을 거예요."

리리아나가 타협안을 제시했다.

"그런 건, 그런 걸로는 안 돼! 미하루를 데려갈 수 없다면 나는 센트스텔라 왕국으로 돌아가지 않겠어! 최악의 경우에는 용사를 그만두고 아키와 미하루를 데리고 자유롭게 살 거야!"

"무슨……."

타카히사의 제멋대로인 발언에 리리아나가 놀라서 눈을 크게 떴다. 묵묵히 듣던 아키도 놀라서 눈을 깜빡였다.

"우리나라의 용사가 되겠다고 말씀해주셨잖습니까? 가르아크 왕국에서 일행과 만나도 센트스텔라 왕국으로 돌아가겠다고 약속하셨잖아요? 저와 함께 나라를 좋게 만들자고 맹세하셨잖아요? 그 약속도, 그 맹세도, 전부 거짓말이었습니까?!"

리리아나가 몹시 슬퍼하며 얼굴을 일그러뜨렸다. 용사의

배반은 국가에 가장 있어서는 안 될 손실이었으나 그것을 제외하고서도 타카히사와 신뢰관계를 구축한 줄 알았다.

"거짓말 아니야! 거짓말이 아니었으면 좋겠고, 아니게 해줘! 나도 그런 짓 하고 싶지 않아! 그러니까, 그러니까 도와줘!"

타카히사는 자신이 용사라는 것을 인질로 잡고 일국의 제1 왕녀인 리리아나에게 간청했다. 이것은 이제 강요나 다름없었다.

"……왜 그렇게까지 미하루 님을 아마카와 경 곁에 두고 싶지 않으신 겁니까?"

리리아나가 잠시 망설이다가 타카히사에게 물었다.

"아무렇지 않게 사람을 죽이는 남자와 함께 있으면 일본에서 나고 자란 미하루가 행복해질 리 없으니까. 그리고 미하루도 내가, 내 마음을 전하면, 알아줄 거야."

타카히사가 몹시 편견에 사로잡힌 대답을 했다. 리리아나에게는 참 무지몽매하게 들렸다.

아무렇지 않게 사람을 죽이는 사람이 무슨 뜻인지 조금 신경 쓰였지만, 기사라면 필요에 따라 사람 하나나 둘을 죽인 적 있는 사람이 대부분이었다. 그런 기사들을 상대로 살인자라고 욕하면 모욕으로 느낄 터였다.

"자신의 발언에 실현가능성이 있다고 생각하십니까? 만약 제가 도와드려도 미하루 님을 억지로 데려간 사실을 숨길 수 있을 것 같지 않고, 제가 돕지 않고 타카히사 님이 용사를 그만두고 미하루 님과 아키 님을 데리고 자유롭게 사는 것은 불가능합니다."

"할 거야. 무슨 고생을 하든. 아니, 해야 해."

타카히사가 눈에 핏발을 세우며 대답했다. 너무 불안정해서 위험했다. 아집에 사로잡혀 자기 생각이 무조건 옳다고 믿었다. 이런 상태로는 지금 당장 설득할 수 있을지 미지수였고, 자포자기해서 폭주라도 하면 곤란했다.

아무리 순수한 검술로는 조금 전의 대련에서 졌다고는 하나, 신장의 힘으로 폭주라도 하면 눈 뜨고도 못 볼 테니까.

"현실은 타카히사 님의 생각보다 훨씬 가혹합니다. 만약 그 선택을 하면 후회할 때가 올 테고, 아마카와 경이 세 분을 보호한 것이 얼마나 대단한 일이었는지도 이해하실 겁니다."

"……해보지 않으면 몰라."

그 자신감은 대체 어디서 나오는 것일까?

"해보지 않아도 알 일입니다."

리리아나가 몇 번째일지 모를 한숨을 내쉬고 말을 잘랐다.

"리리는 알잖아? 용사인 나의 힘을. 내 힘만 있으면 소중한 사람들을 지킬 수 있어."

"아마카와 경에게 막 패배하셨잖습니까. 신장의 특수능력은 강력하지만, 그분 같은 고수가 접근하면 용사님도 패배합니다. 그걸 알아주세요. 이 세상에는 단순히 힘만으로는 대적할 수 없는 악질적인 행위도 있어요. **애초에 이런**

계획은 미하루 님과 사츠키 님이 아시면 그 시점에 파탄납니다."

리리아나가 주방에도 들릴 정도로 크게 말했다.

"그래도 나는 지켜 보이겠다고 대답하겠어. 더 말해봤자 평행선을 달릴 뿐이야, 리리."

타카히사가 결연하게 리리를 보았다.

"……아키 님, 타카히사 님을 설득해주시겠어요?"

리리아나가 도움을 청하듯이 상황을 지켜보던 아키에게 물었다.

"내가, 내가 있잖아……. 그거로는, 안 돼? 오빠."

아키가 가만히 고개를 숙이고 망설이다가 조심스럽게 고개를 들고 타카히사에게 물었다.

"……"

타카히사가 괴롭게 얼굴에 그림자를 드리웠지만, 고개를 끄덕이지는 않았다. 안 돼, 그거로는 안 된다는 듯이 주먹을 떨었다.

"그렇구나……."

아키가 순간적으로 울 것처럼 시선을 내렸다.

"그러면 같이 미하루 언니를 납치하자. 마사토는 반대할 테니까 두고 가야겠지만……."

잠시 뒤, 애써 웃으며 제안했다.

"……"

리리아나는 말문이 막혔다. 이 남매는 대체 뭐지? 왜 이

렇게 자기들을 위해 제멋대로 굴지? 아니, 그것이 인간이라는 생물인가…….

"그 사람이 사라져서 내 가족은 이미 한 번 무너졌어. 그런 내게 다시 가족이 되어준 게 오빠네 가족이야. 그렇게 쌓아올린 가족이 또 무너지려고 해. 다름 아닌 그 사람 때문에. 어쩔 수 없잖아? 오빠가 진심이라면 나도 진심을 다할게."

아키가 부서질 것 같은 미소를 지었다.

"……어디 가? 프릴."

타카히사가 뒤를 돌아보며 주방에서 방을 나가려던 시녀 프릴을 불러 세웠다. 프릴은 움찔하며 멈춰 섰다.

"아, 저기, 찻잎이 떨어져서……."

"그럼 차는 됐어. 돌아와."

"네, 네……."

프릴이 맥없이 방으로 돌아왔다.

"리리, 지금 한 이야기를 미하루와 사츠키 씨에게 말할 셈이야?"

타카히사는 리리아나가 프릴에게 넌지시 지시를 내렸다고 생각했는지 정면에 앉은 본인에게 물었다. 나는 지금 당장 움직여도 괜찮다며.

"……양보할 생각은 없으십니까? 타카히사 님. 저와, 아키 님과 함께 센트스텔라 왕국으로 돌아가시죠. 타카히사 님이 선택하려는 길 끝에 기다리는 것은 파멸뿐이에요. 속일 수 없습니다.”

리리아나가 체념한 듯 한숨을 내쉬고 타카히사에게 되물었다.

“속여야 해! 나는 모두를 지켜야 하니까. 모두가 행복해지게!”

타카히사가 결연하게 대답했다.

“그건, 타카히사 님의…….”

리리아나는 무슨 말을 하려다가 괴롭게 얼굴을 찌푸리며 멈췄다. 그 말을 하면 지금까지 쌓아올린 타카히사와의 관계가 정말로 무너질 것 같았다.

아니, 이미 무너졌다. 타카히사 자신이. 잃어버린 행복을 갈망해, 그것을 목전에 두고 타인의 손에 넘어가는 것을 보고 꼴사납게 발버둥 쳤다. 현실이 생각대로 흘러가지 않은 나머지, 일시적인지 영속적인지 이상해지고 말았다.

아아, 불쌍한 사람. 리리아나는 어두운 얼굴로 타카히사를 불쌍히 여겼다. 잠시 후 입을 열었다.

“……알겠습니다. 만약의 상황에 어디까지나 타카히사 님의 개인적인 폭주로 처리해도 괜찮으시다면 우리나라의 마도선에 미하루 님을 태우는 것을 허락합니다. 단, 어떤 결말이 기다려도 모든 책임은 타카히사 님의 몫입니다. 받아들여주세요. 서면으로 몇 가지 조건도 미리 받아주셔야겠습니다. 앞으로 그 조건을 깨면 저는 주저 않고 타카히사 님께 벌을 내리겠습니다. 나중에 억울해해도 도와줄 수 없어요. 그래도 당신께서는 이 선택을 하시겠습니까?"

리리아나가 타카히사의 각오를 묻듯이 냉정하게 물었다. 타카히사는 한순간 박력에 밀렸다.

"……선택할게. 선택할게, 나."

타카히사가 대답했다.

"그 말, 분명히 들었습니다. 절대 어기지 마시길."

리리아나의 목소리가 평소보다 날카로웠다.

"리리, 알겠지만, 이 일을 그들에게……."

"그런 시시한 짓은 이제 안 합니다. 이렇게 된 이상, 저도 마음을 굳혀야죠. 여러분을 제대로 이끌겠습니다."

타카히사가 의심하자 리리아나가 철썩 같이 말했다.

"……알았어."

타카히사가 조금 무서워하며 고개를 끄덕였다.

"그러면 안 그래도 무모한 시도인데다 준비할 게 있으니 작전 시행까지 최대한 시간을 주세요. 그래도 성공할 보장은 없지만, 계획 개요를 알려드리겠습니다. 특히 아키 님께 가장 중요한 역할을 드릴 테니 각오하세요."

이제 되돌릴 수 없다. 리리아나가 그렇게 말하듯이 계획 개요를 타카히사와 아키에게 전달했다.

타카히사가 리리아나에게 무모한 납치계획을 밝히고 세

시간 뒤. 아키는 홀로 사츠키의 방으로 갔다. 타카히사가 센트스텔라 왕국으로 급히 돌아가게 됐다고 전하기 위해서였다.

"뭐? 타카히사가 돌아간다고?!"

사츠키가 당황해서 외쳤다. 현재 방에는 리오, 미하루, 사츠키, 마사토, 아키가 있고 지금은 마침 아키가 타카히사가 돌아가게 됐다고 말한 참이었다.

"그게, 하루토 씨에게 지고 충격을 받았는지……."

아키가 이유를 설명하고 잠깐 리오를 봤다. 그러나 눈이 마주치자 뭔가 켕기는 듯이 고개를 숙였다.

"하아, 바보 같은 것도 정도가 있잖아, 형……."

마사토가 어이없어하며 말했지만, 형을 동정하기도 하는지 걱정스레 어두운 얼굴로 크게 한숨을 내쉬었다.

"전 오빠를 따라가기로 했어요."

아키가 리오를 제외한 세 사람을 보며 선언했다.

"……."

그들은 나란히 견디기 어려운 표정을 지으며 입을 다물었다.

"미하루 언니, 마사토, 같이 가지 않을 거지?"

아키가 미하루와 마사토를 보며 의사를 확인했다.

"……응. 미안해."

미하루가 안타까워하며 거절했다. 예전부터 정해두긴 했지만, 직접 작별을 입에 담으려고 하니 가슴이 찢어질 것 같았다.

"나는…… 고민되지만, 나도, 안 갈래."

마사토는 이제 와서 생각을 바꾸고 따라가는 건 형을 위해서도 안 될 일 같았으나 굳이 말하지는 않았다. 지금은 도망치고 싶으리라.

"……알았어."

고개를 숙이며 말하는 아키의 목소리가 왠지 안도한 것처럼, 애수에 잠긴 것처럼 들렸다.

"배웅은 하러 갈게."

마사토가 결연하게 말했다.

"응. 오빠도 귀국 전에 사과하고 싶대. 따라올래?"

아키가 작게 심호흡하며 숙였던 고개를 들고 그들에게 말했다.

◇ ◇ ◇

그 후, 리오 일행은 사츠키의 방을 나가 아키의 안내를 받으며 성 안을 이동했다. 그렇게 도착한 곳은 성을 둘러싸며 펼쳐진 정원의 한쪽이었다.

"형!"

그곳에 서 있는 타카히사를 발견하고 마사토가 제일 먼저 타카히사를 부르며 달려갔다.

"아, 다들 왔구나. 하루토 씨도……."

타카히사가 뭔가 켕기는 미소를 지으며 모두를 보았다.

"들었어. 돌아간다며, 센트스텔라로."

사츠키가 조금 언짢아하며 말했다.

"네. 마구 들쑤셔 놓아서……. 리리아나가 여러분과 떨어져서 냉정해져야 한다고 하네요. 죄송합니다."

타카히사가 머리를 숙이고 아랫입술을 깨물었다. 그리고 한 명씩 이름을 부르며 머리를 숙였다. 미안, 정말 미안해.

'……왜 이런 곳에 홀로?'

한편, 리오는 타카히사가 이런 곳에서 기다리고 있던 것에 위화감이 들었다. 아키가 리오 일행을 데리고 올 때까지 설마 계속 이곳에 있었나? 여기 올 때까지 아키의 발걸음이 거침없던 것이 조금 신경 쓰였다.

"하루토 씨에게도 정말 죄송했습니다. 실례되는 말을 너무 많이 했어요."

그때, 타카히사가 리오에게도 머리를 숙였다. 몇 시간 사이에 머리가 식었나? 그렇게 생각했으나 머리를 숙인 순간, 눈 속에 옅은 어둠이 엿보인 것 같아서 조금 기분이 나빠졌다.

"아뇨, 저도 여러모로 실례했습니다. 그런데 여기서 뭐 하고 계셨습니까?"

리오는 조금 이해할 수 없는 무언가를 느끼면서도 마주 머리를 숙였다. 그리고 신경 쓰였던 의문을 던졌다.

"……정원 중앙 광장에서 항구까지 가는 마차가 대기 중인데 리리가 폐하를 알현하고 있어서 기다리는 동안 잠깐 산책 중이었어요."

타카히사가 얼굴을 살짝 굳히고 대답했다. 왠지 어색했다. 다만, 왜 이런 곳에 있는지에 대한 이유는 성립했다.

"여기 계셨군요. 사츠키 님, 하루토 님."

그때, 샤를로트가 나타나 리오와 사츠키를 불렀다. 그 순간, 타카히사와 아키의 표정이 눈에 띄게 굳었다. 그것을 보고 샤를로트가 즐겁게 웃었다.

"무슨 일이십니까?"

이름을 지명해서 부른 걸 보면 볼 일이 있나? 그런데 일부러 성 밖에 있는 정원까지 발걸음을 옮겼다는 것이 이상하게 마음에 걸렸다. 뭐, 목격 증언을 듣고 찾아왔다면 부자연스럽지는 않은데…….

"잠깐 중요한 이야기가 있어서, 시간을 내주실 수 있을까요?"

샤를로트가 입가에 오른손 검지를 대고 리오와 사츠키를 올려다보았다.

"어, 타카히사와 아키가 센트스텔라 왕국으로 돌아간다고 해서 바쁜 이야기가 아니라면 지금은 둘과 있고 싶으니까 나중에 했으면 좋겠는데…….."

사츠키가 말했다. 리오는 거절하기 어렵지만, 용사인 사츠키라면 상대가 왕녀여도 거절할 수 있었다.

"아, 저희도 이제 곧 가야 하니 괜찮아요. 너무 오래 이야기하면 헤어지기 아쉬워지기도 하니까요…….”

타카히사의 얼굴이 불안하다고 해야 하나, 조금 어색했다.

“……그래. 그러면 얘들아. 이번에는 이렇게 개운치 않게 헤어져야 하지만, 다음에는 좀 더 웃으면서 헤어지자. 하루토 군 덕분에 기껏 모두가 한 자리에 모였잖아. 그 기쁨을 곱씹어야지. 또 가까운 시일 내에 만나자, 꼭.”

사츠키가 또 만날 수 있을지 의심하는지 어두운 얼굴로 말했다.

“……네.”

타카히사와 아키가 고개를 숙이듯이 끄덕였다. 그래서 표정을 살필 수가 없었다. 그저 왠지 그늘이 진 것처럼 보였다.

“잘 가, 타카히사, 아키.”

사츠키가 두 사람을 한 명씩 가볍게 포옹했다.

“안녕히.”

리오도 타카히사와 아키에게 인사했다.

타카히사는 “네” 하고 조금 딱딱한 표정으로 대답했으나 아키는 침묵하며 시선을 피했다.

“그럼 가죠.”

아키의 반응에 미하루가 무슨 말을 하려고 했으나 샤를로트가 리오와 사츠키를 재촉하는 말에 가로막혔다.

「아이시아, 성 안이래도 호위가 없으니 불안해. 영체화해서 저들 곁에 있으면서 무슨 일 있으면 가르쳐줘. 정말로 위해가 가해질 것 같으면 실체화해도 돼.」

리오가 몸에 있는 아이시아에게 말했다. 대답이 바로 돌아왔다.

「응. 알았어.」

그러는 동안, 샤를로트는 바로 왼쪽 옆에 자리를 잡았고 사츠키는 미련이 남은 표정이었지만, 곧 리오의 오른쪽 옆에 붙었다.

영체화한 아이시아를 제외하고 그곳에는 타카히사와 아키, 마사토와 미하루만 남았다. 그러자 아키가 뭔가 생각났다는 듯이 외쳤다.

"앗!"

"뭐야, 갑자기 큰소리를 내고 그래……."

마사토가 몸을 움찔하며 아키에게 물었다.

"방에 깜빡 두고 온 게 있어. 떠나기 전에 가지러 가야해. 잠깐 따라와."

아키가 마사토의 오른팔을 잡았다.

"아! 아키 누나, 뭐야!"

마사토는 성으로 끌려갔다.

"눈치 있게 좀 굴어 봐. 너도 눈치챘잖아? 5분이라도 좋으니까."

아키가 그곳에 남은 타카히사와 미하루를 힐끗 돌아보았다.

"어휴. 어쩔 수 없지."

마사토도 두 사람을 힐끗 보고 왼손으로 머리를 긁적이고는 한숨을 내쉬었다. 한편, 그곳에 남은 타카히사와 미하루 사이에는 미묘한 분위기가 흘렀다.

"잠깐, 걸을래?"

타카히사가 미하루에게 산책을 권했다.

"응, 그래……."

미하루가 어색하게 고개를 끄덕였다. 그러자 타카히사가 먼저 정원을 걸었다. 미하루는 타카히사와 조금 거리를 두고 걸었다. 1, 2분 정도 말없는 시간이 이어졌다. 원래 일본에 있었을 때부터 이 두 사람만 있을 때는 이야기가 길게 이어지지 않았는데 이렇게까지 오래 조용한 것은 다시 만나고부터 사이가 불편해서일지도 모르겠다.

"저기, 타카히사. 어디까지 가?"

잠시 뒤, 미하루가 애써 물었다. 어느새 성 가장자리까지 왔다. 주위에 인기척이 없고 성 부지를 에워싼 성벽이 코앞이었다.

"아, 이런, 정해두지 않았어. 미안……."

타카히사가 멈춰서 겸연쩍게 대답했다.

"어, 돌아갈래? 성에서 멀어졌으니……."

미하루가 제안했다.

"아니……. 저기, 미하루. 미하루는 왜 그자와 함께 있고 싶은 거야?"

타카히사가 뜬금없이 갑자기 미하루에게 물었다.

"왜, 왜⋯⋯? 으음, 함께 있고 싶으니까."

미하루가 진지하게 생각하고 반복되는 대답을 제시했다.

"그건 이유가 못 돼."

역시 내가 아니라 그자를 선택하겠다는 건가. 새삼 실감한 타카히사의 가슴속에 괴로운 감정이 소용돌이쳤지만, 태연한 척하며 미하루에게 말했다. 목소리가 떨렸다.

"하지만 그런 거라고 생각해. 말로는 잘 설명할 수 없어."

아니, 딱 하나 들어맞는 말이 있었다. 그러나 남에게 가볍게 할 수 있는 말은 아니었다. 그래도⋯⋯.

역시 타카히사에게는 말해야겠지. 미하루는 조금 망설였지만, 스스로 그 말을 하기로 했다.

"그⋯⋯ 좋아해? 그 남자를? 좋아해서 함께 있고 싶은 거야?"

그때, 타카히사가 그 이유를 먼저 언급했다.

"음⋯⋯ 응. 맞아, 좋아해. 좋아해서, 함께 있고 싶어."

평소에는 부끄러워서 말도 못 할 텐데 지금은 신기하게도 그렇게 부끄럽지 않았다.

"그건, 그자가 아마카와 하루토라서야? 아니면, 지금의 그를?"

타카히사가 굳은 표정으로 물었다. 일본에 있을 때는 미하루와 연애 이야기는 부끄러워서 절대 못 했는데 이번에는 캐묻고 말았다.

미하루는 조금 의외라는 듯이 눈 둘 곳을 모르다가 곧

수줍어하며 대답했다.

"둘 다, 야. 둘 다 좋아해. 환생 전의 하루도, 지금의 하루토 씨도. 나는 같은 사람을 두 번, 좋아하게 됐어."

하루가 있어서 지금의 하루토 씨가 더 좋았다. 하루토 씨가 있어서 하루가 더 좋았다. 미하루는 그렇게 생각했다.

그러나 그것은 타카히사의 가슴을 도려내는 대답이기도 했다. 인정하기 어려웠다. 단연코 인정하기 어려웠다. 타카히사는 이를 악 물었다.

"하지만, 하지만……."

죄인을 추궁하듯이, 분노로 어깨를 떨며 말했다.

한편, 리오와 사츠키는 샤를로트를 따라 왕족 전용 옥상 정원으로 갔다.

"자, 여기서는 성 밖이 잘 보이겠죠? 마침 마도선 항구가 있는 호수도 잘 보여요."

샤를로트가 옥상정원 가장자리까지 리오와 사츠키를 돌아보며 미소 지었다.

"풍경이 좋긴 한데…… 중요한 이야기가 뭐야? 샤를."

사츠키가 정원에서 내려다보이는 풍경에 감명을 받으면서도 샤를로트에게 물었다. 사츠키는 여기보다 높은 성의 첨탑 최상층의 풍경을 매일 즐겨서 그렇게 감동하지는 않앉다.

"후후. 그렇게 서두르지 마세요. 자리를 마련했으니 우선 앉을까요? 자, 이리 오세요."

샤를로트가 표표히 얼버무리며 풍경이 보이는 자리에 마련한 의자에 앉으라고 리오와 사츠키에게 느긋하게 권했다.

「하루토.」

그때, 아이시아의 목소리가 머릿속에 울렸다.

「……왜 그래?」

리오는 샤를로트를 따라 걸으며 바로 대답했다.

「타카히사가 미하루를 데리고 성 밖으로 이동했어.」

「……무슨 짓을 하려고 해?」

「모르겠어. 지금은 이야기 중이야. 들을래?」

「응? 들을 수 있어……?」

「나와 하루토는 패스가 연결돼서 내가 보고 듣는 걸 하루토와 공유할 수 있어.」

『그…… 좋아해? 그 남자를? 좋아해서 함께 있고 싶은 거야?』

아이시아가 말하자마자 리오의 머릿속에 아이시아가 아닌 흐릿한 목소리가 들렸다. 타카히사의 목소리였다. 갑자기 그 남자라든가 좋아한다는 말이 들려서 심장이 덜컹했다.

「저기, 아이시아. 이건 사적인 대화니까…….」

나는 듣지 않는 게 낫다고 대답하려고 했으나 이어서 다른 목소리가 들렸다.

『음…… 응. 맞아, 좋아해. 좋아해서, 함께 있고 싶어.』

미하루의 목소리였다. 리오는 놀라서 숨을 삼켰다. 그보다 이렇게 남의 대화를 엿들으니 뭐라 말하기 어려운 죄책감이 솟구쳤다. 그렇게 생각하니 아이시아에게 남의 대화를 엿듣게 하는 것이 왠지 미안했다.

『그건, 그자가 아마카와 하루토라서야? 아니면, 지금의 그를?』

『둘 다, 야. 둘 다 좋아해. 환생 전의 하루도, 지금의 하루토 씨도. 나는 같은 사람을 두 번, 좋아하게 됐어.』

리오가 생각하는 동안에도 그들의 대화는 이어졌다. 자기 이야기를 하는 것이라고 확신했다.

「아이시아, 역시 이 대화는 내가 듣지 않는 게 낫겠어. 아이시아도 대화가 들리지 않을 정도로 멀리 떨어져서 지켜보면 충분하니까…….」

리오가 아이시아에게 대화 전송을 중단해달라고 부탁하려던 때.

『하지만, 하지만 그자는 살인자야!』

타카히사가 리오를 비하했다. 분위기가 갑자기 이상해지기 시작했다.

"하지만, 하지만 그자는 살인자야!"

타카히사가 억눌렀던 감정을 풀어놓고 미하루 앞에서 리오를 규탄했다.

"……."

미하루가 몹시 슬픈 표정을 지었다.

"미하루, 정신 차려. 너는 그에게 속고 있어!"

타카히사가 안타까워하며 호소했다.

"아까 타카히사가 하루토 씨에게 사과한 건 형식뿐이었구나."

"그건, 어쩔 수 없잖아. 이래야 했으니까."

"이래야 했다니?"

미하루가 타카히사를 빤히 쳐다보자 타카히사는 자기 속을 간파당하는 것 같아 겁이 났다.

"지, 지금은 됐어! 미하루가 정신을 차리고 나와 함께 가 줬으면 좋겠다는 이야기 중이잖아!"

타카히사가 떨리는 목소리로 다급하게 외쳤다.

"나는 타카히사와 같이 가지 않을 거야. 정신 차릴 사람은 타카히사야."

미하루가 단호하게 말했다.

"미하루는 속고 있어! 그자는 살인자라고?!"

"속지 않았어."

"속고 있어! 선한 사람인 척, 뒤로는 필요에 의해 사람을 죽여. 죽이고 싶은 사람이 있대. 위선자잖아! 살인자와 함께 있고 싶다니, 아무리 생각해도 속고 있는 거잖아?"

"그래서 뭐? 나는 그런 하루토 씨에게 도움 받았어. 아키도, 마사토도 도움 받았는데? 노예상에게 납치당했을 때도 우리가 보지 못한 곳에서 전투가 벌어졌어. 그 전투로 누군가가 죽었을지도 몰라. 하루토 씨가 죽었을지도 몰라. 그래도 타카히사는 하루토 씨를 모욕할 거야?"

"미하루를 위해 하는 말이야. 사는 세계가 달라! 그자는 이 세상 사람이고 우리는 일본에서 자란 사람이야. 언젠가 일본으로 돌아갈지도 몰라. 그자는 일본에서는 더러운 범죄자라고."

"……왜 그런 심한 말을 해?"

미하루가 경악한 나머지 자기도 모르게 뒷걸음질을 치며 타카히사에게서 멀어졌다.

"미하루를 좋아하니까! 사랑해! 계속 좋아했어! 처음 만났을 때부터, 계속, 계속!"

타카히사가 어울리지 않는 상황에 미하루에게 사랑을 고백했다.

"……미안해. 무리야."

미하루는 겁을 먹었는지 짧게 거절했다.

"……그자를 선택하겠다고?! 그자는 미하루를 선택하지 않겠다는데!"

"서, 선택하지 않아도 좋아! 하루토 씨 주위에는 나보다 매력적인 사람이 많아! 그걸 알고 난, 나는!"

무신경한 타카히사의 말에 미하루의 언성이 높아졌다.

"나는 미하루가 첫 번째야! 리리가 두 번째라면 미하루가 압도적으로 첫 번째야! 내가 제일 미하루를, 제일 미하루를 생각하는데……!"

"타카히사는 나를 위한다면서 결국은 자기를 위하잖아! 그거야말로 타카히사가 싫어하는 위선 아니야?"

미하루가 타카히사의 모순을 지적했다. 자신은 괜찮고 남은 안 된다고 말할 셈이냐고.

"나는 달라! 그자와 똑같이 취급하지 마! 나는 살인자가 아니야! 사람을 죽이지 않아!"

"……그만, 됐어."

미하루가 충격을 넘어 낙담했는지 멍하니 중얼거렸다. 그리고 힘없이 발길을 돌리고 떠나려 했다.

"이렇게 호소해도 정신 차려주지 않는 거야?"

타카히사가 분노를 억누르듯이 미하루에게 말했다.

"타카히사가 정신 차릴 때까지, 진심으로 하루토 씨에게 사과할 때까지, 나는 타카히사와 말 섞고 싶지 않아. 사실은 아키를 데려가게 두고 싶지 않지만, 아키가 타카히사를 따르니 절대 울리지 마. 그럼…… 안녕."

미하루는 멈춰서 돌아보지 않고 등을 보인 채 작별 인사를 고했다. 타카히사는 온몸을 부들부들 떨었다.

"어……?"

미하루는 등에 강한 충격을 느꼈다. 붕 뜨는 느낌이라기보다는 무언가에 안기는 느낌이 들었다.

"타, 타카히사?! 무, 무슨 짓이야?! 하지 마!"

타카히사가 미하루를 들쳐 안고 성벽을 올려다보며 섰다.

조금 전까지 미하루와 타카히사의 거리는 약 몇 미터. 아이시아가 영체화해서 대기 중이었지만, 실체화할 때까지 시간이 걸려서 신장으로 신체강화한 타카히사의 기습에 즉시 대응해 미하루와의 사이에 끼어드는 것은 불가능했다.

"여기서, 여기서, 내 마음을 전하면, 말하면 알아줄 줄 알았어. 그런데, 그런데도 알아주지 않는다면! 다음, 계획대로!"

타카히사가 미하루를 안은 채 말하고 성벽을 향해 전력으로 질주했다. 눈에 공허한 빛이 타올랐다.

성벽 높이는 약 10미터. 기본적으로 성벽은 안쪽에서 볼 때는 낮고 바깥쪽에서 볼 때는 높게 지어서 안쪽에서 나갈 경우 그렇게 난이도가 높지 않았다.

그러나 억지로 안겨서 움직일 수 없는 미하루에게 눈앞으로 달려드는 거대한 벽은 무섭기만 했다. 타카히사가 도약하기 직전, 미하루는 몸을 움츠리고 눈을 감았다.

'안 돼, 이대로는!'

미하루는 이 상황을 알려야 한다며 무작정 행동했다. 정령의 주민에게 배운 정령술로 무언가를 일으키기로 했다.

"뭐, 뭐야?!"

퍼엉, 강렬한 폭발소리에 타카히사는 순간적으로 몸을 움츠리고 성벽 위에 멈춰 섰다. 아직 수준 높은 정령술은 쓰지 못하지만, 공기를 터뜨려 소리를 냈다.

타카히사는 설마 미하루가 만든 소리인 줄은 몰랐는지 당황해서 주위를 둘러봤다.

"이봐. 저 녀석 누구야?! 성벽 위에 누가 있어! 여자애를 안고 있다!"

그때, 폭발소리를 들은 경비병이 있었는지 성벽 위에 선 타카히사를 발견하고 가리켰다. 미하루는 이 틈을 이용해 손에 빛의 구를 만들어 상공에 띄웠다. 1분 정도만 유지할 수 있지만, 표시는 됐다.

"큭, 무슨 짓을?! 젠장!"

미하루가 손으로 빛의 구를 만드는 것을 본 타카히사의 얼굴이 창백해졌다.

계속 이곳에 서 있으면 찾아달라고 하는 것이나 다름이 없었다. 타카히사는 성벽 밖으로 뛰어내려 센트스텔라 왕국의 마도선이 정박 중인 항구를 향해 전속력으로 달렸다.

성벽에서라면 호수까지 가장 가깝고, 항구까지 최단거리로 갈 수 있다고 리리아나가 가르쳐줬다. 이 속도라면 1분도 걸리지 않는다.

"데려간다! 뭐가 어쨌든 데려가겠어!"

이미 발진준비를 마쳤을 테니 마도선에 타기만 하면 내 승리다. 타카히사는 믿어 의심치 않고 전속력으로 항구로 달려갔다.

◇ ◇ ◇

한편, 시간을 조금 거슬러 올라간다. 리오 일행이 있는
옥상정원.

리오는 사츠키, 샤를로트와 의자에 앉으면서도 미하루
와 타카히사의 대화에 귀를 기울였다. 아니, 정확하게는
의식을 빼앗겼다.

남의 대화를 엿들으면 안 된다고 생각했지만, 대화 흐름
이 불온해져서 어쩔 수 없이 대화를 전송받았다.

「아이시아, 지금 무슨 상황이야?」

리오가 대화를 듣다가 미하루가 타카히사의 고백을 거
절했을 쯤에 아이시아에게 물었다.

「들은 그대로. 둘이 마주 서서 말싸움 중이야.」

「괜찮아?」

「아직 불온한 움직임은 없어. 실체화해서 나설 수도 없
고. 이대로 계속 지켜볼게.」

아이시아가 담담하게 대답했다.

「아, 알았어…….」

리오는 일단 안심했다. 그러나 그것도 한순간이었다.

『타, 타카히사?! 무, 무슨 짓이야?! 하지 마!』

미하루가 목소리가 머리에 울렸다. 리오는 몸을 움찔하

며 반응했다.

「아이시아, 무슨 일이야?!」

「……타카히사가 미하루를 갑자기 끌어안았어. 지금 성벽을 오르려고 해. 마도선이 있는 항구 쪽.」

리오가 급히 묻자 아이시아가 바로 대답했다.

그 직후, 퍼엉, 하는 소리가 들렸다.

"뭐야, 지금…….."

사츠키가 반사적으로 일어나 소리가 들린 방향을 보았다.

"잠깐, 미하루?! 타카히사가?! 어, 어떻게 된 일이야?!"

사츠키가 반사적으로 신체강화를 하고 1백 미터 이상 떨어진 성벽 위에 타카히사가 미하루를 안고 선 모습을 목격했다. 리오도 일어나 확인했다.

"……왜 그러세요?"

예상 못한 사태가 벌어졌다는 듯이 샤를로트가 일어나서 사츠키에게 물었다.

"타카히사가 미하루를 안고 성벽 위에 서 있어! 지금 성벽에서 뛰어내렸어! 센트스텔라 왕국으로 돌아간다고 했는데!"

사츠키가 혼란스러운지 거칠게 설명했다.

"분명 저 성벽 너머에는 마도선 항구가 있는데…….."

샤를로트가 지리적 관점에서 설명을 덧붙였다.

"설마 미하루를 납치하려고?! 대체 무슨 생각이야?!"

"아직 그렇다고 확신할 수는 없지만, 저 빛은 뭘까요?

계속 상공으로 발사되는데 신호탄 마법? 항구로 가까워지는데요?"

샤를로트가 상황을 분석했다.

「달리는데 공격하면 위험해. 마도선에 타서 방심했을 때 미하루 씨를 확보하면 돼. 잠깐, 벌써 항구에 도착했어?」

리오도 아이시아와 교신하는데 그 잠깐 사이에 타카히사가 항구에 도착했다.

"미하루 씨가 신호를 보내는 것 같습니다. 그런 마도구를 줬거든요. 이미 항구에 도착했을 겁니다."

리오도 상황을 보충해서 설명했다.

"타카히사 님이 신장으로 신체강화를 하셨을 테고 이미 항구에 도착하셨다면 당장에라도 배를 띄울 우려가 있어요. 항구 사람들도 사정을 파악하지 못했을 테니 지금 당장 떠나면 마도선 발진을 막을 수 없어요."

샤를로트가 마도선 발진을 막을 희망이 희박하다고 시사했다.

"어, 어떡해?! 느긋하게 떠들 때가 아니야!"

사츠키가 거품을 물며 외쳤다.

"하지만 여기 있는 우리가 어쩔 방법이……."

샤를로트가 말했다. 이제는 방법이 없다고 생각했다.

"……제가 가겠습니다."

그때, 리오가 잠시 생각에 잠기더니 자신이 추적하겠다고 했다. 말을 하자마자 옥상정원 가장자리에서 멀리 물러났다. 그리고 허리춤에 찬 애검을 뽑았다.

"대체 무엇을 하시려고…… 꺅?!"

샤를로트가 의아하게 리오를 응시하다가 리오가 총알처럼 달리자 몸을 움찔했다. 평소의 나이에 어울리지 않는 요염한 태도는 사라지고 리오가 옆을 지나간 순간에는 귀여운 비명을 질렀다.

"자, 자살할 셈이세요?! 아무리 마검으로 신체강화를 했다고 해도!"

퍼뜩 정신을 차리고 이미 도약해 옥상정원 난간에서 뛰어내린 리오를 향해 들리지 않을 소리를 질렀다.

그러나 리오는 도약해 공중에 떠 있는 사이, 손에 든 검에 막대한 마력을 주입해 바람의 정령술로 폭풍을 일으켜 추진력으로 쓰며 하늘을 나아갔다.

"아하하…… 하루토 군, 네게 맡길게! 가라!"

사츠키가 잠시 기막힌 웃음을 짓다가 리오가 성벽을 넘어가자 크게 웃으며 들리지 않을 격려를 불어넣었다.

"순서가 엉망진창이야……."

샤를로트는 사츠키의 옆에서 검으로 하늘을 나는 리오를 멍하니 바라보았다. 그 눈빛이 점점 뜨거워졌다.

"……멋져."

제2 왕녀의 신분도 역할도 잊고, 오직 그곳에 존재하는 것만으로 반상의 계산을 뒤엎는 검은 기사의 활약에 넋을 잃었다.

◇ ◇ ◇

그 무렵, 센트스텔라 왕국이 소유한 한 척의 마도선은 타카히사의 강제 명령을 받고 긴급하게 발진한 참이며 수면을 떠나 고도를 올렸다. 그런 와중에 마도선 덱에서 미하루가 타카히사를 상대하고 있었다.

아이시아는 미하루가 성 밖에서 납치된 단계에 미하루와 타카히사의 대화 내용을 리오에게 전송하던 것을 중단하고 미하루와 염화를 시도했다.

아이시아가 실체화해서 미하루를 구하는 것도 가능하지만, 그러면 나중에 설명이 몹시 복잡해진다. 적어도 미하루의 생명과 신체가 침해되지 않는 한은 지켜보기로 했다.

미하루의 외침이 마음에 닿았다면 하루토가 미하루를 구하러 와줘.

아이시아가 몰래 리오에게 염화를 보낸 것도 리오가 스스로 행동한 데 일조했는지도 모르겠다.

「미하루, 이제 곧 하루토가 도착해.」

아이시아가 미하루를 격려했다.

「응!」

하루토 씨가 온다, 하루가 온다. 미하루는 그것이 괜히 기뻐서 자신을 북돋았다. 다만, 눈앞에 있는 타카히사의 만행을 규탄하지 않을 수 없었다.

"이런 짓을 해서 어떡하려고? 그렇게 내가 하루토 씨 곁에 있는 게 못마땅해?"

미하루가 타카히사의 진의를 확인하려고 했다.

"못마땅? 당연하지! 처음 만났을 때부터 계속 좋아했다고 했잖아. 그런데 미하루의 마음속에는 계속 그자가 있었어. 그런 말을 듣고 넘어갈 수 있겠어?! 나는, 나는 무엇을 위해!"

타카히사가 마침내 갈 데까지 가버렸기 때문인지 완전히 흥분상태에 빠졌다. 일본에 있었으면 드러나지 않았을 그의 위태로움이 이 세계에 혼자 있으면서 여러 스트레스에 노출되며 망집이 되어 꽃을 피우고 말았다.

"나는 타카히사 것이 아니야."

미하루는 일본에 있을 때와 완전히 달라진 친구의 모습을 보니 가슴이 아팠다. 시의심과 독점욕에 시달려 변해버렸다고는 해도 타카히사는 아키와 마사토의 오빠고 형이었다. 연애감정은 없지만, 미하루에게도 소중한 친구 중한 명임에는 변함없었다.

"……. 아, 젠장! 리리도 안 탔고, 아키도 안 탔어. 이럴리가 없는데……!"

타카히사는 미하루가 딱 잘라 거부하자 괴로운 현실에서 도망치듯이 다른 현실을 보았다. 그러나 지금의 그에게 도망치기 좋은 현실은 하나도 존재하지 않았다.

승조원들이 덱 위를 바쁘게 돌아다녔다. 리리아나가 타

지 않아서 선회해서 다시 착수해야 하나 상의 중이었다.

"……?!"

그때, 누군가가 덱에 내려섰다. 리오다. 덱 위에 급히 낙하해 착지한 사람을 보고 승조원들이 충격에 빠졌다.

"하루!"

미하루가 누구보다 먼저 리오를 불렀다.

"뭣……."

타카히사가 놀라서 눈을 번쩍 뜬 후, 발끈하며 리오를 노려봤다. 타카히사에게는 리오야말로 모든 일의 원흉이었다. 절대 받아들일 수 없는 존재였다.

"구하러…… 왔습니다."

리오가 어색하게 웃으며 미하루에게 다정하게 말했다. 그것은 이 세계에 미하루가 막 휘말려 노예상에게 납치됐을 때와 같은 표정이었다.

"……네."

미하루는 멍한 얼굴로 고개를 끄덕였다. 리오는 타카히사를 전혀 경계하지 않고 미하루에게로 천천히 다가갔다.

"이런 곳까지!"

빼앗으러 온 거냐?! 이 얼마나 지독한 악몽인가! 타카히사가 이를 악 물며 "레바틴!"이라고 외쳐 자기 손에 신장을 불렀다. 날이 붉은 빛을 띠는 아름다운 검이었다. 크기는 1미터 정도인 한손검이었다.

"아아악, 윽?!"

타카히사는 손에 든 신장을 휘둘러 리오를 베려고 했다. 그러나 리오는 힐끗 보지도 않고 검을 휘둘러 접근하는 타카히사의 검을 쳐냈다.

타카히사는 뒤로 떠밀려 헛발을 짚었다. 그 사이, 리오는 미하루 앞에 도착했으나 타카히사의 눈빛은 호전적인 빛을 잃지 않고 증오를 담아 리오를 향했다.

"……다치게 해도, 될까요?"

리오가 끈질기다고 생각했는지 조금 난감한 표정으로 미하루에게 물었다.

"네, 네?"

미하루가 무슨 말인지 몰라 눈을 동그랗게 떴다. 그 순간, 타카히사가 다시 리오를 공격하려고 접근했다.

"미하루에게서억?!"

리오가 호흡을 맞추듯이 접근해 얼굴에 있는 힘껏 카운터를 날렸다. 타카히사는 그대로 날아가 덱을 나뒹굴고 벽에 부딪혔다. 타카히사의 코가 조금 부자연스럽게 휘고 코피가 흘렀다. 입 안이 찢어졌는지 적지 않은 양의 피가 흘러나왔다.

평범한 사람이라면 목이 부러져 죽었겠으나 신체강화를 하면 기껏해야 코가 부러지는 정도였다. 치유마법으로 나을 부상이었다.

충동적으로 용사의 얼굴을 때렸지만, 긴급사태이니 괜찮을 것이다. 웬일로 리오가 뒷일을 생각하지 않고 행동했다.

"……돌아갈까요? 이리 오세요."

리오는 미하루와 바싹 붙어 유유히 덱을 걸었다. 승조원들은 용사를 때린 리오를 전전긍긍하며 바라보았다.

"오오오오!"

이내 왠지 박수갈채가 쏟아졌다.

"잘했다!", "지상으로 갈 거면 보내줄게!", "저런 아가씨를 억지로 끌고 와서는 뭐가 용사야?!"

승조원들이 타카히사의 폭주에 각자 느낀 게 있는지 리오를 칭찬했다.

"하하. 이대로 돌아갈게요. 꼭 잡으세요, 미하루 씨."

리오가 그 말을 남기고 자신에게 안긴 미하루와 함께 마도선에서 뛰어내렸다.

승조원들이 황급히 몸을 내밀어 뛰어내린 리오와 미하루를 내려다보았다. 어떻게 된 원리인지 검으로 비행하는 리오를 보고 훨씬 큰 함성을 내질렀다.

정령환상기

【 에필로그 】 ❈ 윤회의 소꿉친구

리오는 왼팔로 미하루를 안고 오른손에 든 검을 교묘하게 조종해 천천히 가르아크 왕성으로 귀환했다. 아래에 펼쳐진 성으로 조금씩 접근하던 중…….

"……어떻게 될까요? 앞으로."

리오가 주로 가르아크 왕국과 센트스텔라 왕국 사람들에게 어떻게 사정을 설명할지 생각하며 반쯤 체념한 표정을 짓고 끌어안은 미하루에게 물었다.

"그러게요. 어떻게 될까요?"

뭔가 엄청난 사태가 벌어진 것 아닐까. 미하루가 그것을 상상하고 긴장한 미소를 지었다.

"역시 타카히사 씨를 때린 건 지나쳤나?"

리오가 말하면서도 살짝 웃었다.

"잘했어요. 가끔은 필요해요, 폭력도……."

그다지 폭력적인 것에 면역이 없을 텐데 미하루가 자기에게 말하듯이 고개를 끄덕였다.

"미하루 씨가 폭력을 휘두를 일이 생기지 않게 할 테니 걱정하지 마세요."

리오가 얼른 말했다.

"그래도 호신술 정도는 익히고 싶어요. 더 본격적으로. 하루에게…… 아, 아니, 하루토 씨에게."

미하루가 리오의 안색을 살피며 조심스럽게 희망했다. 리오를 하루라고 부른 것은 아까 전투의 잔영일까.

"……괜찮아요."

리오가 갑자기 말했다.

"네?"

미하루가 놀라서 리오를 보았다.

"가끔은 하루라고 불러도 괜찮아요. 추억을 나누고 싶을 때가 있을 테니까요."

리오의 목소리가 조금 쑥스러워하는 것 같았다.

"그거, 나를 소꿉친구로 보겠다는 뜻인가요?"

그리고 아마카와 하루토로서 미하루를 마주하겠다는 것인가. 미하루가 리오에게 얼굴을 들이밀었다.

"아하하."

리오가 그리운 웃음을 지으며 미하루의 질문을 얼버무리려고 했다. 그러고 보니 아마카와 하루토가 아는 미하루라는 소녀는 왠지 하루토에게 무언가를 물을 때는 이렇게 무의식적으로 얼굴을 들이밀고는 하던 것이 떠올라서.

"그렇게 웃어서 얼버무리는 거 하루의 나쁜 버릇이에요."

미하루가 살짝 입을 내밀고 리오에게 호소했다.

"적어도 앞으로도 함께 있고 싶다는 미하루 씨의 요구에 곁들이는 형식으로, 노력해볼게요. 그거로는 안 될까요?"

리오가 하늘을 올려다보고 코앞에서 미하루를 바라보며 대답했다.

"……네, 네. 그러면 거기서부터…….”

미하루가 바로 코앞에서 눈이 마주치자 부끄러운지 고개를 숙였다. 이런 점도 아마카와 하루토가 아는 미하루라는 소녀의 몸짓이었다.

「미하루의 마음이 하루토에게 온전히'가 닿았어. 타카히사와 나눈 대화를 전송한 보람이 있네.」

그때, 아이시아의 목소리가 들렸다.

"나와, 타카히사의 대화……?”

미하루가 의아해하며 고개를 갸웃거렸다.

"드, 들었어요?! 설마, 나와 타카히사의 대화를?”

타카히사와 무슨 이야기를 했는지 떠올리고 새빨개진 얼굴로 물었다.

"아하하.”

리오가 또 웃음으로 얼버무리려고 했다. 미하루도 무의식적으로 리오에게 얼굴을 들이밀었다.

"대답해요!”

"그러는 미하루 씨도 제가 아마카와라는 가문 명을 대기 전에 아이시아에게 무슨 이야기를 듣지 않았어요?”

리오가 문득 생각났다는 듯이 미하루에게 물었다.

"네?! 그, 그런 적, 없는데요…….”

미하루의 시선이 요동쳤다.

"뭐, 그건 나중에 아이시아에게 묻기로 하고. 그러면 비긴 거로 해요.”

"전혀 비긴 거 같지가 않은데요?!"

나 고백한 거 아니야?! 아니, 본인 앞에서 말한 게 아니니까 아닌가? 자신에게 되묻는 미하루의 얼굴이 새빨갰다.

"그럼 이걸로 봐주세요, **미이**."

리오가 수줍어하며 짓궂게 미하루를 애칭으로 불렀다.

정령환상기

𝕂   후기   𝕂 ✳

여러분, 늘 신세지고 있습니다. 키타야마 유리입니다. 이번에 「정령환상기 10. 윤회의 물망초」를 구매해주셔서 진심으로 감사드립니다.

2015년 10월에 1권이 발매된 이 「정령환상기」도 드디어 10권이라는 큰 단위에 도달했습니다. 이야기 내용도 한 턱을 넘었고, 이 10권으로 제가 집필 당초부터 구상했던 이야기의 산 중 하나를 넘었습니다. 서적화가 정해진 단계에서 여기까지는 쓰고 싶다고 생각했던 부분이라 감개가 무량합니다.

하지만 10권으로 「정령환상기」라는 작품이 끝나지는 않습니다. 다음 목표는 20권! 어디까지 낼 수 있을지 작품 판매량도 관련이 있으니 이 작품의 이야기가 완결까지 이어지도록 계속 함께해주세요.

그리고 갑자기 다른 이야기인데, 저 키타야마 유리는 이 10권이 발매되기 일주일 전, 3월 24일에 주식회사 카도카와의 MF문고J에서 「매료스킬로 갑자기 세계최강 ~신기사를 잇는 자~」라는 신작 라이트노벨을 출판했습니다.

이 작품은 제가 집필한 두 번째 작품이자 첫 일인칭 작품으로, 드라마틱하고 탄탄한 작풍이 특징인 「정령환상기」와 달리 공식적으로 문장이 가벼우면서 뜨겁게 볼 수 있는 왕도이자 사도인 이세계 배틀 소환물입니다.

　그건 그렇고, 두 작품의 발매일이 가까워서 HJ문고와 MF문고 담당 편집자이신 두 N씨 및 영업 직원 분들이 온 힘을 다 써주신 덕분에 「정령환상기 10. 윤회의 물망초」와 「매료 스킬로 갑자기 세계최강 ～신기사를 잇는 자～(이하 「매료스킬」이라고 하겠습니다)」의 연동 콜라보가 실현되었습니다.

　구체적으로는 「정령환상기 10권」과 「매료스킬 1권」을 둘 다 구매하시면 2만 자 콜라보 소설을 보실 수 있으니 꼭 「매료스킬」도 구매해주세요(무기한으로 보지 못할 수도 있으니 양해 부탁드립니다). *일본 현지 상황입니다.

　콜라보 소설 내용은 「정령환상기」 최강격인 리오와 아이시아가 미개척지를 여행하다가 「매료스킬」 세계로 가서 그쪽 세계 스토리에 휘말리는 이야기입니다. 구매하신 분들이 즐기실 수 있게 「정령환상기」 본편과도 관련된 요소를 가볍게 담았으니 살펴보시는 건 어떨까요?

　그러면 분량 문제로 이번에는 이쯤에서 접겠습니다. 바라건대 11권에서도 만나요!

2018년 3월 초순 키타야마 유리

리오와 미하루.

사츠키와 바위 집 사람들의 상냥한 응원으로
뒤엉켰던 두 사람의 관계가
그 날을 계기로 변화했다.

한편, 행복한 미하루의 표정을 보고
센트스텔라의 용사는 고통스럽게 신음한다.

······내가
틀렸다, 고?

한편, 한 가지 목적을 이룬 리오가
이번에 할 행동은———

정령환상기

11. 시작의 소나타

SEIREI GENSOUKI Vol.10

©Yuri Kitayama
Originally published in Japan in 2018 by HOBBY JAPAN CO., Ltd.
Korean translation rights ©2021 by Somy Media, Inc.

정령환상기 10 —윤회의 물망초—

2021년 10월 30일 1판 2쇄 발행

저 자	키타야마 유리
일 러 스 트	Riv
옮 긴 이	이은혜
발 행 인	유재옥
본 부 장	조병권
담 당 편 집	정영길
편 집 1 팀	이준환 박소연
편 집 2 팀	정영길 조찬희 박치우 조현진
편 집 3 팀	오준영 곽혜민 이해빈
디 자 인	김보라 서정원
라이츠담당	한주원 이다정
디 지 털	박상섭 이성호 최서윤
발 행 처	㈜소미미디어
제 작 처	코리아피앤피
등 록	제2015-000008호
주 소	서울시 마포구 토정로 222, 403호 (신수동, 한국출판콘텐츠센터)
판 매	㈜소미미디어
마 케 팅	한민지 최정연
물 류	허석용
전 화	편집부 (070)4164-3962, 3963 기획실 (02)567-3388
	판매 및 마케팅 (070)4165-6888 Fax (02)322-7665

ISBN 979-11-6611-656-8 (04830)
ISBN 979-11-6611-646-9 (세트)